Brigitta

Alles ist nur Übergang
Lyrik und Prosa über Abschied, Sterben und Tod

Alles ist nur Übergang

Lyrik und Prosa über Abschied, Sterben und Tod

Herausgegeben von
Friederike Waller

Mit Einführungen von
Wilfried Barner
Hans Heimann und
Dietrich Rössler

Klöpfer & Meyer

Allen Verlagen und Autoren, die durch Abdruckgenehmigungen diese Anthologie ermöglichten, gilt mein besonderer Dank. *F. W.*

Die Herausgeberin und der Verlag bedanken sich beim Universitätsbund Tübingen e.V. sowie bei der Stiftung der Württembergischen Hypothekenbank für Kunst und Wissenschaft, Stuttgart, für die großzügige Förderung dieser Anthologie.

Die Originalausgabe erschien 1988 im S. Fischer Verlag, Frankfurt am Main.

1., überarbeitete Auflage 1997
2., erweiterte Auflage 2006

ISBN-10: 3-937667-84-9
ISBN-13: 978-3-937667-84-3

Lektorat: Petra Wägenbaur, Tübingen.
Umschlaggestaltung: Christiane Hemmerich Konzeption und Gestaltung, Tübingen, nach einem Entwurf von Werner Rüb, Bietigheim-Bissingen.
Gestaltung: Klaus Meyer, Rottenburg.
Satz: Klaus Meyer, Rottenburg, und niemeyers satz, Tübingen.
Druck und Bindung: Pustet, Regensburg.

Mehr über das Verlagsprogramm von Klöpfer&Meyer
finden Sie unter: *www.kloepfer-meyer.de*

Für Hans Dierck

Inhalt

II Sterben und Leben

IV **Neue Funde**

Anhang

Vorwort zur ersten Auflage

Die Beschäftigung mit Sterben und Tod ist in der Öffentlichkeit in den Jahren seit dem Erscheinen der Anthologie 1988 im S. Fischer Verlag sehr viel intensiver geworden. Medizinischer Fortschritt hat die therapeutischen Möglichkeiten wesentlich erweitert. Auch die Frage nach dem Sinn einer Lebensverlängerung um jeden Preis wird immer häufiger gestellt. Aufklärung und gesetzlich verbrieftes Selbstbestimmungsrecht des kranken Menschen über Art und Umfang lebensverlängernder Maßnahmen mitzuentscheiden, haben sein Identitätsbewußtsein, aber auch archaische Ängste verstärkt. Der Kranke ist in Entscheidungen mit einbezogen, die seine eigene Existenz betreffen. Hier könnten ihm die Texte der Anthologie helfen, einen eigenen Standort zu finden – und auch sein Schicksal anzunehmen. Das Thema der Anthologie wird immer gegenwärtig sein.

Friederike Waller
Sommer 1997

Vorwort zur zweiten Auflage

Seit Erscheinen der Anthologie im Klöpfer & Meyer Verlag sind fast zehn Jahre vergangen. Das Buch ist inzwischen vergriffen, die Nachfrage unverändert groß. Herausgeberin und Verlag haben sich daher entschlossen, eine zweite und erweiterte Auflage herauszubringen, in die auch »neue Funde« zum Thema in einem gesonderten Kapitel aufgenommen wurden. Dem Verlag sei für diesen mutigen Schritt gedankt.

Friederike Waller
Sommer 2006

Zu diesem Buch

Da ist der Trost entdeckt:
In den geschriebenen Zeilen
Christa Wolf

Ein Mensch in unserer Nähe stirbt. Wir erleben seine Angst und fühlen seine Einsamkeit. Wir sind unfähig, sie ihm zu nehmen. Wir können ihm nicht helfen, der beginnenden, von Furcht geprägten Entfremdung sich selbst und der Mitwelt gegenüber zu entrinnen. Für ihn gibt es keinen Ausweg aus diesem Geschehen – und er leidet. Wir »leiden mit« ihm – und doch ist es der Andere, der stirbt. Wir können ihn eine Wegstrecke begleiten, aber uns selbst ist es noch nicht auferlegt, den Weg zu Ende zu gehen. Wenn wir über das Sterben nachdenken, kommt uns ins Bewußtsein, daß auch wir diesem Schicksal ausgeliefert sind – irgendwann. Uns bedrängen Bilder wie in den mittelalterlichen Totentänzen, auf denen der Tod nach jedem greift, ausnahmslos, sei er Papst oder König, alt oder jung, arm oder reich. Nur die Art, wie er sich der Menschen bemächtigt, ist unterschiedlich. Der Tod erscheint auf diesen Bildern nicht nur als Feind, er kann sich auch als Freund nähern. So empfinden wir den Tod strafend oder erlösend, abhängig von der Lebenssituation, in der wir uns befinden. Ein unheilbar Kranker kann ihn herbeisehnen, ein alter Mensch wird ihn am Ende eines langen Lebens in Ruhe erwarten, während sich junge Menschen vom Tod überfallen fühlen – vielleicht, weil sie ihr Leben nicht als erfüllt empfinden. Dennoch sind wir alle gleichermaßen von einer archaischen Angst vor dem Tode betroffen. Wir wissen, als Geschöpfe der Natur unterliegen wir ihren Gesetzen. Gleich den Pflanzen und Tieren leben wir mit Beginn unseres Daseins auf unser Ende zu. Nur das Bewußtsein unserer Sterblichkeit unterscheidet uns von anderen Lebewesen.

Trotz dieser Todesgewißheit jedoch wird sich mancher von uns im Angesicht des nahenden Endes fragen, warum der Tod gerade nach ihm die Hand ausstreckt, warum es gerade jetzt sein muß und wie der Weg sein wird. Quälend ist dabei weniger die Furcht vor dem Tode als vielmehr die Angst vor dem Geschehen des Sterbens. So ist der Wunsch nach Geborgenheit in einem »plötzlichen Tod« in Carl Zuckmayers Gedicht »Mein Tod« zu verstehen.[1]

Wir sollten den Umgang mit dem Tod nicht erst am Ende unseres Lebens erlernen, sondern ihn rechtzeitig zum Begleiter unseres täglichen Lebens machen. Eine Bewältigung des Todesproblems kann nur gelingen, wenn sie langsam in vielen Stunden eines Lebens heranreift und nicht erst im Endzustand eines unheilbaren Leidens, gepeinigt von physischer Not und Todesangst, versucht wird. Dann brauchen wir nicht vor ihm als einer plötzlichen dunklen Bedrohung die Augen zu verschließen.

Montaigne weist uns einen Weg aus dieser Not. Er rät uns, dem Tod entgegenzutreten, nicht dem Tabu seiner Verdrängung zu folgen, sondern mit ihm Zwiesprache zu halten, ihm so seine Macht über uns zu rauben. Er schreibt: »... so laßt uns lernen, ihm standzuhalten und die Stirn zu bieten. Und um ihm zunächst seine größte Überlegenheit über uns zu entreißen, laßt uns einen dem gewöhnlichen Gang entgegengesetzten Weg einschlagen. Nehmen wir ihm seine Unheimlichkeit, machen wir uns ihn vertraut, halten wir mit ihm Umgang, bedenken wir nichts so häufig wie den Tod. Stellen wir ihn jeden Augenblick und in jeder Gestalt vor unser inneres Auge. Beim Stolpern eines Pferdes, beim Fall eines Ziegels, beim geringsten Nadelstich, sagen wir uns gleich immer wieder vor: Wohlan, wenn es nun der Tod selber wäre? Und dann beißen wir die Zähne zusammen und bieten Trotz.« Oder nehmen wir aus der modernen Literatur als Beispiel Arno Schmidt, bei dem es heißt: »... noch was tun, eh' die Finsternis mich verschlingt; zum Trotz 'n bißchen sein –«.

Wenn er so »dem Dod« entgegenschreibt, wird etwas von der conditio humana jeder Literatur deutlich: Dichter haben zu allen Zeiten schreibend sich dem Rätsel des Todes nähern müssen. Sie haben eigene Vorstellungen, Angst und Befreiung von Angst in Sprache gekleidet und damit dem Ereignis das Unbeschreibliche genommen. Poetische Sensitivität drückt im Werk aus, wie Menschen Sterben und Tod erfahren und bewältigen. Dichterische Berufung zwingt dazu, die sich aufdrängenden Bilder auszuhalten und weiterzuvermitteln. Wird Sterben bestehbar, wenn es ausgesprochen wird, was Angst macht?

Robert Gernhardt bedient sich heute als Antwort auf diese Frage geschwätziger Worte als Stilmittel, um »cool« dem Tod zu begegnen. Für ihn ist es ein Weg der Auseinandersetzung mit dem Unheimlichen.[1]

Kann Sprache ein Medium sein, das Nichts des Todes zu überwinden? Shakespeare sah im Überdauern seiner Verse und Sonette eine Waffe gegen den Tod. Für Christa Wolf ist Schreiben ein Schwimmen gegen den scheinbar natürlichen Strom des Vergessens. Sie läßt ihre Kassandra in der Todesstunde um eine junge Frau mit der Gabe bitten, ihre Worte als Sterbende aufzuzeichnen und zu überliefern, um nicht mit dem Augenblick des Todes schon ausgelöscht zu sein. Sehr poetisch äußert sich Ingeborg Bachmann zu diesem Thema: Die Welt wird untergehen, aber das Lied, ihr Lied wird den Staub danach übersteigen.

Liegt für uns in dieser Poesie eine tröstende Verheißung? Ist hier Literatur als Mittler in der Auseinandersetzung mit dem Tod zu sehen? Finden wir im geschriebenen Wort die Möglichkeit, die Grenze unseres Lebens zu durchdringen, durch fiktive Bilder, die die Sprache prägt, die Zukunft zu antizipieren, Wege zu denken, die uns sonst verschlossen bleiben?

Lassen wir uns als Lesende einbeziehen in die gedanklichen und sprachlichen Annäherungsversuche, die stellvertretend für uns von Dichtern unternommen werden. Sie können unseren ureigensten Gefühlen und Gedanken, die wir oft nicht auszudrücken vermögen, Form verleihen.

Dichtung reift oft in existentieller Abgeschiedenheit, in der Weltferne individuellen Daseins – und doch ist sie auch Ausdruck der jeweiligen Zeit, der jeweiligen Umwelt. So können wir nachvollziehen, wie das Verhältnis zu Sterben und Tod in den verschiedenen Kulturepochen sich gewandelt hat, und wir können unsere eigene Einstellung an diesen Wandlungen messen. Neben allen geistes- und kulturgeschichtlich bedingten unterschiedlichen Ansätzen finden wir eine Fülle der im Menschengeschick wurzelnden Übereinstimmungen. »Die Dichtung (und die Kunst überhaupt) hat den Tod in ihren Schutz genommen, nicht um ihn zu verbergen, sondern um ihn zu bergen, daß er ständig in Erinnerung bleibt und in immer neuen Konstellationen vergegenwärtigt werden muß«, so schreibt Kienecker.

Eine Anthologie, die sich dem großen Thema aller Literatur stellt, steht von Anfang an in der Gefahr des Scheiterns: Welche Auswahlkriterien für die Texte liegen zugrunde, wie lassen sich die Funde vermittelbar und einsichtig ordnen? Es wurde versucht, poetische und andere literarische Texte so zusammenzustellen, daß sie dem Leser eine intensive Auseinandersetzung mit der letzten Phase des Lebens ermöglichen. Sie sollten ihm dabei nicht nur Allgemeingültiges im menschlichen Schicksal vermitteln, sondern auch Aspekte aufzeigen, die ihm bisher vielleicht nicht vertraut waren. Entscheidend für das Gelingen wird sein, ob sich die Leitlinien der Anthologie und die präsentierten Texte selbst zu einem Ganzen mit vom Leser akzeptierter innerer Richtigkeit verbinden.

Durchaus überzeugend erschien zunächst der Versuch, die Textauswahl entsprechend den beobachteten möglichen Phasen der Annäherung an das Sterben zu gliedern: Die Erkenntnis des Menschen, sterblich zu sein, führt zur Angst vor dem Weg in den Tod. Die Hoffnung, sein Sterben durch Verweigerung hinauszuzögern, ist eine ihrer Ausdrucksformen. Der zunehmende Verfall physischer und psychischer Kräfte kann diese Angst schwinden lassen, er kann sie aber auch ebenso vergrößern. Vielleicht trauert der Mensch auch über den bevorstehenden Abschied von allem, was sein Leben ausgemacht und erfüllt hat, und antizipiert damit das Sterben als den endgültigen Verlust aller menschlichen Beziehungen. Kolakowski nennt die Angst vor dem Tod die Furcht des Einzelnen, das Bewußtsein seiner selbst zu verlieren. Für ihn ist dies identisch mit der Summe der Erinnerungen an alle bisherigen Erlebnisse. »Daher ist die Furcht vor dem Tode die Furcht vor dem Verlust der Vergangenheit.« Schließlich fügt sich der Sterbende in die Unumgänglichkeit des Todes, um in Ruhe eine Lösung von irdischen Bindungen zu suchen und in sich selbst Trost zu finden.

Die Literatur aller Epochen hat zu diesen Stationen des Lebens und Sterbens bewegend gesprochen. Sie zeigt jedoch mit den beschriebenen medizinischen und psychologischen Phänomenen nur eine begrenzte Übereinstimmung. Die Notwendigkeit, für den Leser den Tod als beschriebene Realität von metaphorischer Verwendung des Begriffes zu scheiden, ist Grundlage der jetzigen Gliederung. So erschien es sinnvoll, eine Einteilung zu wählen, die diese Trennung augenfällig macht, und sie in das Thema des Buches münden zu lassen: Sterben und Tod durch das Wort zu überdauern. In den Essays, die die drei Abschnitte der Sammlung einleiten, wird versucht, dem Leser die einzelnen Themenkreise nahezubringen und die ausgewählten Texte in einen gedanklichen Zusammenhang zu stellen.

Im Kapitel »Leben und Sterben« ist vor allem Literatur berücksichtigt, die die Annäherung an die Grenze menschlichen Lebens und die Ängste des Menschen vor dem Vorgang des Sterbens zum Inhalt hat. Hier ist die Einführung bei einem Arzt und Psychiater in guten Händen. Er begegnet täglich Menschen mit ihren Nöten in existentieller Bedrohung. Vielleicht entwickelt er dadurch eine besondere Sensitivität gegenüber Literatur, die sich mit diesem Thema auseinandersetzt. Aber auch er wird nur die Möglichkeiten des Sterbens »be-denken« können, da er wie alle Menschen dem Geheimnis des Todes unterliegt, ohne die Fähigkeit, die Grenze zu überschreiten.

Die Texte zu »Sterben und Leben« führen vom realen Sterben zum Versuch, die Grenze zu durchdringen und gedanklich zu überschreiten.

Dieser Teil des Buches enthält Literatur aus verschiedenen Religionen, die die Hoffnung und den Glauben vermitteln, daß mit dem Sterben nur unsere körperliche Existenz endet, daß danach jedoch noch »etwas auf uns wartet«, daß mit dem Tode unser menschliches Wesen nicht vollständig verloren geht. Es sind Glaubensbekenntnisse, denen für viele Menschen etwas Tröstliches innewohnt. Die geistige Auseinandersetzung mit diesem Thema in der Literatur der Neuzeit zeigt aber, daß auch der feste Glaube an ein Dasein nach dem Tode Wandlungen unterworfen ist – die Menschen sind skeptischer geworden. Diese Verunsicherung finden wir in Marie Luise Kaschnitzs Gedicht »Ein Leben nach dem Tode«.[1] Das Vertrauen, aufgehoben zu sein, das in den Liedern Paul Gerhardts zum Ausdruck kommt, der selbst in einer Zeit äußerster physischer Bedrohung lebte, ist verloren gegangen. Seit der Aufklärung leben wir im Zeitalter der »Machbarkeit«. Hängt unsere heutige Sprachlosigkeit Sterben und Tod gegenüber mit der Einsicht zusammen, daß sie sich unserem Willen nicht beugen?
Es ist schwer, in einer Welt, die ein Weiterleben nach dem Tod nicht mehr fraglos akzeptiert und den Tod nur als natürliches Ende eines Lebens sieht, christliche Traditionen als allgemein verbindlich wiederzufinden. So kann die Einführung in dieses Kapitel durch einen Theologen zwangsläufig nicht frei von Skepsis sein. Dennoch vermitteln uns viele Texte eindeutig die Hoffnung, nach dem Tode in einer vollendeten Existenz geborgen zu sein.

Der letzte Teil der Sammlung, »Zeitlichkeit und Wort«, macht deutlich, wie wir als Menschen unserer Zeitlichkeit verhaftet sind. Es enthält Literatur, die zur eigentlichen Idee dieses Buches führt, »Sterben durch das Wort zu bestehen«. Nossack sagt hierzu: »Das Wissen um den Tod, das nur der Mensch hat, ist für ihn der entscheidende Antrieb gewesen, einen Standort zu suchen, von dem aus er dem Tod ins Auge sehen kann. Hier ist der Ursprung alles dessen zu sehen, was wir Dichtung nennen, von der Liebeslyrik und der Totenklage bis zum nihilistischen Roman unserer Tage«. Wohl niemand ist besser geeignet als ein mit der Thematik vertrauter Literaturwissenschaftler, um uns mit dem Instrument »Wort und Sprache« die Annäherung an die nicht überschreitbare Grenze zu ermöglichen.

Eine Frage bleibt – allem bisher Gesagten entgegen – unabweisbar: Vermag Literatur, vermag das Wort dem monotonen Parameter »Zeit«, dem wir in unserer Existenz unterworfen bleiben, irgendeinen Sinn zu verleihen? Oder gilt das Wort Jean Amérys zu diesem Thema, der glaubt, daß seine Sprache ohnmächtig vor dem Tode sei? Erwiese sich diese Feststellung als richtig, wäre jede Auseinandersetzung mit dem Thema Tod sinnlos. Dann müßten wir Ludwig Strauss zustimmen, der das Schweigen als einzige Wahrheit des Todes uns gegenüber empfindet – oder Eberhard Jüngel, der schreibt, daß der Tod stumm sei und stumm mache. Für ihn stehen Sprache und Tod gegeneinander wie Leben und Tod.

Oder sollten wir uns eher daran halten, daß – wie schon im frühen Mittelalter – den Dichtern eine besondere Beziehung zum Tode zuerkannt wird, da sie ihn durch ihre Berufung besser kennen als alle anderen Menschen?

Wie wirkt Literatur zu diesem Thema? Was kann sie bewirken? Die Antwort Christa Wolfs auf diese Frage in ihrem Buch *Lesen und Schreiben* klingt verhalten: »Das weiß ich nicht. Bescheidenheit ist am Platze. Auch Literaten sind nicht immun gegen irgendeine Art von Wahn, ebensowenig wie gegen Mutlosigkeit, Angst oder Resignation. Vorausgesetzt aber, es gelänge uns immer wieder, selbst bei Verstand zu bleiben und den Mut aufzurichten – müßten wir nicht neu nachdenken, mit welcher Art von Schlüssel man Menschen heutzutage ihre tief verschlüsselte – ›entfremdete‹ – Realität aufschließen kann«? Und sie beendet ihre Betrachtung mit einem Bild, das einer Zeitungsmeldung über die Rettung eines jungen Mädchens vor dem Selbstmord durch eine beherzte Polizistin entstammt: »Wer kann wissen, ob das Mädchen nicht im nächsten Jahr, oder in zehn Jahren, seinem Leben einen Sinn gibt. Mir kommt es so vor, daß die Literatur es in diesem Punkt der beharrlichen Polizistin gleichtun muß: Sie darf nicht loslassen.«

Ist dichterisches Wort, wenn *wir* es nicht loslassen, auch für uns ein Weg, die Gewißheit des eigenen Todes auszuhalten? Unser Buch jedenfalls soll dabei helfen, anhand der »geschriebenen Zeilen« den Tod bewußt zu machen und – gegen alle Angst – zu leben.

Friederike Waller
Sommer 2006

---

[1] Diese Textstellen beziehen sich auf Kapitel IV ›Neue Funde‹.

I Leben und Sterben

Nächtliche Stunde, die mir vergeht,
Da ich's ersinne, bedenke und wende,
Und diese Nacht geht schon zu Ende.
Draußen ein Vogel sagt: es ist Tag.

Nächtliche Stunde, die mir vergeht,
Da ich's ersinne, bedenke und wende,
Und dieser Winter geht schon zu Ende.
Draußen ein Vogel sagt: es ist Frühling.

Nächtliche Stunde, die mir vergeht,
Da ich's ersinne, bedenke und wende,
Und dieses Leben geht schon zu Ende.
Draußen ein Vogel sagt: es ist Tod.

Karl Kraus, Nächtliche Stunde

Hans Heimann

»Leben und Sterben«

Zur Einführung

Als Arzt und Psychiater muß ich mir die Frage stellen, welche Einsichten oder Hilfen in der Auseinandersetzung mit »Leben und Sterben« der Leser der nachfolgenden poetischen Texte gewinnen kann. Diese Frage führt zunächst zurück auf den Leser selbst, auf seine Lebenssituation und auf die Motive, die ihn veranlassen, über Sterben und Tod nachzudenken. Ist er ein Gesunder, der am Feierabend über das auf ihn unweigerlich zukommende Ende seines Lebens nachdenkt, in Erinnerung an die Bitte im Gebet Mose: »Lehre uns bedenken, daß wir sterben müssen, auf daß wir klug werden«? Ist es ein Schwerkranker, vom Tode unmittelbar bedroht, der mit Adalbert von Chamisso sagen könnte: »Der Tod! – Der Tod? – Das Wort erschreckt mich nicht, doch hab ich im Gemüt ihn nicht erfaßt, und noch ihm nicht geschaut ins Angesicht«? Ist es ein junger Mensch, ein Pubertierender in den Nöten der Selbstfindung, gepeinigt von der Sehnsucht nach einer im Diesseits nicht mehr zu erreichenden Urgeborgenheit, der mit Döblin sprechen könnte: »Schmelzen, schwinden, nicht zu wissen von gestern, morgen, nicht zu wissen von mir, nicht zu wissen, nicht zu wissen«? Ist es ein alter Mensch, dessen schwindende Lebenskräfte ihn mit Fontane sagen lassen könnten: »Immer enger, leise, leise, ziehen sich die Lebenskreise, schwindet hin, was prahlt und prunkt, schwindet Hoffen, Hassen, Lieben, und ist nichts in Sicht geblieben, als der letzte dunkle Punkt«? Diese wenigen Beispiele lassen uns erahnen, in wievielen und ganz unterschiedlichen Situationen Menschen veranlaßt sind, an ihr Ende zu denken.
Wenn wir nun versuchen wollen, etwas Allgemeines über den inneren Umgang mit Leben und Sterben aus der Perspektive des Arztes und Psychiaters auszusagen, müssen wir im Blick behalten, daß sich solche Aussagen nur auf dem Hintergrund konkreter Gegebenheiten und den tatsächlichen Besonderheiten menschlicher Personen abheben. Da ist zunächst festzustellen, was Walter Schulz als Philosoph die »paradoxe« oder »widersinnige Struktur des Menschen« genannt hat, der, weil er sich zu sich selbst verhalten kann, um seinen Tod weiß, und daß dies

Wissen eine Belastung darstellt, die je nach den Stadien in seinem Lebensgang und nach der Verfassung seiner aktuellen Leiblichkeit ganz unterschiedliche Formen annimmt. Auch das Denken in Richtung auf den Tod hin – was heutzutage wesentlich ein Denken nach den Bedingungen des Sterbens bedeutet –, ist und bleibt ein Denken von Möglichkeiten. Der »letzte Punkt« mag zwar im Blick sein, wie Fontane formuliert, jedoch, um nochmals Chamisso zu zitieren, der Tod, »und noch ihm nicht geschaut ins Angesicht«, bleibt Grenze. Wenn dieser letzte Punkt erreicht ist, ist auch die Grenze erreicht, deren andere Seite für uns Geheimnis bleibt, solange sterblich darüber gesprochen wird, ob im Gedicht oder in einfachen Worten, im Bekenntnis. Man beachte, daß auch der Auferstandene zu seinen Jüngern aus einer anderen, jenseitigen Daseinsgestalt spricht, denn nach Ludwig Strauss gilt: »Traue den Reden des Todes nicht! Seine dir zugewandte Wahrheit ist Schweigen!«

Wenn heute diese Grenze des Todes im allgemeinen einfach als ein Ende des naturhaften Seins des Menschen gedacht und vielleicht auch erlebt wird (J. E. Meyer), und wenn von philosophischer Seite festgestellt werden kann, daß das Zeitalter der Metaphysik vorüber sei (und damit allgemein akzeptierte Anschauungen über ein Fortleben nach dem Tod), d.h., daß es mehrheitlich kein Todesbewußtsein als Durchgang oder Tor zu einer neuartigen, jenseitigen, personalen Existenz gebe, daß Tod für uns mit natürlichem Ende gleichzusetzen sei (W. Schulz), so sind dadurch Tendenzen angedeutet, die doch nur für gewisse gesellschaftliche Gruppen gelten, die sich auf der Höhe der Zeit wähnen. Nicht vergessen werden darf, daß sich, um mit Ernst Bloch zu sprechen, »genau an dieser Stelle auch die billigste metaphysische Art angesiedelt hat. Geisterseherei im Stil Cagliostros, Spiritismus leben von der Neugier, vorher einen Zustand zu wissen, den jeder ohnehin früher oder später erfahren wird.« Wer denkt in diesem Zusammenhang nicht an die ungeheuere Publizität, welche Berichte von mehr oder weniger ernsthaften Menschen erfahren, die an dieser Grenze verweilt haben, ohne sie endgültig zu überschreiten, und (mit Hilfe moderner medizinischer Technik) noch einmal zurückgekehrt sind, um hier dem staunenden Leser nun die Erfahrungen auszubreiten, die es dort zu machen gebe, analog der Situation des Mose, der in das verheißene heilige Land zu blikken vermochte. Der Leser solcher Berichte soll in die Erwartung versetzt werden, der Tod sei eine Art Reise, sowohl in das eigene Subjekt, wie auch in das übermächtige Daseinsgeheimnis. »Vom Subjekt scheint

hier im Augenblick des »Abscheidens« die Hülle des Inkognito zu fallen, vom Daseinsgeheimnis die sogenannte äußere Schale.« (E. Bloch)
Die Ausführungen Blochs zu diesem Aspekt der Grenze stehen unter dem Zeichen der Angst und dem Motto: »Kommt man um die letzte Angst herum, indem sie überhaupt keine ist?« Angst wird verändert durch ein Gefühl der Neugier, durch die Lust zu wissen, was es mit dem Sterben auf sich habe. Bloch macht sich über diese Versuche Sterblicher lustig, indem er Schopenhauer zitiert: Der Mensch, der im Tod besondere Aufschlüsse erwartet, gleiche einem Gelehrten, der einer wichtigen Entdeckung auf der Spur ist, doch im gleichen Augenblick, als er die Lösung zu sehen meint, wird ihm das Licht ausgeblasen.
Da unsere Zeit von Sensationen lebt und das Stille des Lebensganges, das sich nicht ausspricht oder, weil es nichts Sensationelles enthält, nicht aussprechen kann, bleibt das Einfache, die Spiritualität des Glaubens in kirchlichen Formen verborgen. Das Ende der Metaphysik ist vielleicht das Ende der Bedeutung metaphysisch-philosophischen Denkens in einer von Computern und Materialismus gekennzeichneten Welt, bedeutet aber noch lange nicht das Ende der Schlichtheit religiösen Glaubens, wenn es um Sein oder Nichtsein persönlicher Existenz geht. Wir dürfen nicht vergessen, daß das, was die anerkannten Schriften über ein Zeitalter aussagen – ausgewiesen durch Auflagenziffern oder in Ergebnissen von statistischen Umfragen über religiöse Anschauungen –, nicht unbedingt das Wesentliche der realen, personalen Existenz in dieser Zeit charakterisiert. Was offiziell über und in einer Zeit gedacht wird, entspricht nicht einfach dem gelebten Leben und deckt sich keineswegs mit ihm. Das weiß am besten der Arzt und Psychiater aus der Erfahrung mit seinen Patienten, deren gelebtes Leben nicht identisch ist mit dem, was sie darüber zu sagen wissen. Das Verborgene in der Welt bleibt oft verborgen und schwindet mit dem Auffälligen und Lauten dahin. Ein Beispiel für dieses Verborgene gibt Robert Walser, dessen stille Poesie trotz seiner sogenannten Renaissance nicht in unsere laute und widersprüchliche Zeit paßt, und der für sich und seinen Lebensgang zum Ende die einfachen Worte fand:

»Ich gehe meinen Gang
er führt ein Stückchen weit und heim,
dann ohne Klang und Wort
bin ich beiseit.«

Hält man sich an die Selbsterfahrung und das, was dem Arzt und Psychiater im Alltag begegnet, wird man zunächst feststellen, daß wir alle so leben, als ob es ewig so weiterginge, und daß wir uns mit dem Gedanken an unser Ende, ans Sterben, nur befassen, wenn wir durch Verluste nahestehender Menschen oder durch die Mitteilung von einer ernsthaften, lebensbedrohlichen Krankheit betroffen sind und erschüttert werden. Freud hat darauf hingewiesen, daß im Unbewußten jeder von uns von seiner Unsterblichkeit überzeugt sei, wofür sich im Alltag zahllose Beispiele anführen lassen. Der Tod sei für uns der Tod des Anderen. Unser Unbewußtes verhalte sich zum Problem des Todes fast genauso wie der Ur-Mensch. Es glaube nicht an den eigenen Tod. Es gebärde sich wie unsterblich. Freud schreibt: »Was wir unser Unbewußtes heißen, die tiefsten aus Triebregungen bestehenden Schichten unserer Seele, kennt überhaupt nichts Negatives, keine Verneinung – Gegensätze fallen in ihm zusammen – und es kennt darum auch nicht den eigenen Tod, dem wir nur einen negativen Inhalt geben können.« Über das Verhältnis des »Kulturmenschen« zum Tode schreibt er ferner: »Wir betonen regelmäßig die zufällige Veranlassung des Todes, den Unfall, die Erkrankung, die Infektion, das hohe Alter, und verraten so unser Bestreben, den Tod von einer Notwendigkeit zu einer Zufälligkeit herabzudrücken... Dem Verstorbenen selbst bringen wir ein besonderes Verhalten entgegen, fast wie eine Bewunderung für einen, der etwas sehr Schwieriges zustande gebracht hat.«

Dies ist meines Erachtens eine Interpretation der Tatsache, daß wir heute über das Sterben viel erfahren, daß auch über menschenwürdiges Sterben viel diskutiert wird, daß aber der Tod als die Begrenzung des Lebens ein unbekanntes Land bleibt. Jean Amery hat dies folgendermaßen formuliert: »Es ist schlechterdings nichts zu denken über den Tod. Genie und Einfaltspinsel werden vor diesem Gegenstand gleichermaßen zuschanden. Der Tod ist nichts, ein Nichts, eine Nichtigkeit ... Die Grenzen meiner Welt sind auch die Grenzen meiner Sprache, und vor dem Tod, meiner Anti-Welt, erweist sich auch die Ohnmacht meiner Sprache.« In den folgenden Texten ist deshalb von Sterben, von Abschied, von der Vergänglichkeit die Rede, von Vergessen, von Verlorenwerden. Man spürt das Ringen um einen Sinn im Diesseitigen. Im Gilgameschepos wird es z. B. dem Helden nicht vergönnt, den verstorbenen Freund in der Unterwelt zu treffen, dessen Kunde hört auf mit dem Bericht, daß er zu Staub geworden sei. Aus dem platonischen Phaidon ist nur das reale Sterben des Sokrates mit den technischen Details der Gift-

wirkung des Schierlings erwähnt, aus den Evangelien nur Kreuzigung und Tod Christi.
Diese Beschränkung und Zurückhaltung, die sich in den Texten des ersten Teils bekundet, entspricht einerseits dem Versuch, das unausweichliche Ende menschlichen Lebens anzunehmen, die Naturbedingtheit des ganzen Menschen nicht in Frage zu stellen; andererseits können wir sie als zeitgemäßen Ausdruck eines Respekts vor der Privatheit, der Sphäre des Persönlichen auffassen, des Denkens, Fühlens und Glaubens, welche über diese Grenze hinausreichen. Das ist wohl auch der Grund, weshalb es uns heute so schwerfällt, mit Sterbenden über das bevorstehende Ende zu sprechen. Ein solches Sprechen bedarf einer ganz besonderen Einfühlung in die Situation des Betroffenen, eines besonderen Vertrauensverhältnisses und besonderer Anstrengungen, ein solches Gespräch fruchtbar zu führen. Auch wenn man seine dringende Notwendigkeit einsieht, gibt es in uns Tendenzen, ihm auszuweichen. Deshalb sind meines Erachtens die folgenden Texte hilfreich. Sie fassen Situationen und Perspektiven in Worte, welchen wir innerlich nachtasten können. Sie sind verfaßt von Menschen, die in analogen Situationen die Gabe besaßen, sprachlich auszudrücken, was sich diesseits der absoluten Grenze menschlichen Daseins sagen läßt. Was gesagt wurde, spannt einen weiten Bogen und vermittelt uns eine Vielfalt menschlicher Haltungen. Dabei erscheint mir bedeutsam, daß in diesen Texten nicht die Klage vorherrscht, wie man erwarten könnte, sondern sie sind vorwiegend Zeugnisse für eine Annahme des Unabänderlichen – und sie preisen das Leben.

»Unsterblich duften die Linden –
Was bangst du nur?
Du wirst vergehen, und deiner Füße Spur
wird bald kein Auge mehr im Staube finden.
Doch blau und leuchtend wird der Sommer stehen.
Und wird mit seinem süßen Atemwehn
Gelind die arme Menschenbrust entbinden.
Wo kommst du her? Wielang bist du noch hier?
Was liegt an dir?
Unsterblich duften die Linden.« *(Ina Seidel)*

Die in den Texten auch fühlbare Trauer verbreitet eine Stille, wie wir sie bei Schwerkranken beobachten können, die sich aus dem Leben zurückziehen, keine Fragen mehr stellen, deren Leib sich allmählich zur Hülle verwandelt. Noch sind sie da, noch nehmen sie alles wahr, was um sie herum vorgeht, aber es umgibt sie ein erfülltes Schweigen, welches endgültiges Abschiednehmen bedeutet. In den Texten finden wir aber auch das Andere, den Kampf mit dem Tod, den Aufschrei, die Peinigung durch Schmerz und Verlust und auch die Hilflosigkeit der anwesenden Angehörigen, eindrücklich gestaltet im Tod der Konsulin durch Thomas Mann. Sowohl dem Schweigen wie der Auflehnung und dem Kampf mit dem Tod ist eines gemeinsam: die Einsamkeit des Sterbenden, wenn er im Begriffe ist, die Grenze zu überschreiten. Dafür hat meines Erachtens Hiob die eindrücklichste Formel gefunden: »Nacket bin ich aus Mutter Leibe kommen, nacket werde ich wieder dahin fahren.«

Noch ein weiteres kann man den Texten entnehmen: Abschiednehmen erscheint leichter und friedlicher mit der Erinnerung an ein erfülltes und intensiv gelebtes Leben. Man kann vielleicht sogar vermuten, daß die Intensität des Erlebens auf dem Hintergrund des bevorstehenden Endes zunimmt, was etwas mit der Vorbereitung auf den Tod zu tun hat. Bei Thornton Wilder heißt es: »Nur wer sein Nichtsein ins Auge faßt, ist fähig, das Sonnenlicht zu preisen. Ich will nichts zu tun haben mit der Lehre der Stoiker, daß die Betrachtung des Todes nur die Vergeblichkeit alles menschlichen Strebens zeige und die Nichtigkeit aller Freuden des Lebens. Jedes Jahr sage ich dem Frühling mit innigerer Leidenschaft Lebewohl ...«

Vorbereitung auf den Tod? Man könnte versucht sein zu denken, daß jemand, der im Begriffe ist, sich selbst umzubringen, die Vorbereitung auf seinen Tod hinter sich hat. Zweifellos ein Extremfall und in zeitgenössischen Diskussionen oft so dargestellt, als ob die Selbsttötung ein »Freitod« sei. Die im Umkreis der Selbsttötung zu beobachtenden Phantasien zeigen jedoch, daß bei der Mehrzahl der Suizidanten das Denken und Phantasieren so verlaufen, als ob derjenige, der diesen Schritt intendiert, immer noch dabei sei, wenn er geschehen ist. Abschiedsbriefe von Suizidanten lassen in der Regel erkennen, daß sie die Wirkung des »frei« gewählten Todes in ihre Intention mit einbeziehen, so als könnten sie sie nachher selbst beobachten. Ähnliches finden wir übrigens auch in den Abschiedsbriefen zum Tode Verurteilter. Auch hier erweist sich der wirkliche Tod als eine absolute Begrenzung existentiellen Vorstellens. Eine Ausnahme bilden höchstens Situationen, in welchen die Selbsttötung im Rahmen psychotischer Zustände erfolgt.

Der Begriff des »Bilanzselbstmordes« hat nach Hole eine eigenartige Faszination ausgeübt, d.h. die Selbsttötung als logische Konsequenz einer nüchternen Bilanzierung gelebten Lebens. Die eigentlichen Motive und vor allem die psychische Verfassung des Suizidanten werden bei einer solchen Interpretation in der Regel übersehen oder können nicht mehr aufgedeckt werden. In der überwiegenden Zahl der suizidalen Handlungen kann man aus vielfältigen Indizien jedoch nachweisen, daß eine Einengung im dynamischen Bereich der Persönlichkeit, ein Versagen der psychischen Kompensationsmöglichkeiten und leider auch häufig ein Versagen der unverständigen Mitwelt stattgefunden haben. Diese Faktoren führen nach Ringel zu einem präsuizidalen psychischen Syndrom, welches der suizidalen Handlung vorausgeht. Hier sind im Zusammenhang der Motive Illusionen maßgebend, die die erfolgreiche Suizidprophylaxe und vor allem die Therapie nach einem mißglückten Suizidversuch aufdecken können: Zwischenmenschliche Beziehungen, ihr Scheitern, Verlust eines Nahestehenden oder Erzwingenwollen seiner Zuwendung, vor allem aber Kränkungen durch die Enttäuschung, weil sich Lebensbeziehungen nicht so entwickeln, wie der Betroffene sie für angemessen und seinen narzißtischen Bedürfnissen entsprechend hielt, stehen an der Wurzel suizidaler Handlungen. Sie sind deshalb ein Indiz gerade nicht für eine bewußte und der menschlichen personalen Freiheit angemessene Haltung. Bewußte und unbewußte Motivationen sind die Ursache dafür, daß der Betreffende nicht mehr in der Lage ist, seine Lebenssituation anzunehmen und mit sich selbst liebend umzugehen, d.h. das Mögliche in seinem Leben behutsam zu fördern und alle Möglichkeiten seiner existentiellen Lebenswirklichkeit, die sich auch in scheinbar ausweglosen Situationen noch bieten, zu erspähen, zu ergreifen und zu verwirklichen.

Psychiater und Psychotherapeuten sind oft genug konfrontiert mit den auf unbewußten illusionären Bewertungen und Einschätzungen der Situation beruhenden Motiven der Patienten nach mißglücktem Suizidversuch. Neurotische Entwicklungsstörungen verweisen auf die kindlichen Erwartungen, und erst eine Aufdeckung dieser Illusionen lassen den Patienten ein hoffnungsloses Fixiertsein auf Vergängliches aufgeben. Der psychotherapeutische Prozeß zeigt, daß die Vorbereitung auf den Tod im eigentlichen Sinne vielfältige Formen annehmen kann, in dem Sinne der Hinwendung zum Leben, soweit dieses noch möglich und der Persönlichkeit des Betroffenen angemessen ist. Er entspricht einem Reifungsprozeß, wie er auch beim seelisch Gesunden im Verlaufe seines Lebensgangs und angesichts der allgegenwärtigen Lebensbedrohung zu beobachten ist. Man könnte sogar sagen, daß der Tod seine

Schatten ins Leben zurückwirft durch die vielfältigen Situationen, in welchen wir gezwungen sind, kindliche Erwartungen und Wünsche aufzugeben und uns der Realität menschlicher Lebensbedingungen zu stellen. Diese Realität zu akzeptieren, uns mit den eigenen inneren Widersprüchen zu versöhnen, um uns der Bedürfnisse und Nöte unserer Mitmenschen anzunehmen, aktiv und liebend uns dem Leben zuzuwenden, ist unser aller Aufgabe in der uns zugemessenen Lebenszeit. Wir müssen lernen, Hilfe und Heil nicht von anderen, d. h. von Ersatzfiguren der Eltern, auch nicht von Institutionen und Ideologien, welche eine ähnliche Ersatzfunktion haben, zu erwarten, sondern wir müssen einsehen, daß auch unter schwierigsten Bedingungen in uns selbst die Chancen für ein erfülltes Leben liegen. Wir können dies immer wieder an vielen Beispielen bei Kranken und Gesunden erleben: Die Überwindung der Lebens- oder Todesangst, die Offenheit der Lebenswirklichkeit gegenüber, hinführend zu dem, was man »geglücktes Leben« nennen könnte und was uns, wenn wir den Blick offen halten und über unsere vordergründigen Modelle und Theorien hinweg zu sehen vermögen, zu dem Bereich menschlicher Existenz hinführt, den man mit Gnade bezeichnet.

Auch davon ist in den folgenden Texten, in welchen gegen den Tod angeschrieben wird, etwas zu spüren, und deshalb können sie uns eine Hilfe sein.

Gilgamesch

(um 1800 v. Chr.)

Gilgamesch waltet in Uruk, der Stadt mit den hohen Mauern. Seine Ruhe findet er nicht. Er läßt die Zauberpriester und Totenbeschwörer kommen:
»Beschwöret Enkidus Geist herauf! Sagt mir, wie ich Enkidus Schatten erblicken kann! Ich will ihn nach dem Schicksal der Toten fragen!«
Der Älteste unter den Priestern sprach:
»Gilgamesch, wenn du zur Unterwelt steigen willst, zu der Behausung des großen Gottes der Toten, so mußt du im schmutzigen Kleide kommen. Mit feinem Öl darfst du dich nicht salben, sonst werden, von seinem Dufte gelockt, dich unerwünschte Geister umschwirren. Den Bogen darfst du nicht zur Erde setzen, sonst werden dich alle umringen, die von dir zu Tode getroffen wurden. Das Zepter darfst du nicht in der Hand behalten, sonst werden die Totengeister alle verscheucht. Schuhe darfst du nicht an den Füßen haben, nur ganz leise darfst du gehen. Dein Weib, das du liebst, darfst du nicht küssen, dein Weib, das du nicht magst, darfst du nicht schlagen. Dein Kind, das du liebst, darfst du nicht herzen, dein Kind, das du nicht magst, darfst du nicht strafen, sonst wird dich der Jammer der Leute unter der Erde stören.«
Gilgamesch wandert zur großen Wüste, zu den Pforten der Unterwelt. Er kommt an die düstere Wohnung Irkallas: zu der Behausung lenkt er die Schritte, da nicht hinauskommt, wer einmal hineinging; den Weg ging er, den Weg ohne Umkehr, zu der Behausung, deren Bewohner das Licht entbehren, Erdstaub ist ihre Nahrung, Lehm ihre Speise. Sie sehen kein Licht und sitzen in Finsternis. Mit Federn sind sie bekleidet und tragen Flügel wie Vögel. Er pocht ans Tor und spricht zum Pförtner die Worte:
»Heda! Pförtner, öffne dein Tor, daß ich eintreten kann! Wenn du dein Tor nicht auftust, zerschmeiß ich die Tür, zerbrech ich die Riegel!«
Der Pförtner öffnete ihm das erste Tor und nahm ihm den Mantel ab, durch sieben Tore führte er ihn, nahm alle Kleider ihm ab, daß er nakkend das Reich der Toten betrete. Er trat vor die große Göttin Ereschkigal und sprach:

»Laß Enkidu, meinen Freund, zu mir kommen, daß ich ihn nach dem Geschicke der Toten frage!«
Doch der Aufpasser und Zuriegler der Göttin hielt den Toten fest, die Göttin ließ ihn nicht los. Die hehre Ereschkigal sprach zu Gilgamesch also:
»Kehre wieder zurück! Du kannst den Toten nicht sehen. Es hat dich keiner hierher gerufen.« –
Traurig stieg er hinauf, nahm seine Kleider und schritt durch die sieben Tore. Er kam an ein tiefes Wasser und flehte zu Ea, dem weisen Gotte der Tiefe:
»Sende mir Enkidus Schatten herauf! Die Unterwelt hält ihn fest.«
Der Vater der Tiefe hörte sein Wort und sprach zum gewaltigen Nergal, dem Herrscher der Toten:
»Öffne sogleich ein Loch in der Erde! Führe Enkidus Geist herauf, daß er zu seinem Bruder Gilgamesch rede!«
Als der gewaltige Nergal dies hörte, öffnete er sogleich ein Loch in der Erde und führte Enkidus Schatten herauf. Sie erkannten sich beide und blieben einander ferne. Sie redeten miteinander. Gilgamesch rief, und Antwort bebte der Schatten; Gilgamesch tat seinen Mund auf und sprach:
»Rede, mein Freund! Rede, mein Freund! Das Gesetz der Erde, die du sahst, verkünde mir jetzt!«
»Ich kann es dir nicht sagen, Freund, ich kann es dir nicht sagen. Künde ich dir das Gesetz der Erde, die ich schaute, so wirst du dich hinsetzen und weinen.«
»So will ich mich hinsetzen alle Tage und weinen!«
»Siehe, den Freund, den du anfaßtest, daß dein Herz sich freute, den fressen die Würmer gleichwie ein altes Gewand. Enkidu, der Freund, den deine Hand berührte, ist wie die Lehmerde worden, er ist voll Erdstaub, in den Staub sank er hin, zu Staub ist er worden.«
Gilgamesch wollte noch weiter fragen, da verschwand der Schatten Enkidus.
Gilgamesch kehrte zurück nach Uruk, der Stadt mit den hohen Mauern. Hoch erhebt sich der Tempel des heiligen Berges.
Gilgamesch legte sich nieder zu schlafen, und ihn packte der Tod in der schimmernden Halle seines Palastes.

Semonides von Amorgos

Das Schicksal
(um 630 v. Chr.)

Das Endeziel von allem ist, o Sohn,
Beim hohen Zeus; der stellts, wohin er will.
Der Mensch ist sinnlos. Immer leben wir
Nur Einen Tag und wissen nicht, wie Gott
Mit Einem Sterblichen es enden werde.
Indessen nährt die süße Trügerin,
Die Hoffnung uns, auch wenn zum Nichtigen
Wir sterben. Dieser hofft den nächsten Tag;
Der andre künftger Sommer Ernten; da
Ist keiner, der sich nicht beim neuen Jahr
Ein freundliches, ein segensreiches Glück
Verheiße. Jenen rafft indes das Alter weg,
Eh er zum Ziel gelangte; diesen zehrt
Die Krankheit auf. Die zähmt der wilde Mars
Und sendet sie zur Totenschar hinab,
In Plutos unterirdisch-schwarzes Haus.
Die sterben auf dem Meer: der Sturm ergriff
Die schwarze Welle, riß sie fort mit sich;
Hin ist ihr Leben, ihre Hoffnung hin.
Der greift, unglücklich Schicksal! selbst zum Strick
Und raubet sich der schönen Sonne Licht.
Nichts ist von Plagen frei: zehntausende
Der Tode stehn, ein unabwendbar Heer
Von Schmerz und Plagen stehn dem Sterblichen
Ringsum. O glaubten meinem Rate sie,
So liebte keiner doch sein Unglück selbst,
Und zehrte sich das Herz in Unmut ab.

Sappho

(um 600 v. Chr.)

Gestorben wirst du liegen, und wird kein Gedächtnis von dir
Sein dereinst und nach dir kein Sehnen später. Kein Teil hast du
An den Rosen aus Pierien. Ungesehen auch im Haus des Hades
Wandelst du unter den fahlen Toten, fortgeflogen.

Sophokles

Antigonae
(442 v. Chr.)

Antigonae.
Seht, ihr des Vaterlandes Bürger,
Den lezten Weg gehn mich,
Und das lezte Licht
Anschauen der Sonne.
Und nie das wieder? Der alles schwaigende Todesgott,
Lebendig führt er mich
Zu des Acherons Ufer, und nicht zu Hymenäen
Berufen bin ich, noch ein bräutlicher singt
Mich, irgend ein Lobgesang, dagegen
Dem Acheron bin ich vermählt.

Chor.
Gehst du bekannt doch und geleitet mit Lob
Hinweg in diese Kammer der Todten.
Verderbend trifft dich Krankheit nicht,
Nicht für das Schwert empfängst du Handlohn.
Dein eigen Leben lebend, unter
Den Sterblichen einzig,
Gehst du hinab, in die Welt der Todten.

Übertragen von Friedrich Hölderlin

Plato

Phaidon
(ca. 387–367 v. Chr.)

Und als Kriton das hörte, winkte er dem Sklaven, der in der Nähe stand. Dieser ging hinaus, und nachdem er eine Weile weggeblieben war, kam er wieder und brachte den mit, der das Gift reichen sollte; er hatte es aber schon zubereitet im Becher bei sich.
Als aber Sokrates den Mann sah, sagte er: Gut, mein Bester, du verstehst dich ja auf diese Dinge; was habe ich zu tun?
Nichts weiter, antwortete er, als, wenn du getrunken hast, herumzugehen, bis dir die Schenkel schwer werden, und dich dann niederzulegen; so wird es schon wirken. Damit reichte er dem Sokrates den Becher. Dieser nahm ihn, und ganz getrost, mein Echekrates, ohne im mindesten zu zittern oder die Farbe oder Miene zu verändern, sondern, wie es seine Art war, den Mann starr anblickend, fragte er ihn: Was meinst du zu dem Trank wegen einer Spende? Darf man eine weihen oder nicht?
Wir reiben nur so viel, Sokrates, sagte er, wie nach unserer Ansicht gerade genug ist.
Sokrates. Ich verstehe. Beten aber darf man doch zu den Göttern und muß es sogar, daß die Wanderung von hier dorthin glücklich vonstatten gehe. Darum bitte ich denn auch jetzt, und so möge es geschehen.
Und sowie er dies gesagt hatte, setzte er den Becher an und trank ihn ganz frisch und unverdrossen aus. Von uns aber waren die meisten bis dahin ziemlich imstande gewesen, an sich zu halten, daß sie nicht weinten; als wir aber sahen, daß er trank und mit Trinken fertig war, konnten wir uns nicht mehr halten, sondern auch mir selbst brachen die Tränen gewaltsam und stromweise hervor, so daß ich mein Gesicht verhüllte und weinte, nicht um ihn, sondern über mein eigenes Geschick, daß ich eines solchen Freundes beraubt sein sollte. Kriton war noch eher als ich aufgestanden, weil er nicht vermochte, die Tränen zurückzuhalten. Apollodoros aber, der schon vorher unaufhörlich geweint hatte, schrie jetzt laut auf, weinte und gebärdete sich unwillig; und es gab niemand unter allen Anwesenden, den er nicht durch sein Weinen erschüttert hätte, außer Sokrates selbst. Der aber sagte: Was tut ihr doch, ihr wun-

derlichen Leute! Ich habe ebendeshalb die Frauen weggeschickt, damit sie nicht dergleichen begehen möchten. Ich habe nämlich immer gehört, man müsse bei andächtigem Schweigen verscheiden. Also schweiget und haltet euch wacker!

Als wir das hörten, schämten wir uns und hielten inne mit Weinen. Er aber ging auf und ab, und als er merkte, daß ihm die Schenkel schwer wurden, legte er sich auf den Rücken; denn so hatte es ihm der Mann geraten. Und zugleich befühlte ihn ebender, der ihm das Gift gereicht hatte, und untersuchte nach einiger Zeit seine Füße und Schenkel. Dann drückte er kräftig seinen Fuß und fragte, ob er es fühle. Sokrates sagte nein. Darauf machte es jener mit den Unterschenkeln genauso, und so ging er immer weiter hinauf am Körper und zeigte uns, wie er kalt und starr wurde. Er befühlte ihn noch wiederholt und sagte, wenn es ihm ans Herz komme, dann werde er tot sein. Als ihm nun schon der Unterleib fast ganz kalt war, da schlug er die Kopfhülle zurück – er hatte sich nämlich verhüllt – und sprach die letzten Worte:

Mein Kriton, wir sind dem Asklepios einen Hahn schuldig. Spendet ihn und versäumt es nicht! – Das soll geschehen, sagte Kriton; sieh aber zu, ob du noch sonst etwas zu sagen hast.

Als Kriton dies fragte, gab Sokrates keine Antwort mehr, sondern bald darauf zuckte er, und der Mann deckte ihn auf; da waren seine Augen gebrochen. Als Kriton das sah, drückte er ihm den Mund und die Augen zu.

Dies, mein Echekrates, war das Ende unseres Freundes, des Mannes, der, wie wir wohl sagen dürfen, von seinen Zeitgenossen, die wir kennengelernt haben, der beste und der einsichtigste und gerechteste überhaupt war.

90. Psalm

(ca. 300 v. Chr.)

Ein Gebet des Mose, des Mannes Gottes.
Herr, du bist unsre Zuflucht für und für.
Ehe denn die Berge wurden
und die Erde und die Welt geschaffen wurden,
  bist du, Gott, von Ewigkeit zu Ewigkeit.
Der du die Menschen lässest sterben
  und sprichst: Kommt wieder, Menschenkinder!
Denn tausend Jahre sind vor dir
wie der Tag, der gestern vergangen ist,
  und wie eine Nachtwache.
Du lässest sie dahinfahren wie einen Strom,
sie sind wie ein Schlaf,
  wie ein Gras, das am Morgen noch sproßt,
das am Morgen blüht und sproßt
  und des Abends welkt und verdorrt.
Das macht dein Zorn, daß wir so vergehen,
  und dein Grimm, daß wir so plötzlich dahin müssen.
Denn unsre Missetaten stellst du vor dich,
  unsre unerkannte Sünde ins Licht vor deinem Angesicht.
Darum fahren alle unsre Tage dahin durch deinen Zorn,
  wir bringen unsre Jahre zu wie ein Geschwätz.
Unser Leben währet siebzig Jahre,
  und wenn's hoch kommt, so sind's achtzig Jahre,
und was daran köstlich scheint,
  ist doch nur vergebliche Mühe;
denn es fähret schnell dahin,
  als flögen wir davon.
Wer glaubt's aber, daß du so sehr zürnest,
  und wer fürchtet sich vor dir in deinem Grimm?
Lehre uns bedenken, daß wir sterben müssen,
  auf daß wir klug werden.

Matthäus-Evangelium

(nach 70 n. Chr.)

27. Kapitel

Und von der sechsten Stunde an ward eine Finsternis über das ganze Land bis zur neunten Stunde. Und um die neunte Stunde schrie Jesus laut und sprach: Eli, Eli, lama asabthani? das ist: Mein Gott, mein Gott, warum hast du mich verlassen?
Etliche aber, die da standen, da sie das hörten, sprachen sie: Der ruft den Elia. Und alsbald lief einer von ihnen, nahm einen Schwamm und füllte ihn mit Essig und steckte ihn auf ein Rohr und tränkte ihn. Die andern aber sprachen: Halt, laß sehen, ob Elia komme und ihm helfe! Aber Jesus schrie abermals laut und verschied.

Johannes von Tepl

Der Ackermann aus Böhmen

(1401)

Der Ackermann. Grimmiger Vertilger aller Völker, furchtbarer Verfolger aller Menschen, Tod, Euch sei geflucht! Gott, Euer Schöpfer, hasse Euch, wachsendes Unheil wohne Euch bei, Unglück hause bei Euch mit seiner Gewalt, gänzlich geschändet seiet immerdar! Angst, Not und Jammer verlasse Euch nicht, wo Ihr auch wandert; Leid, Betrübnis und Kummer begleite Euch allenthalben; leidvolle Anfechtung, entehrende Vorahnung und schimpfliche Strafe bedränge Euch heftig an jedem Ort! Himmel, Erde, Sonne, Mond, Sterne, Meer, See, Berg, Gefilde, Tal, Aue, der Hölle Abgrund, auch alles, was Leben und Wesen hat, sei Euch unhold, mißgünstig und fluchend ewiglich! In Bosheit versinket, in leidvollem Elend verschwindet, und in der unwiderruflichen schwersten Acht Gottes, aller Menschen und jeglichen Geschöpfes bleibet alle künftige Zeit! Schamloser Bösewicht, Euer böses Andenken lebe und dauere an ohne Ende; Grauen und Furcht scheide nicht von Euch, wo Ihr auch wandert und weilt! Von mir und allen Menschen sei stets über Euch ernstlich Zeter geschrien mit gewundenen Händen!

Der Tod. Ein Fuchs schlug einen schlafenden Löwen an die Backe; darum ward ihm sein Balg zerrissen. Ein Hase zwickte einen Wolf; deshalb ist er noch heute schwanzlos. Eine Katze kratzte einen Hund, der schlafen wollte; immerfort muß sie des Hundes Feindschaft ertragen. Ebenso willst du dich an Uns reiben. Doch glauben Wir, daß ein Knecht Knecht, ein Herr aber Herr bleibe. Wir wollen beweisen, daß Wir recht wägen, recht richten und recht verfahren in der Welt, niemandes Adel schonen, großes Können nicht achten, keinerlei Schönheit ansehen, Gabe, Liebe, Leid, Alter, Jugend und alle sonstigen Dinge nicht wägen. Wir tun wie die Sonne, die über Gute und Böse scheint.
Dem Himmel Frieden und Lohn für Tugenden, der Hölle Weinen und Strafe für Sünden, der Erde, der Luft und des Meeres Strom mit all ihrem Inhalt. Unbeständigkeit hat der mächtige Herzog aller Welt beschieden und sie Uns anbefohlen, damit Wir alles Überflüssige ausroden und ausjäten sollten. Bedenke dich, dummer Mann, prüfe und grab mit

dem Grabstichel des Gedankens in die Vernunft, dann findest du: hätten Wir seit der Zeit des ersten aus Lehm gebildeten Mannes den Zuwachs und die Vermehrung der Menschen auf der Erde, der Tiere und Würmer in der Wüstung und auf wilden Heiden, der schuppentragenden und schlüpfrigen Fische im Meere nicht ausgerottet, vor kleinen Mükken könnte nun niemand bestehen, vor Wölfen wagte sich nun niemand hinaus. Es fräße ein Mensch den andern, ein Tier das andere, ein jedes lebende Geschöpf das andere; denn an Nahrung würde es ihnen gebrechen, die Erde würde ihnen zu eng. Der ist töricht, der den Tod der Sterblichen beweint. Laß ab! Die Lebendigen zu den Lebendigen, die Toten zu den Toten, wie es bisher gewesen ist. Bedenke besser, du Tor, worüber du klagen könntest!

Du hast nicht aus der Weisheit Brunnen getrunken, das merken Wir an deinen Worten. In das Wirken der Natur hast du nicht geblickt, in die irdische Verwandlung hast du nicht geschaut, ein unverständiger Welp bist du. Beachte, wie die leuchtenden Rosen und die starkduftenden Lilien in den Gärten, wie die kräftigen Kräuter und die lustspendenden Blumen in den Auen, wie die feststehenden Steine und die hochwachsenden Bäume im wilden Gefilde, wie die kraftvollen Bären und die gewaltigen Löwen in grauenvollen Wüstungen, wie die hochmächtigen starken Recken, wie die bebenden, ungewöhnlichen, hochgelehrten und allerlei Meisterschaft wohl mächtigen Menschen und wie alle irdischen Geschöpfe, wie verständig, wie klug, wie stark sie auch sind, wie lange sie sich auch erhalten, wie lange sie es auch treiben, müssen zunichte werden und verfallen allenthalben. Und wenn nun alle Menschengeschlechter, die gewesen sind, sind oder noch sein werden, vom Sein zum Nichtsein kommen müssen, wie sollte die Gelobte, die du beweinst, dazu gelangen, daß ihr nicht geschehe wie allen andern und allen andern wie ihr? Du selbst wirst Uns nicht entrinnen, wie wenig du jetzt auch damit rechnest. Alle nacheinander! muß jeder von euch sagen. Deine Klage ist nichtig; sie hilft dir nicht: sie kommt aus tauben Sinnen.

Der Ackermann. Allzu schnell habt Ihr mir die Teure, die Liebliche entrissen; denn Ihr habt mich zum Witwer und meine Kinder zu Waisen so ungnädig gemacht. Wie ist dem, Herr Tod, aller Ehen Brecher? Von Euch kann niemand etwas Gutes erhalten und bekommen; nach einer Untat wollt Ihr niemandem genugtun, niemandem wollt Ihr Ersatz schaffen.

Der Tod. Du klagst, daß Wir dir Leides hätten getan an deiner über alles geliebten Frau. Ihr ist gütig und gnädig geschehen. In fröhlicher Jugend, bei stolzem Leibe, in den besten Lebenstagen, in besten Würden, in bester Zeit, mit ungekränkten Ehren haben Wir sie in Unsere Gnade empfangen. Das haben gelobt, das haben begehrt alle Philosophen: denn sie sagten: man stirbt am besten, wenn man am innigsten zu leben wünscht. Der ist nicht wohl gestorben, der begehrt hat zu sterben; der hat zu lange gelebt, der Uns um das Sterben angerufen hat.

Der Ackermann. Beschönigender Rede bedarf wohl ein schuldiger Mann. Also verfahrt Ihr auch. Süß und sauer, lind und hart, gütig und scharf pflegt Ihr Euch denen zu erweisen, die Ihr zu betrügen gedenkt. Wahrlich, Herr, in deiner Schöpfung ist nichts Greulicheres, nichts Scheußlicheres, nichts Schrecklicheres, nichts Herberes, nichts Ungerechteres als der Tod! Er trübt und verwirrt dir deine ganze irdische Herrschaft; eher das Tüchtige als das Untüchtige nimmt er dahin; schadenbringende, alte, kranke, unnütze Leute läßt er oft allhier, die guten und die nützlichen rafft er alle dahin. Richte, Herr, gerecht über den falschen Richter!

Der Tod. Du fragst, wer Wir sind. Wir sind Gottes Werkzeug, der Herr Tod, ein gerecht wirkender Mäher, Unsere Sense mäht vor sich hin. Weiße, schwarze, rote, violette, grüne, blaue, graue, gelbe und andersfarbige Blumen und Gras haut sie vor sich nieder, ihres Glanzes, ihrer Kraft, ihrer Güte ungeachtet. Da nützt dem Veilchen nicht seine schöne Farbe, sein reicher Duft, sein wohlschmeckender Saft. Sieh, das ist Gerechtigkeit. Uns haben als gerecht beurteilt die Römer und die Dichter, weil sie Uns besser kannten als du. Du fragst, was Wir sind. Wir sind nichts und sind doch etwas. Deshalb nichts, weil Wir weder Leben noch Wesen, weder Gestalt noch Beschaffenheit haben, nicht Geist sind, nicht sichtbar sind, nicht greifbar sind; deshalb etwas, weil Wir sind des Lebens Ende, des Wesens Ende, des Nichtwesens Anfang, ein Mittel zwischen beidem. Wir sind ein Geschick, das alle Menschen fällt. Die großen Riesen mußten vor Uns fallen; alle Wesen, die Leben haben, müssen von Uns verwandelt werden; mit gutem Recht werden Wir obsiegen. Darum Wir Uns also schreiben: Wir Tod, Herr und Gewalthaber auf Erden, in der Luft und in des Meeres Strom. Weißt du es nicht, so wisse es nun: sobald ein Mensch geboren wird, alsbald hat er den Kauftrunk getan, daß er sterben muß. Des Anfangs Geschwister ist das

Ende. Wer ausgesandt wird, der ist verpflichtet wiederzukommen. Was einmal geschehen muß, dem soll sich niemand widersetzen. Was ein Mensch entleiht, das muß er wiedergeben. In der Fremde sind alle Menschen auf Erden. Aus etwas zu nichts müssen sie werden. Auf schnellen Füßen läuft der Menschen Leben. Leben sie jetzt noch, so sind sie im Handumdrehen gestorben. Um mit kurzen Worten zu schließen: jeder Mensch ist Uns ein Sterben schuldig, und er hat es ererbt zu sterben. Beweinst du aber deines Weibes Jugend, so tust du unrecht; sobald ein Mensch lebendig wird, alsbald ist er alt genug zu sterben. Du meinst vielleicht, das Alter sei ein kostbarer Hort. Nein, es ist krank, mühsam, ungestalten, kalt und mißfällt allen Menschen. Es taugt nichts und ist zu allen Dingen unnütz. Beklagst du jedoch ihre Schönheit, so tust du wie ein Kind. Eines jeden Menschen Schönheit muß entweder das Alter oder der Tod vernichten. Alle rosenfarbenen Lippen müssen farblos werden, alle roten Wangen müssen bleich werden, alle lichten Augen müssen dunkel werden. Es sei dir nun lieb oder leid, Wir wollen dir die Wahrheit an die Sonne legen, es höre, wer es wolle. Dein kurzer Verstand, dein abgeschnittener Sinn, dein hohles Herz wollen aus den Menschen mehr machen, als sie sein können. Du kannst aus einem Menschen machen, was du willst, er kann doch nicht mehr sein, als ich dir mit Verlaub aller reinen Frauen sagen will. Ein Mensch wird in Sünden empfangen, mit unreinem, unnennbarem Unflat im mütterlichen Leibe ernährt, nackt geboren und ist ein beschmierter Bienenkorb, ein vollkommener Ekel, ein Kotfaß, ein Fraß für Würmer, ein Stankhaus, ein widerwärtiger Spülzuber, ein verfaultes Aas, ein Schimmelkasten, ein bodenloser Sack, eine durchlöcherte Tasche, ein Blasebalg, ein gieriger Schlund, ein stinkender Leimtiegel, ein übelriechender Harnkrug, ein übelduftender Eimer, ein trügerischer Puppenflitter, ein Raubhaus aus Lehm, ein unersättlicher Löschtrog und eine gemalte Grabstätte. Es vernehme, wer da wolle: ein jeder vollständig geschaffene Mensch hat neun Löcher in seinem Leibe, und aus allen fließt so ekelhafter und unreiner Unflat, daß es nichts Unreineres geben kann. Käme dir ein Mensch noch so schön vor, hättest du eines Luchses Augen und könntest du sein Inneres durchschauen, dir würde darob grauen. Nimm und zieh ab der schönsten Frau des Schneiders Farbe, so siehst du eine jämmerliche Puppe, eine rasch verwelkende Blume von kurz dauerndem Glanz, einen bald verfaulenden Erdenkloß. Zeige Uns eine Handvoll Schönheit von allen schönen Frauen, die vor hundert Jahren gelebt haben, ausgenommen die gemalten an der Wand, und du sollst des Kaisers Krone zu eigen haben! Laß dahinfließen Liebe, laß dahinfließen Leid! Laß rinnen den Rhein wie andere Wasser! Eselsdorf! weiser Tölpel!

Der Ackermann. Jetzt erst erkenne ich, daß Ihr verlogen seid und nicht im Paradiese geschaffen wurdet, wie Ihr behauptet. Wäret Ihr im Paradiese entstanden, so wüßtet Ihr, daß Gott den Menschen und alle Dinge geschaffen hat, sie allesamt gut geschaffen hat und den Menschen über sie alle gesetzt, ihm die Herrschaft über sie alle befohlen und sie seinen Füßen untertan gemacht hat, so daß der Mensch über die Tiere des Erdreichs, die Vögel des Himmels, die Fische des Meeres und alle Früchte der Erde herrschen sollte, wie er es auch tut. Wo hat je ein Werkmann ein so geschicktes und reiches Werkstück gemacht, eine so kunstvolle kleine Kugel wie eines Menschen Haupt? In ihm ist künstlerische Kunst, allein Gott ebenbürtig, verborgen. Da ist im Augapfel das Gesicht, das zuverlässigste Werkzeug, meisterlich nach Art eines Spiegels geschaffen: bis an des Himmels klare Kreise reicht es. Da ist in den Ohren das in die Ferne reichende Gehör, gar vollkommen mit einer dünnen Haut vergittert, zur Prüfung und Unterscheidung mancherlei lieblicher Töne. Da ist in der Nase der Geruch, durch zwei Löcher ein- und ausgehend, gar kunstreich eingerichtet zu behaglicher Annehmlichkeit alles lustvollen und wonnesamen Duftes, der Nahrung der Seele ist. Da sind im Mund die Zähne, aller Leibesnahrung Tag für Tag zermahlende Einsacker, dazu der Zunge dünnes Blatt, die den Menschen ganz zur Kenntnis bringt der Leute Meinung; auch ist da des Geschmacks angenehme Prüfung von allerlei Nahrung. Außerdem sind im Kopfe aus Herzensgrunde kommende Gedanken, mit denen ein Mensch gar schnell reicht, so weit er will; bis in die Gottheit und sogar darüber klimmt der Mensch mit seinen Gedanken. Allein der Mensch besitzt die Vernunft, den edlen Hort. Er allein ist der liebliche Kloß, wie ihn niemand außer Gott schaffen kann, in dem so geschickte Werke mit aller Künste Meisterschaft und Weisheit gewirkt sind. Laßt fahren, Herr Tod! Ihr seid des Menschen Feind; darum sagt Ihr nichts Gutes von ihm!

...

Martin Luther

(1522)

Wir sind alle zum Tode gefordert, und es wird keiner für den andern sterben, sondern jeder muß in eigner Person geharnischt und gerüstet sein, mit dem Tode zu kämpfen. – Wir können wohl einer den andern trösten und zu Geduld, Streit und Kampf ermahnen, aber kämpfen und streiten können wir nicht für ihn, sondern es muß jeder selbst auf seiner Schanze stehn und sich mit den Feinden, dem Teufel und Tode messen, allein mit ihm im Kampf liegen.

Michelangelo

Sonett

(ca. 1530–1550)

Des Todes sicher, nicht der Stunde, wann.
Das Leben kurz, und wenig komm ich weiter;
den Sinnen zwar scheint diese Wohnung heiter,
der Seele nicht, sie bittet mich: stirb an.

Die Welt ist blind, auch Beispiel kam empor,
dem bessere Gebräuche unterlagen;
das Licht verlosch und mit ihm alles Wagen;
das Falsche frohlockt, Wahrheit dringt nicht vor.

Ach wann, Herr, gibst du das, was die erhoffen,
die dir vertraun? Mehr Zögern ist verderblich,
es knickt die Hoffnung, macht die Seele sterblich.

Was hast du ihnen soviel Licht verheißen,
wenn doch der Tod kommt, um sie hinzureißen
in jenem Stand, in dem er sie betroffen.

William Shakespeare

Hamlet

(ca. 1600)

Hamlet.
Sein oder Nichtsein, das ist hier die Frage:
Ob's edler im Gemüt, die Pfeil' und Schleudern
Des wütenden Geschicks erdulden, oder,
Sich waffnend gegen eine See von Plagen,
Durch Widerstand sie enden. Sterben - schlafen -
Nichts weiter! - und zu wissen, daß ein Schlaf
Das Herzweh und die tausend Stöße endet,
Die unsers Fleisches Erbteil - 's ist ein Ziel
Aufs innigste zu wünschen. Sterben - schlafen -
Schlafen! Vielleicht auch träumen! - Ja, da liegt's:
Was in dem Schlaf für Träume kommen mögen,
Wenn wir den Drang des Ird'schen abgeschüttelt,
Das zwingt uns stillzustehn. Das ist die Rücksicht,
Die Elend läßt zu hohen Jahren kommen.
Denn wer ertrug' der Zeiten Spott und Geißel,
Des Mächt'gen Druck, des Stolzen Mißhandlungen,
Verschmähter Liebe Pein, des Rechtes Aufschub,
Den Übermut der Ämter und die Schmach,
Die Unwert schweigendem Verdienst erweist,
Wenn er sich selbst in Ruhstand setzen könnte
Mit einer Nadel bloß? Wer trüge Lasten
Und stöhnt' und schwitzte unter Lebensmüh'?
Nur daß die Furcht vor etwas nach dem Tod -
Das unentdeckte Land, von des Bezirk
Kein Wandrer wiederkehrt - den Willen irrt,
Daß wir die Übel, die wir haben, lieber
Ertragen, als zu unbekannten fliehn. ...

Andreas Gryphius

Tränen in schwerer Krankheit
(1640)

Mir ist, ich weiß nicht wie, ich seufze für und für.
Ich weine Tag und Nacht, ich sitz in tausend Schmerzen,
Und tausend fürcht ich noch; die Kraft in meinem Herzen
Verschwindt, der Geist verschmacht, die Hände sinken mir.

Die Wangen werden bleich, der muntern Augen Zier
Vergeht gleich als der Schein der schon verbrannten Kerzen.
Die Seele wird bestürmt gleich wie die See im Märzen.
Was ist dies Leben doch! Was sind wir, ich und ihr?

Was bilden wir uns ein! Was wünschen wir zu haben?
Itzt sind wir hoch und groß und morgen schon vergraben;
Itzt Blumen, morgen Kot; wir sind ein Wind, ein Schaum,

Ein Nebel, eine Bach, ein Reif, ein Tau, ein Schatten.
Itzt was und morgen nichts; und was sind unser Taten
Als ein mit herber Angst durchaus vermischter Traum?

Angelus Silesius

Sinnliche Beschreibung der vier letzten Dinge
(1675*)

Der Tod

Ihr dummen Sterblichen, die ihr
so frei und sicher lebet
und stets mit hungriger Begier
nach Gut und Hoheit strebet!
Wem sammelt ihr dies alles ein,
was ihr bald müßt verlassen
und in der letzten Not und Pein
doch wieder werdet hassen?

Die Würmer, denen du bist Preis,
die werden deiner lachen
und dir mit Lust und großem Fleiß
gar bald den Garaus machen.
Die Kröten werden dein ›Gebein‹
zermalmen und zernagen
und nicht erst, ob sie edel sein
und hochgeboren, fragen.

So geht das schnöde Leben hin,
so elend, so geschwinde!
So müssen wir von dannen zieh'n,
gleich wie der Rauch vom Winde,
wie eine Blum' und Wasserblas'
in einem Hui verderben,
so pflegt auch unser Fleisch, das Gras,
in einem Hui zu sterben.

Kein Laub wird durch den harten Nord
so bald vom Baum gerissen,
kein Schiff treibt Äolus so fort,
als wir vergehen müssen.

Kein Strom fließt gar so schnell vorbei,
kein Pfeil fliegt so behende,
als unsers Lebens Melodei
zum Schweigen kommt und Ende.

Betrachte dies, o Menschenkind,
o Kind der Eitelkeiten!
Betracht es, daß du dich geschwind
zum Tode mögst bereiten!
Verlaß die Welt, kehr dich zu Gott,
erheb dich von der Erden,
daß du nicht darfst in diesem Tod
ganz tot und sterbend werden!

Stirb, ehe denn du sterben mußt,
meid, ehe du mußt meiden!
Ertöt in dir die böse Lust
und alle falschen Freuden!
Wer nicht gestorben, wenn er stirbt,
muß ewiglich verderben
und durch den Wurm, der nie verdirbt,
ohn' alles Ende sterben.

Johann Wolfgang von Goethe

Die Leiden des jungen Werther
(1774)

Es hat sich vor meiner Seele wie ein Vorhang weggezogen, und der Schauplatz des unendlichen Lebens verwandelt sich vor mir in den Abgrund des ewig offnen Grabs. Kannst du sagen: Das ist! da alles vorüber geht? da alles mit der Wetterschnelle vorüberrollt, so selten die ganze Kraft seines Daseins ausdauert, ach in den Strom fortgerissen, untergetaucht und an Felsen zerschmettert wird? Da ist kein Augenblick, der nicht dich verzehrte und die Deinigen um dich her, kein Augenblick, da du nicht ein Zerstörer bist, sein mußt; der harmloseste Spaziergang kostet tausend armen Würmchen das Leben, es zerrüttet ein Fußtritt die mühseligen Gebäude der Ameisen und stampft eine kleine Welt in ein schmähliches Grab. Ha! nicht die große seltne Not der Welt, diese Fluten, die eure Dörfer wegspülen, diese Erdbeben, die eure Städte verschlingen, rühren mich; mir untergräbt das Herz die verzehrende Kraft, die in dem All der Natur verborgen liegt, die nichts gebildet hat, das nicht seinen Nachbar, nicht sich selbst zerstörte. Und so taumle ich beängstigt. Himmel und Erde und ihre webenden Kräfte um mich her: ich sehe nichts als ein ewig verschlingendes, ewig wiederkäuendes Ungeheuer.
...

Der Entschluß, die Welt zu verlassen, hatte in dieser Zeit, unter solchen Umständen in Werthers Seele immer mehr Kraft gewonnen. Seit der Rückkehr zu Lotten war es immer seine letzte Aussicht und Hoffnung gewesen; doch hatte er sich gesagt, es solle keine übereilte, keine rasche Tat sein, er wolle mit der besten Überzeugung, mit der möglichst ruhigen Entschlossenheit diesen Schritt tun.
Seine Zweifel, sein Streit mit sich selbst blicken aus einem Zettelchen hervor, das wahrscheinlich ein angefangener Brief an Wilhelm ist und ohne Datum unter seinen Papieren gefunden worden.

»Ihre Gegenwart, ihr Schicksal, ihre Teilnehmung an dem meinigen preßt noch die letzten Tränen aus meinem versengten Gehirne.

Den Vorhang aufzuheben und dahinter zu treten! Das ist alles! Und warum das Zaudern und Zagen? Weil man nicht weiß, wie es dahinten aussieht? und man nicht wiederkehrt? Und daß das nun die Eigenschaft unseres Geistes ist, da Verwirrung und Finsternis zu ahnen, wovon wir nichts Bestimmtes wissen.«

Matthias Claudius

Der Mensch
(1783)

Empfangen und genähret
Vom Weibe wunderbar,
Kömmt er und sieht und höret
Und nimmt des Trugs nicht wahr;
Gelüstet und begehret
Und bringt sein Tränlein dar;
Verachtet und verehret,
Hat Freude und Gefahr;
Glaubt, zweifelt, wähnt und lehret,
Hält nichts und alles wahr;
Erbauet und zerstöret
Und quält sich immerdar;
Schläft, wachet, wächst und zehret;
Trägt braun und graues Haar.
Und alles dieses währet,
Wenns hoch kommt, achtzig Jahr.
Dann legt er sich zu seinen Vätern nieder,
Und er kömmt nimmer wieder.

Matthias Claudius

Der Tod
(1798*)

Ach, es ist so dunkel in des Todes Kammer,
Tönt so traurig, wenn er sich bewegt
Und nun aufhebt seinen schweren Hammer
und die Stunde schlägt.

Friedrich Hölderlin

Hyperion
(1797)

Hyperion an Bellarmin

... Wir bedauern die Toten, als fühlten sie den Tod, und die Toten haben doch Frieden. Aber das, das ist der Schmerz, dem keiner gleichkömmt, das ist unaufhörliches Gefühl der gänzlichen Zernichtung, wenn unser Leben seine Bedeutung so verliert, wenn so das Herz sich sagt, du mußt hinunter und nichts bleibt übrig von dir; keine Blume hast du gepflanzt, keine Hütte gebaut, nur daß du sagen könntest: ich lasse eine Spur zurück auf Erden. Ach! und die Seele kann immer so voll Sehnens sein, bei dem, daß sie so mutlos ist! ...

Heinrich von Kleist

Prinz Friedrich von Homburg
(1810)

Kurfürstin.
Ich weiß um alles!
Was aber kann ich, Ärmste, für Euch tun?
Der Prinz von Homburg.
O meine Mutter, also sprächst du nicht,
Wenn dich der Tod umschauerte, wie mich!
Du scheinst mit Himmelskräften, rettenden,
Du mir, das Fräulein, deine Fraun, begabt,
Mir alles rings umher, dem Troßknecht könnt ich,
Dem schlechtesten, der deiner Pferde pflegt,
Gehängt am Halse flehen: rette mich!
Nur ich allein, auf Gottes weiter Erde,
Bin hülflos, ein Verlaßner, und kann nichts!
Kurfürstin.
Du bist ganz außer dir! Was ist geschehn?
Der Prinz von Homburg.
Ach! auf dem Wege, der mich zu dir führte,
Sah ich das Grab, beim Schein der Fackeln, öffnen,
Das morgen mein Gebein empfangen soll.
Sieh, diese Augen, Tante, die dich anschaun,
Will man mit Nacht umschatten, diesen Busen
Mit mörderischen Kugeln mir durchbohren.
Bestellt sind auf dem Markte schon die Fenster,
Die auf das öde Schauspiel niedergehn,
Und der die Zukunft, auf des Lebens Gipfel,
Heut, wie ein Feenreich, noch überschaut,
Liegt in zwei engen Brettern duftend morgen,
Und ein Gestein sagt dir von ihm: er war!

Die Prinzessin, welche bisher, auf die Schulter der Hofdame gelehnt, in der Ferne gestanden hat, läßt sich, bei diesen Worten, erschüttert an einen Tisch nieder und weint.

Kurfürstin.
Mein Sohn! Wenns so des Himmels Wille ist,
Wirst du mit Mut dich und mit Fassung rüsten!
Der Prinz von Homburg.
O Gottes Welt, o Mutter, ist so schön!
Laß mich nicht, fleh ich, eh die Stunde schlägt,
Zu jenen schwarzen Schatten niedersteigen!
Mag er doch sonst, wenn ich gefehlt, mich strafen,
Warum die Kugel eben muß es sein?
Mag er mich meiner Ämter doch entsetzen,
Mit Kassation, wenns das Gesetz so will,
Mich aus dem Heer entfernen: Gott des Himmels!
Seit ich mein Grab sah, will ich nichts, als leben,
Und frage nichts mehr, ob es rühmlich sei!
Kurfürstin.
Steh auf, mein Sohn; steh auf! Was sprichst du da?
Du bist zu sehr erschüttert. Fasse dich!
Der Prinz von Homburg.
Nicht, Tante, ehr als bis du mir gelobt,
Mit einem Fußfall, der mein Dasein rette,
Flehnd seinem höchsten Angesicht zu nahn!
Dir übergab zu Homburg, als sie starb,
Die Hedwig mich, und sprach, die Jugendfreundin:
Sei ihm die Mutter, wenn ich nicht mehr bin.
Du beugtest tief gerührt, am Bette knieend,
Auf ihre Hand dich und erwidertest:
Er soll mir sein, als hätt ich ihn erzeugt.
Nun, jetzt erinnr' ich dich an solch ein Wort!
Geh hin, als hättst du mich erzeugt, und sprich:
Um Gnade fleh ich, Gnade! Laß ihn frei!
Ach, und komm mir zurück und sprich: du bists!

Adalbert von Chamisso

Sonett
(1834)

Ich fühle mehr und mehr die Kräfte schwinden;
Das ist der Tod, der mir am Herzen nagt,
Ich weiß es schon und, was ihr immer sagt,
Ihr werdet mir die Augen nicht verbinden.

Ich werde müd' und müder so mich winden,
Bis endlich der verhängte Morgen tagt,
Dann sinkt der Abend und, wer nach mir fragt,
Der wird nur einen stillen Mann noch finden.

Daß so vom Tod ich sprechen mag und sterben,
Und doch sich meine Wangen nicht entfärben,
Es dünkt euch mutig, übermutig fast.

Der Tod! – der Tod? – Das Wort erschreckt mich nicht,
Doch hab' ich im Gemüt ihn nicht erfaßt,
Und noch ihm nicht geschaut in's Angesicht.

Friedrich Hebbel

Sommerbild
(1844)

Ich sah des Sommers letzte Rose stehn,
Sie war, als ob sie bluten könne, rot;
Da sprach ich schauernd im Vorübergehn:
So weit im Leben, ist zu nah am Tod!

Es regte sich kein Hauch am heißen Tag,
Nur leise strich ein weißer Schmetterling;
Doch, ob auch kaum die Luft sein Flügelschlag
Bewegte, sie empfand es und verging.

Eduard Mörike

Denk es, o Seele!
(1852)

Ein Tännlein grünet wo,
Wer weiß, im Walde,
Ein Rosenstrauch, wer sagt,
In welchem Garten?
Sie sind erlesen schon,
Denk es, o Seele!
Auf deinem Grab zu wurzeln
Und zu wachsen.

Zwei schwarze Rößlein weiden
Auf der Wiese,
Sie kehren heim zur Stadt
In muntern Sprüngen.
Sie werden schrittweis gehn
Mit deiner Leiche;
Vielleicht, vielleicht noch eh
An ihren Hufen
Das Eisen los wird,
Das ich blitzen sehe!

Theodor Storm

Beginn des Endes
(1864)

Ein Punkt nur ist es, kaum ein Schmerz,
nur ein Gefühl, empfunden eben;
und dennoch spricht es stets darein,
und dennoch stört es dich zu leben.

Wenn du es andern klagen willst,
so kannst du's nicht in Worte fassen.
Du sagst dir selber: »Es ist nichts!«
Und dennoch will es dich nicht lassen.

So seltsam fremd wird dir die Welt,
und leis verläßt dich alles Hoffen,
bis du es endlich, endlich weißt,
daß dich des Todes Pfeil getroffen.

Conrad Ferdinand Meyer

Das Todesurteil
(1871)

Paracelsus

Gibts auf der Welt ein Herz so männlich fest,
das sich von Hoffnung nicht betören läßt?

Was mir der Freund von Paracelsus sprach,
das flog mir wie ein lichter Falter nach,

das senkte sich, mir selber unbewußt,
ein treibend Keimlein, in die sieche Brust.

Ich sehnte mich, bis der Gewünschte kam,
wie Mägdlein blicken nach dem Bräutigam.

Heut war er da. Ich lag erbärmlich krank
im Eichenschatten auf der Rasenbank.

Er tat, als würd er meiner nicht gewahr,
doch streifte mich sein scharfes Augenpaar.

Er nahm den Pfarrer dort am Strand beiseit
und sprach zu ihm geheim mit Heftigkeit.

Er hat ein abenteuerlich Gesicht,
so denk ich mir den ernsten Forscher nicht.

Ich lauschte hin. Ob er mir Rettung schafft?
Und ich vernahm: »Es fehlt die Lebenskraft«.

Mein feines Ohr hat flüstern ihn gehört:
»Hier ist ein edles Organon zerstört« …

Indem verstohlen er herüber sah,
raunt' schnell er: »Facies hippocratica!« …

Was spricht der Geck das liebe Deutsch nicht rein
und mischt so garst'ge fremde Brocken ein!

Er trat heran, er bot die Rechte mir,
er sprach mit Pomp: »Ich grüße Deutschlands Zier!«

Er nannte mich der Freiheit Turm und Hort,
von meiner Krankheit redet' er kein Wort.

Mir deucht, daß sich ein Seufzer ihm entwand,
als seinen Finger ich am Puls empfand.

Drauf hat er meine Verse mir gerühmt,
der Narr! Er hieß sie »stolz« und »reich beblümt«.

»Die Ufnau«, sprach er, »wird durch Euch bekannt
und noch von Kind zu Kindeskind genannt,

nicht einsam lebt Ihr auf dem Eiland hier,
bevölkert mit Gedanken habt es Ihr!«

Ich dachte: Wie zu dir dein Name paßt!
Bombastus nennst du dich – und sprichst Bombast!

Ihm gab ich das Geleit bis an den Kahn,
dann stieg den Hügel langsam ich hinan.

Es war ein goldner Morgen im August,
das zweite Gras gedieh mit Kraft und Lust!

Die ganze dichte blühnde Wiese klang
und wogt' und schwirrt' und flattert', zirpt' und sang.

Ich schritt in Halm und Blumen, überflammt
von süßem Sonnenlicht – zum Tod verdammt!

Da warf ich in die duft'ge Wiese mich,
verbarg das Haupt und weinte bitterlich.

Und lange lag ich still im grünen Tal,
mein eigen Bildnis oder Grabesmal.

Theodor Fontane

Ausgang

(1888)

Immer enger, leise, leise
Ziehen sich die Lebenskreise,
Schwindet hin, was prahlt und prunkt,
Schwindet Hoffen, Hassen, Lieben,
Und ist nichts in Sicht geblieben
Als der letzte dunkle Punkt.

Theodor Fontane

Effi Briest
(1888–1889)

So verging der Sommer, und die Sternschnuppennächte lagen schon zurück. Effi hatte während dieser Nächte bis über Mitternacht hinaus am Fenster gesessen und sich nicht müde sehen können. »Ich war immer eine schwache Christin; aber ob wir doch vielleicht von da oben stammen und, wenn es hier vorbei ist, in unsere himmlische Heimat zurückkehren, zu den Sternen oben oder noch drüber hinaus! Ich weiß es nicht, ich will es auch nicht wissen, ich habe nur die Sehnsucht.«
Arme Effi, du hattest zu den Himmelwundern zu lange hinaufgesehen und darüber nachgedacht, und das Ende war, daß die Nachtluft und die Nebel, die vom Teich her aufstiegen, sie wieder aufs Krankenbett warfen, und als Wiesike gerufen wurde und sie gesehen hatte, nahm er Briest beiseite und sagte: »Wird nichts mehr; machen Sie sich auf ein baldiges Ende gefaßt.«
Er hatte nur zu wahr gesprochen, und wenige Tage danach, es war noch nicht spät und die zehnte Stunde noch nicht heran, da kam Roswitha nach unten und sagte zu Frau von Briest: »Gnädigste Frau, mit der gnädigen Frau oben ist es schlimm; sie spricht immer so still vor sich hin, und mitunter ist es, als ob sie bete, sie will es aber nicht wahrhaben, und ich weiß nicht, mir ist, als ob es jede Stunde vorbeisein könnte.«
»Will sie mich sprechen?«
»Sie hat es nicht gesagt. Aber ich glaube, sie möchte es. Sie wissen ja, wie sie ist; sie will Sie nicht stören und ängstlich machen. Aber es wäre doch wohl gut.«
»Es ist gut, Roswitha«, sagte Frau von Briest, »ich werde kommen.«
Und ehe die Uhr noch einsetzte, stieg Frau von Briest die Treppe hinauf und traf bei Effi ein. Das Fenster stand auf, und sie lag auf einer Chaiselongue, die neben dem Fenster stand.
Frau von Briest schob einen kleinen schwarzen Stuhl mit drei goldenen Stäbchen in der Ebenholzlehne heran, nahm Effis Hand und sagte:
»Wie geht es dir, Effi? Roswitha sagt, du seiest so fiebrig.«
»Ach, Roswitha nimmt alles so ängstlich. Ich sah ihr an, sie glaubt, ich

sterbe. Nun, ich weiß nicht. Aber sie denkt, es soll es jeder so ängstlich nehmen wie sie selbst.«

»Bist du so ruhig über Sterben, liebe Effi?«

»Ganz ruhig, Mama.«

»Täuschst du dich darin nicht? Alles hängt am Leben und die Jugend erst recht. Und du bist noch so jung, liebe Effi.«

Effi schwieg eine Weile. Dann sagte sie: »Du weißt, ich habe nicht viel gelesen, und Innstetten wunderte sich oft darüber, und es war ihm nicht recht.«

Es war das erstemal, daß sie Innstettens Namen nannte, was einen großen Eindruck auf die Mama machte und dieser klar zeigte, daß es zu Ende sei.

»Aber ich glaube«, nahm Frau von Briest das Wort, »du wolltest mir was erzählen.«

»Ja, das wollte ich, weil du davon sprachst, ich sei noch so jung. Freilich bin ich noch jung. Aber das schadet nichts. Es war noch in glücklichen Tagen, da las mir Innstetten abends vor; er hatte sehr gute Bücher, und in einem hieß es: es sei wer von einer fröhlichen Tafel abgerufen worden, und am anderen Tage habe der Abgerufene gefragt, wie's denn nachher gewesen sei. Da habe man ihm geantwortet: ›Ach, es war noch allerlei; aber eigentlich haben Sie nichts versäumt.‹ Sieh, Mama, diese Worte haben sich mir eingeprägt – es hat nicht viel zu bedeuten, wenn man von der Tafel etwas früher abgerufen wird.«

Thomas Mann

Buddenbrooks
(1900)

Und dann begann der Kampf aufs neue ... War es noch ein Kampf mit dem Tode? Nein, sie rang jetzt mit dem Leben um den Tod. »Ich will gerne ...«, keuchte sie ..., »ich kann nicht ... Was zu schlafen! ... Meine Herren, aus Barmherzigkeit! was zu schlafen ...!«
Dieses »aus Barmherzigkeit« machte, daß Frau Permaneder laut aufweinte und Thomas leise stöhnte, indem er einen Augenblick seinen Kopf mit den Händen erfaßte. Aber die Ärzte kannten ihre Pflicht. Es galt unter allen Umständen, dieses Leben den Angehörigen so lange wie nur irgend möglich zu erhalten, während ein Betäubungsmittel sofort ein widerstandsloses Aufgeben des Geistes bewirkt haben würde. Ärzte waren nicht auf der Welt, den Tod herbeizuführen, sondern das Leben um jeden Preis zu konservieren. Dafür sprachen außerdem gewisse religiöse und moralische Gründe, von denen sie auf der Universität sehr wohl gehört hatten, wenn sie ihnen im Augenblick auch nicht gegenwärtig waren ... Sie stärkten im Gegenteil mit verschiedenen Mitteln das Herz und brachten durch Brechreiz mehrere Male eine momentane Erleichterung hervor.
Um fünf Uhr konnte der Kampf nicht mehr furchtbarer werden. Die Konsulin, im Krampfe aufgerichtet und mit weit geöffneten Augen, stieß mit den Armen um sich, als griffe sie nach einem Haltepunkt oder nach Händen, die sich ihr entgegenstreckten, und antwortete nun unaufhörlich in die Luft hinein nach allen Seiten auf Rufe, die nur sie vernahm, und die immer zahlreicher und dringlicher zu werden schienen.
Es war, als ob nicht nur ihr verstorbener Gatte und ihre Tochter, sondern auch ihre Eltern, Schwiegereltern und mehrere andere, ihr im Tode vorangegangene Anverwandte irgendwo anwesend waren, und sie nannte Vornamen, von denen niemand im Zimmer sofort hätte sagen können, welche Verstorbenen damit gemeint seien. »Ja!« rief sie und wandte sich nach verschiedenen Richtungen ... »Jetzt komme ich ... Sofort ... Diesen Augenblick noch ... So ... Ich kann nicht ... Ein Mittel, meine Herren ...«

Um halb sechs Uhr trat ein Augenblick der Ruhe ein. Und dann, ganz plötzlich, ging über ihre gealterten und vom Leiden zerrissenen Züge ein Zucken, eine jähe, entsetzte Freude, eine tiefe, schauernde, furchtsame Zärtlichkeit, blitzschnell breitete sie die Arme aus, und mit einer so stoßartigen und unvermittelten Schnelligkeit, daß man fühlte: zwischen dem, was sie gehört, und ihrer Antwort lag nicht ein Augenblick – rief sie laut mit dem Ausdruck des unbedingtesten Gehorsams und einer grenzenlosen angst- und liebevollen Gefügigkeit und Hingebung: »Hier bin ich!« ... und verschied.

Rainer Maria Rilke

Schlußstück
(1900/1901)

Der Tod ist groß.
Wir sind die Seinen
lachenden Munds.
Wenn wir uns mitten im Leben meinen,
wagt er zu weinen
mitten in uns.

Rainer Maria Rilke

Die Aufzeichnungen des Malte Laurids Brigge
(1904–1910)

Ich fürchte mich. Gegen die Furcht muß man etwas tun, wenn man sie einmal hat. Es wäre sehr häßlich, hier krank zu werden, und fiele es jemandem ein, mich ins Hôtel-Dieu zu schaffen, so würde ich dort gewiß sterben. Dieses Hôtel ist ein angenehmes Hôtel, ungeheuer besucht. Man kann kaum die Fassade der Kathedrale von Paris betrachten ohne Gefahr, von einem der vielen Wagen, die so schnell wie möglich über den freien Plan dort hinein müssen, überfahren zu werden. Das sind kleine Omnibusse, die fortwährend läuten, und selbst der Herzog von Sagan müßte sein Gespann halten lassen, wenn so ein kleiner Sterbender es sich in den Kopf gesetzt hat, geradenwegs in Gottes Hôtel zu wollen. Sterbende sind starrköpfig, und ganz Paris stockt, wenn Madame Legrand, brocanteuse aus der rue des Martyrs, nach einem gewissen Platz der Cité gefahren kommt. Es ist zu bemerken, daß diese verteufelten kleinen Wagen ungemein anregende Milchglasfenster haben, hinter denen man sich die herrlichsten Agonien vorstellen kann; dafür genügt die Phantasie einer Concierge. Hat man noch mehr Einbildungskraft und schlägt sie nach anderen Richtungen hin, so sind die Vermutungen geradezu unbegrenzt. Aber ich habe auch offene Droschken ankommen sehen, Zeitdroschken mit aufgeklapptem Verdeck, die nach der üblichen Taxe fuhren: Zwei Francs für die Sterbestunde.

…

Ja, es war für diese geistesabwesenden, verschlafenen Dinge eine schreckliche Zeit. Es passierte, daß aus Büchern, die irgend eine hastige Hand ungeschickt geöffnet hatte, Rosenblätter heraustaumelten, die zertreten wurden; kleine, schwächliche Gegenstände wurden ergriffen und, nachdem sie sofort zerbrochen waren, schnell wieder hingelegt, manches Verbogene auch unter Vorhänge gesteckt oder gar hinter das goldene Netz des Kamingitters geworfen. Und von Zeit zu Zeit fiel etwas, fiel verhüllt auf Teppich, fiel hell auf das harte Parkett, aber es zerschlug da und dort, zersprang scharf oder brach fast lautlos auf, denn diese Dinge, verwöhnt wie sie waren, vertrugen keinerlei Fall.

Und wäre es jemandem eingefallen zu fragen, was die Ursache von alledem sei, was über dieses ängstlich gehütete Zimmer alles Untergangs Fülle herabgerufen habe, – so hätte es nur *eine* Antwort gegeben: der Tod.

Der Tod des Kammerherrn Christoph Detlev Brigge auf Ulsgaard. Denn dieser lag, groß über seine dunkelblaue Uniform hinausquellend, mitten auf dem Fußboden und rührte sich nicht. In seinem großen, fremden, niemandem mehr bekannten Gesicht waren die Augen zugefallen: er sah nicht, was geschah. Man hatte zuerst versucht, ihn auf das Bett zu legen, aber er hatte sich dagegen gewehrt, denn er haßte Betten seit jenen ersten Nächten, in denen seine Krankheit gewachsen war. Auch hatte sich das Bett da oben als zu klein erwiesen, und da war nichts anderes übrig geblieben, als ihn so auf den Teppich zu legen; denn hinunter hatte er nicht gewollt.

Da lag er nun, und man konnte denken, daß er gestorben sei. Die Hunde hatten sich, da es langsam zu dämmern begann, einer nach dem anderen durch die Türspalte gezogen, nur der Harthaarige mit dem mürrischen Gesicht saß bei seinem Herrn, und eine von seinen breiten, zottigen Vorderpfoten lag auf Christoph Detlevs großer, grauer Hand. Auch von der Dienerschaft standen jetzt die meisten draußen in dem weißen Gang, der heller war als das Zimmer; die aber, welche noch drinnen geblieben waren, sahen manchmal heimlich nach dem großen, dunkelnden Haufen in der Mitte, und sie wünschten, daß das nichts mehr wäre als ein großer Anzug über einem verdorbenen Ding.

Aber es war noch etwas. Es war eine Stimme, die Stimme, die noch vor sieben Wochen niemand gekannt hatte: denn es war nicht die Stimme des Kammerherrn. Nicht Christoph Detlev war es, welchem diese Stimme gehörte, es war Christoph Detlevs Tod.

Christoph Detlevs Tod lebte nun schon seit vielen, vielen Tagen auf Ulsgaard und redete mit allen und verlangte. Verlangte, getragen zu werden, verlangte das blaue Zimmer, verlangte den kleinen Salon, verlangte den Saal. Verlangte die Hunde, verlangte, daß man lache, spreche, spiele und still sei und alles zugleich. Verlangte Freunde zu sehen, Frauen und Verstorbene, und verlangte selber zu sterben: verlangte. Verlangte und schrie.

Denn, wenn die Nacht gekommen war und die von den übermüden Dienstleuten, welche nicht Wache hatten, einzuschlafen versuchten, dann schrie Christoph Detlevs Tod, schrie und stöhnte, brüllte so lange und anhaltend, daß die Hunde, die zuerst mitheulten, verstummten und nicht wagten sich hinzulegen und, auf ihren langen, schlanken, zitternden Beinen stehend, sich fürchteten. Und wenn sie es durch die weite, silberne, dänische Sommernacht im Dorfe hörten, daß er brüllte, so standen sie auf wie beim Gewitter, kleideten sich an und blieben ohne ein Wort um die Lampe sitzen, bis es vorüber war. Und die Frauen, welche nahe vor dem Niederkommen waren, wurden in die entlegensten Stuben gelegt und in die dichtesten Bettverschläge; aber sie hörten es, sie hörten es, als ob es in ihrem eigenen Leibe wäre, und sie flehten, auch aufstehen zu dürfen, und kamen, weiß und weit, und setzten sich zu den andern mit ihren verwischten Gesichtern. Und die Kühe, welche kalbten in dieser Zeit, waren hülflos und verschlossen, und einer riß man die tote Frucht mit allen Eingeweiden aus dem Leibe, als sie gar nicht kommen wollte. Und alle taten ihr Tagwerk schlecht und vergaßen das Heu hereinzubringen, weil sie sich bei Tage ängstigten vor der Nacht und weil sie vom vielen Wachsein und vom erschreckten Aufstehen so ermattet waren, daß sie sich auf nichts besinnen konnten. Und wenn sie am Sonntag in die weiße, friedliche Kirche gingen, so beteten sie, es möge keinen Herrn mehr auf Ulsgaard geben: denn dieser war ein schrecklicher Herr. Und was sie alle dachten und beteten, das sagte der Pfarrer laut von der Kanzel herab, denn auch er hatte keine Nächte mehr und konnte Gott nicht begreifen. Und die Glocke sagte es, die einen furchtbaren Rivalen bekommen hatte, der die ganze Nacht dröhnte und gegen den sie, selbst wenn sie aus allem Metall zu läuten begann, nichts vermochte. Ja, alle sagten es, und es gab einen unter den jungen Leuten, der geträumt hatte, er wäre ins Schloß gegangen und hätte den gnädigen Herrn erschlagen mit seiner Mistforke, und so aufgebracht war man, so zu Ende, so überreizt, daß alle zuhörten, als er seinen Traum erzählte, und ihn, ganz ohne es zu wissen, daraufhin ansahen, ob er solcher Tat wohl gewachsen sei. So fühlte und sprach man in der ganzen Gegend, in der man den Kammerherrn noch vor einigen Wochen geliebt und bedauert hatte. Aber obwohl man so sprach, veränderte sich nichts. Christoph Detlevs Tod, der auf Ulsgaard wohnte, ließ sich nicht drängen. Er war für zehn Wochen gekommen, und die blieb er. Und während dieser Zeit war er mehr Herr, als Christoph Detlev Brigge es je gewesen war, er war wie ein König, den man den Schrecklichen nennt, später und immer.

Das war nicht der Tod irgendeines Wassersüchtigen, das war der böse, fürstliche Tod, den der Kammerherr sein ganzes Leben lang in sich getragen und aus sich genährt hatte. Alles Übermaß an Stolz, Willen und Herrenkraft, das er selbst in seinen ruhigen Tagen nicht hatte verbrauchen können, war in seinen Tod eingegangen, in den Tod, der nun auf Ulsgaard saß und vergeudete.

Wie hätte der Kammerherr Brigge den angesehen, der von ihm verlangt hätte, er solle einen anderen Tod sterben als diesen. Er starb seinen schweren Tod.

Und wenn ich an die andern denke, die ich gesehen oder von denen ich gehört habe: es ist immer dasselbe. Sie alle haben einen eigenen Tod gehabt. Diese Männer, die ihn in der Rüstung trugen, innen, wie einen Gefangenen, diese Frauen, die sehr alt und klein wurden und dann auf einem ungeheueren Bett, wie auf einer Schaubühne, vor der ganzen Familie, dem Gesinde und den Hunden diskret und herrschaftlich hinübergingen. Ja die Kinder, sogar die ganz kleinen, hatten nicht irgendeinen Kindertod, sie nahmen sich zusammen und starben das, was sie schon waren, und das, was sie geworden wären.

Und was gab das den Frauen für eine wehmütige Schönheit, wenn sie schwanger waren und standen, und in ihrem großen Leib, auf welchem die schmalen Hände unwillkürlich liegen blieben, waren *zwei* Früchte: ein Kind und ein Tod. Kam das dichte, beinah nahrhafte Lächeln in ihrem ganz ausgeräumten Gesicht nicht davon her, daß sie manchmal meinten, es wüchsen beide?

Ich habe etwas getan gegen die Furcht. Ich habe die ganze Nacht gesessen und geschrieben, und jetzt bin ich so gut müde wie nach einem weiten Weg über die Felder von Ulsgaard.

Georg Heym

Das Fieberspital
(1910)

I

Die bleiche Leinwand in den vielen Betten
Verschwimmt in kahler Wand im Krankensaal.
Die Krankheiten alle, dünne Marionetten,
Spazieren in den Gängen. Eine Zahl

Hat jeder Kranke. Und mit weißer Kreide
Sind seine Qualen sauber aufnotiert.
Das Fieber donnert. Ihre Eingeweide
Brennen wie Berge. Und ihr Auge stiert

Zur Decke auf, wo ein paar große Spinnen
Aus ihrem Bauche lange Fäden ziehn.
Sie sitzen auf in ihrem kalten Linnen
Und ihrem Schweiß mit hochgezognen Knien.

Sie beißen auf die Nägel ihrer Hand.
Die Falten ihrer Stirn, die rötlich glüht,
Sind wie ein graugefurchtes Ackerland,
Auf dem des Todes großes Frührot blüht.

Sie strecken ihre weißen Arme vor,
Vor Kälte zitternd und vor Grauen stumm.
Schon wälzt ihr Hirn sich schwarz von Ohr zu Ohr
In ungeheurem Wirbel schnell herum.

Dann gähnt in ihrem Rücken schwarz ein Spalt,
Und aus der weißgetünchten Mauerwand
Streckt sich ein Arm. Um ihre Kehle ballt
Sich langsam eine harte Knochenhand.
...

Georg Trakl

Klage

(1914/1915)

Schlaf und Tod, die düstern Adler
umrauschen nachtlang dieses Haupt:
des Menschen goldnes Bildnis
verschlänge die eisige Woge
der Ewigkeit. An schaurigen Riffen
zerschellt der purpurne Leib.
Und es klagt die dunkle Stimme
über dem Meer.
Schwester stürmischer Schwermut
sieh ein ängstlicher Kahn versinkt
unter Sternen,
dem schweigenden Antlitz der Nacht.

Hermann Hesse

Angst in der Nacht
(1918)

Die Uhr spricht ängstlich mit dem Spinnweb an der Wand,
Am Laden reißt der Wind,
Meine flackernden Kerzen sind
Ganz vertropft und heruntergebrannt,
Kein Wein im Glase mehr,
Schatten in allen Ecken,
Deren lange Finger sich nach mir strecken.
Wie in der Kinderzeit
Schließ ich die Augen und atme schwer,
Angst hält mich kauernd im Stuhl gefangen.
Aber keine Mutter kommt mehr,
Keine gute, scheltende Magd mehr gegangen,
Die mich am Arm nimmt und mir die schreckliche Welt
Freundlich entzaubert und neu mit Trost erhellt.
Lange bleib ich im Finstern kauern,
Höre den Wind im Dach und den knisternden Tod in den Mauern,

Höre Sand hinter Tapeten rinnen,
Höre den Tod mit frierenden Fingern spinnen,
Reiße die Augen auf, will ihn sehen und greifen,
Sehe ins Leere und höre ihn fern
Aus den spöttischen Lippen leise pfeifen,
Taste zum Bett – schliefe, schliefe so gern!
Aber Schlaf ist ein scheuer Vogel geworden,
Schwer zu fangen, zu halten, doch leicht zu morden;
Pfeifend fährt er, die Stimme voll bittrem Hohn,
Sausenden Fluges im zerrenden Winde davon.

Federico García Lorca

Reiterlied
(ca. 1921–1924)

CÓRDOBA.
Einsam und fern.

Nachtschwarze Stute, Diskus
des Monds, Oliven im Sacke
am Sattel. Wohl weiß ich die Wege,
doch Córdoba sehe ich nie.

Durch Wind, durch die Ebene,
nachtschwarze Stute, purpurner
Mond. Von Córdobas Türmen
starrt mich stechend der Tod an.

Ach, welch ein endloser Weg!
Ach, meine wackere Stute!
Ach, mich erwartet der Tod,
eh ich nach Córdoba komme!

CÓRDOBA.
Einsam und fern.

Alfred Döblin

Manas
(1927)

»Schnee sein, Wind sein,
Durch die Luft tropfen,
In den Boden sickern.
Wer hat den Tod erfunden?
Schmelzen, schwinden,
Nicht zu wissen von gestern, morgen,
Nicht zu wissen von mir,
Nicht zu wissen, nicht zu wissen.«

Arnold Zweig

Der Streit um den Sergeanten Grischa
(1927)

Grischa will, sehr ungeduldig, den Kopf von ihm wegwenden, das silberne Kreuz jedoch hypnotisiert ihn für Sekunden, in denen er willenlos sich das Koppel aufhaken, den Mantel aufknöpfen läßt, ihn von den Schultern streifen fühlt, Waffenrock auch, einen Augenblick die Arme frei hat, in seinem jämmerlichen grauen Flanellhemd dasteht. Hoch über ihm türmt sich die bröckelige, steinichte Mauer der Kiesgrube im Halbrund. Der Weg nach vorn ist ihm versperrt. Dort steht bereits auf leichtes Kommando hin eine Rotte, fünf Läufe stark, angetreten, furchtbar anzusehen mit ihren entsicherten Gewehren. Das sind die grünen Röcke und die roten Gesichter des Verderbens. Hilflos, ganz verlassen, flattert in den Herzschlägen einer zermalmenden Beklemmung Grischas Blick an den Holunderästen vorüber, mit einer auffliegenden langsamen Krähe dorthin, in die Weite, nach der Stadt zurück, die unten liegt, verdeckt, und in der das Lebendige zu Hause ist. Feldwebel Pont hat seinen Unterkiefer vorgeschoben, zieht sein Taschentuch und befiehlt mit unwiderstehlich halblautem Obenhin einem der Jäger, dem Verurteilten die Augen zu verbinden. Der Priester murmelt und priestert. Schon wieder sind Grischa die Hände zugeschnürt, die Arme. Grausig der Zwang, nicht um sich schlagen zu können, nur zu stöhnen. Er ist schon fast bewußtlos. Die ungeheuer zermalmende Wucht dessen, was an ihm geschieht, und daß es mit ihm geschieht, ohne Halt, ohne Einspruch, ohne die mindeste Gnade, umnebelt sein Denken. Er will nicht gefesselt werden noch erschossen, aber er bringt die deutschen Worte nicht mehr zusammen und die russischen Worte nicht hinauf; denn »Mutter! Mutter!« zu schreien liegt ihm zwischen den Zähnen ganz vornean. Dann verlischt ihm die Welt unter einem weichen, sauber riechenden Leinentuch. Sprunghaft sitzt ihm die besinnungslose Angst, der grausige verlöschende Schrecken des schwarzen Tieres, und ganz angespannt steht er, rasend, lauschend auf das, was von außen grauenhaft herangetragen wird. In dem Augenblick, wo ein vorletztes Kommando fällt, er hört das Klatschen der Gewehre, die in Anschlag gehen, endet die Litanei.

Das Kreuz, denkt er, sieht er vor sich, vor seinen verschlossenen Blicken das kantige schwere Zeichen. Dann rast in ihm, im Augenblick, wo die schneidende Stimme Feldwebel Berglechners den Befehl zum Feuern ansetzt, in der Gewißheit und dem Übermaß der Todesangst die Seele enthemmt los, während sein Körper Kot verliert. Das Krachen der Schüsse fährt wie ein einziger wahnsinniger Schlag in einen Ablauf sausender Bilder, der bei seiner Mutter in der Küchenstube mit dem Kreuz beginnt. Aljoscha mit der Zange sieht er, den nachthellen Waldlagerhof beim Ausbruch durch die Drähte, er riecht das saure Holz seines Fluchtwagens, das Heu, bei dem er den Zug verließ, die ungeheure Weiße und eisige Schweigsamkeit des Winterwaldes, die zähneklappernde Einsamkeit der verlassenen Artilleriestellung, und da kriecht das schwarze Tier heran, der Luchs, der mit dem Sprung seiner Hinterläufe und seinem teuflischen Gesicht über den Ohrpinseln ihn niederreißen will und vom Gelächter seines Übermuts, der großen Freiheit und dem geworfenen Schneeball kümmerlich flieht. Und wieder lächelt er schwach und verloren über das Tier, jetzt, wo es aus den fünf Höhlen der Gewehrläufe ihn anspringt, gleich landen, ihn gleich hinschlagen wird. Aber sein längst überwältigtes und aus der Gegenwart gewischtes Lebensgefühl wird im Augenblick des Todes aus den Urgründen der Seele her überflammt von der Gewißheit, Teile seines Wesens über die Vernichtung weggerettet zu haben.

Ina Seidel

Trost
(1927)

Unsterblich duften die Linden –
Was bangst du nur:

Du wirst vergehen, und deiner Füße Spur
wird bald kein Auge mehr im Staube finden.
Doch blau und leuchtend wird der Sommer stehen.
Und wird mit seinem süßen Atemwehn
Gelind die arme Menschenbrust entbinden.
Wo kommst du her? Wielang bist du noch hier?

Was liegt an dir?
Unsterblich duften die Linden.

Gertrud Kolmar

Heimweh
(1933)

Warum soll ich heut nicht sterben wollen?
Einmal muß ich doch vergehn.
Meine Tage, meine Jahre rollen
Hügelnieder zu den Seen,
Da die grauen Fische Stille singen,
Mummel sanft und golden spricht,
Natter wiegend aus geschuppten Ringen
Ihre stumme Flöte bricht.

Ist noch immer Hauch auf meinen Wangen,
Auf der Lippe noch ein Lied,
Sind die Augen schon den Weg gegangen,
Der von meinem Leben schied,
Von der Stadt, die mit geschwungnen Lichtern
Scharf das weiche Dunkel mäht,
Mit verzerrten, tobenden Gesichtern
Jede leise Botschaft schmäht.

Dieses eigne Antlitz möcht ich halten,
Das von Worten überfließt,
Möcht es neigen so, es schweigsam falten,
Wie den Kelch die Blume schließt,
Bis es nicht den harten Hohn aus Steinen,
Schuttgefasel mehr vernimmt,
Nur ein Tau, ein zartes Kinderweinen,
Schwebend durch die Blüte glimmt.

Mit der Bettelschale wankt das Alter
Fröstelnd über kahle Trift;
Tief im roten Klang der Feuerfalter,
In des Grases grüner Schrift
Will ich sinkend ruhn, verlaßne Schwelle,
Wo der Ufertempel schwand:

Staub und manchmal scheu die Welle
Unterm Haupt wie eine Hand.

Gertrud Kolmar

Robespierre
(1933)

Und manches Mal am Abend kam der Tod.

Wie lautlos grauer Flug der Schleierkäuze,
So sank er ein. Er hing am Fensterkreuze.
Und hinter ihm ein Himmel, schwaches Rot

In ferner Wolke müdem Nachtwärtstreiben.
Und wenn dies Mädchen, sanft, ein Wegelied,
Die kleine Lampe hob und, eh sie schied,
Den Vorhang sorglich rückte an die Scheiben,

Dann trat der stille augenleere Gast,
Ein Schatten, hinter seinen Stuhl und schaute
Der Feder zu, die Wort an Worte baute
Auf reines Blatt geduldig, ohne Rast.

Und wenn der Denkende in Hände raffte
Sein Haupt mit allem Schicksal, das es trug,
Um schmale Lippen jener starre Zug,
Einst hart gespannter Bogenstrang, erschlaffte

Und sprödem Firnis gleich, der blätternd staubt,
Das Machtgebot von seiner Stirn sich löste,
Stieg wohl ein Arm, der knöcherne, entblößte,
Als wollte er dies puderweiße Haupt

Mit langen Krallen zärtlich streichelnd rühren,
Des Zopfbands schwarzen Seidenschmetterling.
Er ließ doch sein. Der Beinerne verging,
Der ungegrüßte, durch verschloßne Türen.

Vielleicht vergaß er auf des Tisches Rand
Die Stundensäule wieder, die er brachte.
Dann, wenn der Richter einen Namen dachte
und absichtslos sie streifte, floß ihr Sand

Mit feinem Sickern aus dem obern Glase
Der untern Kammer ein. Es wurde Tag.
Und eine dunkelrote Rose lag,
Verstummt, ein armes Häufchen, vor der Vase. –

Schon Hahnenschrei. Der Sternkranz hing verblaßt.
Er saß und schrieb: Wer aber kann ihm wehren,
Ihm, der die Wahrheit sagen will und ehren
Und der für sie zu sterben sich gefaßt?

Nun hielt er an. Mit dünnem Finger zeigend
Erhob er seine Rede, Satz um Satz
Als ein Vermächtnis leuchtend, teuren Schatz.
Da beugte sich der Tod und legte schweigend

Die Hand auf seinen Scheitel wie ein Freund.

T. S. Eliot

Mord im Dom
(1935)

...

Das Höllengesindel verschwindet, das menschliche, weicht, zerstreut sich
Zu Staub im Wind, vergessen, undenkwürdig; blieb allein
Dein weißes, schales Angesicht, Tod, stummer Bote Gottes,
Und hinterm Angesicht des Todes das Gericht,
Und hinter dem Gericht die Lücke, gräßlicher denn alle tätige Gestalt der Hölle,
Leerheit, Abwesenheit, Geschiedensein von Gott;
Das Graun der mühelosen Fahrt ins leere Land,
Das kein Land *ist*, nur Leerheit, Wegsein, Lücke,
Wo der, der Mensch war, seinen Sinn nicht länger wendet,
Auf Unrast, Spiegelfechterei, Flucht in den Traum, Fehlanspruch,
Wo nichts hinfort die Seele täuscht, wo weder Bild noch Ton blieb,
Noch Farb, noch Form, die Seele zu zerstreun und zu verwirren,
Daß sie sich selbst nicht seh, schmählich für immer vereint,
Nichts mit dem Nichts.
Nicht was man Tod nennt, sondern was hinter dem Tod nicht Tod ist,
Fürchten wir, fürchten wir. Wer tritt dann für mich ein,
Wer nimmt für mich das Wort in meiner Angst?
...

Pablo Neruda

Federico García Lorca
(1937)

Als er eines Nachts in einem Dorf in Estremadura nicht schlafen konnte, stand er im Morgengrauen auf. Über der harten Landschaft lag noch dichter Nebel. Federico setzte sich neben ein paar umgestürzte Statuen, um die Sonne aufgehen zu sehen. Es waren Marmorstatuen aus dem 18. Jahrhundert: sie standen an der Einfahrt eines feudalen Ritterguts, das wie so viele andere Besitzungen großer spanischer Herren gänzlich verlassen dalag. Federico betrachtete die in der aufgehenden Sonne weiß strahlenden Torsen, als ein aus seiner Herde verirrtes Lamm neben ihm zu grasen begann. Plötzlich kamen fünf oder sieben schwarze Schweine über den Weg, stürzten sich auf das Lamm und zerrissen und verschlangen es in wenigen Minuten vor seinen überraschten, entsetzten Augen. Von unsäglicher Angst überwältigt, starr vor Entsetzen, sah Federico zu, wie die schwarzen Schweine in jenem einsamen Morgengrauen das Lamm zwischen den gestürzten Statuen töteten und verschlangen.
Seine Stimme zitterte noch, als er es mir nach seiner Rückkehr in Madrid erzählte, denn die Tragödie des Todes peinigte seine Kinderfeinfühligkeit wie eine Wahnvorstellung. Sein Tod, sein schrecklicher Tod, den nichts uns vergessen läßt, ruft mir jenes blutige Morgengrauen wieder ins Gedächtnis. Vielleicht hat das Leben dem großen, sanften und prophetischen Dichter in einem schrecklichen Symbol seinen eigenen Tod schauen lassen.

Mascha Kaléko

Ich werde fortgehn im Herbst
(ca. 1937)

Ich werde fortgehn im Herbst
Wenn die grauen Trauerwolken
Meiner Jugend mich mahnen.
Keine Fahnen werden flattern
Keine Böller knattern
Krähen werden aus dem Nebel schrein
Schweigen, Schweigen, Schweigen
Hüllt mich ein.
Ich werde gehen wie ich kam
allein.

Hermann Broch

Während wir uns umarmten
(1939)

Während wir uns umarmten,
trabten draußen die apokalyptischen Rosse.
Haben wir sie nicht gehört? doch,
wir hörten sie, aber der Ton war so ferne,
daß er uns bloß ein Unbehagen war,
eine Zeitungsschlagzeile, eine Radiostimme.

Hinter mir waren sie schon einmal her;
durch ein Wunder bin ich unverletzt ihnen
entkommen; ja, unverletzt,
und darum gilt jener Tod nichts,
der mir damals schon an der Gurgel gesessen hatte.
Ich bin nur einer von vielen.

Zeitungsschlagzeilen und Radionachrichten
bildeten die Wände der Höhle, in der wir lagen,
und rot war die Decke vom Flammenschein
der Städte, welche ringsum brannten.
Wir sahen es nicht gerne, aber wenn wir aufblickten,
mußten wir es sehen.

Nicht aus Feigheit schlossen wir die Augen, und
nicht aus Gleichgültigkeit vor fremdem Leid
wollten wir nicht hören;
nicht um zu fliehen, wollten wir für uns allein sein,
sondern weil nun wohl ein jeder jenen suchen muß,
dem ein letzter Gedanke gelten soll,
wenn es darauf ankommt,
auf daß der Tod nicht ganz sinnlos sei.

Oh, nicht ganz sinnlos verrecken müssen!
Viele sind schon von schwerer Krankheit genesen
oder sonstwie dem Tod entronnen, aber nur
derjenige, welcher bereits vor dem Tore gestanden hat,

hinter dem Menschen ins Tierische zurückgefoltert werden,
so daß sie ohne Ich in den Tod eingehen müssen,
nur der weiß, was Sinnlosigkeit heißt.

So war es bei mir, und vielleicht hast du es geahnt,
als du mich suchtest.

Anders wäre es nicht möglich gewesen, daß
wir uns umarmten, obschon draußen
die apokalyptischen Rosse trabten
und wir wußten, daß ihr Hufschlag
Schädel gleich Nüssen zerspellt.

Rose Ausländer

Wandel
(1942–1944)

Verdorrte Blätter zeigen
uns was der Tod vermag.
Wir kleiden uns in Schweigen
und düstern mit dem Tag.

Es kreisen schon die Krähen
um alles was verfällt.
Der Herr läßt es geschehen,
daß nichts zusammenhält.

Und ist es dann geboten,
daß endet was begann,
so flehen wir die Toten
um neuen Wandel an.

Nikolaus von Halem

Abschiedsbrief an die Mutter
(1944)

Liebe Mutter!
Jetzt habe ich auch die letzte kleine Unruhe überwunden, die den Baumwipfel faßt, ehe er stürzt! Und damit habe ich das Ziel der Menschheit erreicht. Denn wir können und sollen wissend dulden, was der Pflanze unwissentlich widerfährt.
Adieu, ich werde geholt.
Tausend Küsse Dein Sohn

Wenige Minuten vor der Hinrichtung mit gefesselten Händen geschrieben

Wolfgang Borchert

Hast du ein Fenster
(1947)

Hast du ein Fenster –
nachts klopft es dran.
Grauer Gespenster
Grausamer Bann
macht dir Angst,
macht dir Angst –
und du bangst.

Hast du kein Dach, doch
liegst unter Brücken
lange du wach noch,
Seufzer und Krücken
hörst du wandern,
hörst du wandern,
von den andern.

Tags sind die Straßen
hell, doch dir graut,
du bist verlassen,
mitten im Laut
hast du Angst,
hast du Angst –
und du bangst.

Wälder und Wände
starren so stumm,
Wünsche und Hände,
die gehen um,
bist du allein,
bist du allein,
hörst du sie schrein.

Mitten im Leben
Schmerz, Lust und Not,

du gehst daneben –
und nur der Tod
ist ohne Angst,
ist ohne Angst,
aber du bangst.

Albert Camus

Die Pest
(1947)

Ohne aus dem Schatten herauszutreten sagte der Arzt, er habe schon geantwortet: Wenn er an einen allmächtigen Gott glaubte, würde er aufhören, die Menschen zu heilen und würde diese Sorge ihm überlassen. Aber niemand auf der Welt – nein, nicht einmal Paneloux, der glaube, daran zu glauben – glaube an einen solchen Gott, da niemand sich völlig hingebe, und zumindest darin glaube er, Rieux, auf dem Weg der Wahrheit zu sein, indem er gegen die Schöpfung, so wie sie war, ankämpfe.

»Ach, das ist also die Vorstellung, die Sie sich von Ihrem Beruf machen?«

»Ungefähr«, sagte der Arzt und trat wieder ins Licht.

Tarrou pfiff leise, und der Arzt sah ihn an.

»Ja«, sagte er, «Sie denken, daß dazu Stolz nötig ist. Aber ich habe nicht mehr als den nötigen Stolz, glauben Sie mir. Ich weiß nicht, was mich erwartet und was nach all dem hier kommen wird. Vorerst sind da die Kranken, und sie müssen geheilt werden. Danach werden sie nachdenken und ich auch. Aber das dringendste ist, sie zu heilen. Ich verteidige sie, so gut ich kann, das ist alles.«

»Gegen wen?«

Rieux wandte sich zum Fenster. An einer dichteren Dunkelheit des Horizonts erahnte er in der Ferne das Meer. Er spürte nur seine Müdigkeit und kämpfte gleichzeitig gegen einen plötzlichen, unsinnigen Wunsch, sich diesem eigenartigen, aber, wie er fühlte, brüderlichen Mann etwas mehr anzuvertrauen.

»Ich habe keine Ahnung, Tarrou, ich schwöre Ihnen, daß ich keine Ahnung habe. Als ich diesen Beruf ergriffen habe, geschah es gewissermaßen abstrakt, weil ich einen brauchte, weil es eine Stellung wie alle anderen war, eine von denen, die junge Leute sich zum Ziel setzen. Vielleicht auch, weil es besonders schwierig für einen Arbeitersohn wie mich war. Und dann mußte man sterben sehen. Wissen Sie, daß es Leute gibt, die sich weigern zu sterben? Haben Sie je eine Frau im Sterben ›Niemals!‹ schreien hören? Ich schon. Und dann ist mir klar geworden, daß ich mich nicht daran gewöhnen konnte. Ich war jung, und mein Ekel glaubte sich gegen die Weltordnung selbst zu richten. Seitdem bin ich bescheidener geworden. Nur habe ich mich immer noch nicht daran gewöhnt, sterben zu sehen. Mehr weiß ich nicht. Aber schließlich ...«

Rieux verstummte und setzte sich wieder. Er merkte, daß sein Mund trocken war.

»Schließlich?« sagte Tarrou leise.

»Schließlich ...«, fuhr der Arzt fort, zögerte wieder und sah Tarrou aufmerksam an, «ist es etwas, was ein Mann wie Sie verstehen kann, nicht wahr, aber da die Weltordnung durch den Tod bestimmt wird, ist es für Gott vielleicht besser, daß man nicht an ihn glaubt und mit aller Kraft gegen den Tod ankämpft, ohne die Augen zu diesem Himmel zu erheben, in dem er schweigt.«

»Ja, das kann ich verstehen«, stimmte Tarrou zu.«Aber Ihre Siege werden immer vorläufig sein, das ist alles.«

Rieux schien sich zu verdüstern.

»Immer, das weiß ich. Das ist kein Grund, den Kampf aufzugeben.«

»Nein, das ist kein Grund. Aber ich kann mir jetzt vorstellen, was diese Pest für Sie bedeuten muß.«

Jean Cocteau

Vom Tod

(1947)

Ich hatte derart unerträgliche Zeiten durchzustehen, daß mir der Tod als etwas Köstliches erschien. Seither ist mir die Gewohnheit geblieben, ihn nicht zu fürchten und ihn auszuforschen, Auge in Auge.

Paul Eluard erstaunte mich, als er sein Erschrecken darüber äußerte, daß ich unter der Maske des *Baron Fantôme*, der zu Staub zerfällt, dem Tod die Stirn biete. Leben verwirrt mich mehr als Sterben. Ich habe weder Garros noch Jean Le Roy, weder Raymond Radiguet noch Jean Desbordes tot gesehen. Meine Mutter, Jean de Polignac, Jean Giraudoux, Edouard Bourdet sind die Toten, denen ich letzthin an ihrem Sterbelager begegnete. Mit Ausnahme von Jean de Polignac habe ich sie alle gezeichnet, und man ließ mich mit ihnen lange in ihren Zimmern allein. Ich habe sie ganz in der Nähe betrachtet, um den Konturen mit dem Blick zu folgen. Ich faßte sie an, ich bewunderte sie. Denn der Tod arbeitet seine Statuen sorgfältig aus. Er streicht ihre Falten glatt. Ich konnte mir noch so sehr einreden, daß sie das, was uns beschäftigt, nichts mehr angehe und daß ungeheuerliche Klüfte sie von mir trennten, ich verspürte gleichwohl, daß wir uns so nahe waren wie die zwei Prägeseiten einer Münze, die sich nicht kennen und doch nur durch die Dicke des Metalls voneinander geschieden sind.

Ginge es mir nicht allzu nahe, geliebte Menschen, die von mir noch einigen Bestand erhoffen können, zu verlassen, so würde ich voller Spannung erwarten, daß der Schlagschatten, der dem Tod vorausgeht, mich erreicht und sich immer mehr verkürzt. Ich würde einen überraschenden Gnadenstoß nicht schätzen und auch nicht, daß der Tod sein Geschäft weitschweifig hinzieht, bis zur äußersten Grenze, an der er uns endlich gnädig den Rest gibt. Ich möchte vielmehr von jenen, die mir nahestehen, Abschied nehmen können und mich vergewissern, daß mein Werk sich frohgemut anschickt, meinen Platz einzunehmen.

Von allem, was den Tod betrifft, stößt mich nichts ab, außer dem Pomp, mit dem man ihn umgibt. Bestattungen verleiden mir die Erinnerung. Beim Begräbnis von Jean Giraudoux sagte ich zu Lestringuez: »Gehen wir! Er ist nicht gekommen«. Ich stellte mir vor, daß er in irgendeinem

Keller des Palais Royal ins Spiel mit dem Billardautomaten versunken sei.

Die Leichenfeier für Bourdet war eisig. Es fror und die Fotografen bestiegen die Kanzel, um uns aufzunehmen und ihr Magnesium abzubrennen.

Das Hinscheiden meiner Mutter war auch für mich sanft gewesen. Sie war nicht kindisch geworden. Sie war in ihre Kindheit zurückgekehrt, sah mich wieder in der meinen, wähnte mich im Gymnasium, sprach mit mir in allen Einzelheiten über Maisons-Laffitte und härmte sich nicht ab. Der Tod brauchte ihr nur zuzulächeln und sie still bei der Hand zu nehmen. Aber unsre Begräbnisstätte, der Friedhof auf dem Montmartre, ist mir ein Ärgernis. Man stellt uns dort ab, wie in einem Schuppen. Und die Besoffenen, die über die Brücke torkeln, pissen auf uns herab.

Gestern besuchte ich einen Bergfriedhof. Mit seiner Handvoll Gräbern lag er unterm Schnee. Von ihm aus folgt der Blick der ganzen Alpenkette. Zwar erscheint's mir lächerlich, seine letzte Ruhestätte auszusuchen, aber ich dachte an mein Montmartreloch und bedauerte, daß man mich nicht hier oben in die Erde legt.

Nach dem Ableben von Jean Giraudoux veröffentlichte ich einen Abschiedsbrief, der mit den Worten schloß: »Ich werde nicht lange brauchen, um dich einzuholen«. Man schalt mich wegen dieses Satzes, den man pessimistisch und mutlos fand. Er war es ganz und gar nicht. Ich wollte damit nur sagen, daß es sich, sollte ich auch hundert Jahre alt werden, nur um Minuten handeln kann. Das aber wollen die wenigsten Leute zugeben, die anderen sehen nicht, daß wir unseren Beschäftigungen nachgehen und Karten spielen in einem Expreßzug, der dem Tod entgegenjagt.

Wenn selbst Mutter Angelika in den Mauern von Port-Royal den Tod fürchtet, wer sollte ihn dann noch als Segen empfinden? Da ist's schon besser, ihn festen Fußes zu erwarten. Es ist Selbsterniedrigung, wenn man nur ihn im Sinne hat, und schnöder Undank, wenn man sich entschuldigt, daß man existiere, als ob das Leben nur ein Versehen des Todes wäre. Werden denn diejenigen besser daran sein, die sich in eine Zelle einschließen und angstzitternd die Akten ihres Prozesses durchforschen? Das Gericht wird nicht danach fragen. Sein Urteilsspruch liegt von vornherein fest. Sie werden nur ihre Zeit vertrödelt haben.

Am besten verhält sich, wer die ihm zugestandene Zeit nützt und sich nicht damit abgibt, über sich selbst zu Gericht zu sitzen. Menschliche Dauer wird nur dem geschenkt, der sich den Augenblick zurechtknetet und ihm Bildgestalt verleiht und sich im übrigen nicht um den Urteilsspruch kümmert.

Ich hätte gar manches noch zu diesem Thema zu sagen und wundere mich nur, daß so viele Leute es sich über das Maß zu Herzen nehmen, denn schließlich wohnt der Tod ja beständig in uns, und so sollte man sich mit ihm abfinden. Weshalb denn dieses Heulen und Zähneklappern gegenüber einer Person, mit der man zusammenlebt und die unserem Wesen aufs innigste verbunden ist? Der Grund liegt auf der Hand. Man hat sich daran gewöhnt, aus dem Tod ein Schreckgespenst zu machen und ihn nach dem äußeren Anschein zu beurteilen. Man tut besser daran, wenn man sich sagt, daß man von Geburt an mit ihm verschwägert und verschwistert ist, und wenn man seine Wesensart hinnimmt, so hinterhältig sie auch sein mag. Denn er versteht's, sich zu verheimlichen und uns glauben zu lassen, er bewohne nicht mehr sein Haus. Und doch beherbergt jeder seinen Tod und tröstet sich darüber mit dem Wahn hinweg, der Tod sei nur eine allegorische Figur, die erst am Schluß des letzten Akts erscheint.

Als erprobter Meister der Mimikry ist er selbst dann gegenwärtig, wenn wir ihn am fernsten glauben: in unserer Lebenslust. Er ist in unsrer Jugend. Er ist in unsrer Reife. Er ist in unsrer Liebe.

Je weniger Zeit mir noch verbleibt, desto mehr reckt er sich auf. Desto mehr macht er sich breit. Desto mehr hat er die Hand im Spiel. Desto emsiger geht er an seine Tüftelarbeit. Er gibt sich immer weniger Mühe, mich hinters Licht zu führen.

Sein großer Tag aber ist, wenn man Schluß macht. Dann tritt er aus uns heraus und schließt uns hinter sich ab.

Thornton Wilder

Die Iden des März
(1948)

Das Erzbeispiel des Unvermeidlichen ist der Tod. Ich erinnere mich gut, daß ich in meiner Jugend glaubte, ich sei gewiß von seinem Wirken ausgenommen. Zum erstenmal, als meine Tochter starb, und dann, als Du verwundet wurdest, wußte ich, daß ich sterblich bin; und nun betrachte ich jene Jahre als vergeudet, als fruchtlos, in welchen mir nicht bewußt war, daß der Tod gewiß, ja jeden Augenblick möglich ist. Ich kann nun auf den ersten Blick diejenigen erkennen, die ihren Tod noch nicht vorausgesehn haben. Ich erkenne sie als die Kinder, die sie sind. Sie vermeinen, indem sie der Betrachtung des Todes ausweichen, die Würze des Lebens erhöhn zu können. Das Umgekehrte ist wahr: Nur wer sein Nichtsein ins Auge faßt, ist fähig, das Sonnenlicht zu preisen. Ich will nichts zu tun haben mit der Lehre der Stoiker, daß die Betrachtung des Todes uns die Vergeblichkeit alles menschlichen Strebens zeige und die Nichtigkeit aller Freuden des Lebens. Jedes Jahr sage ich dem Frühling mit innigerer Leidenschaft Lebewohl, und jeden Tag bin ich mit größerer Entschlossenheit dabei, das Gefälle des Tibers zu nutzen, wenn auch meine Nachfolger ihm vielleicht gestatten werden, sich sinnlos ins Meer zu ergießen.

Cesare Pavese

Der Tod wird kommen
(1951)

Der Tod wird kommen und deine Augen haben,
dieser Tod, der uns begleitet
von morgens bis abends, schlaflos,
dumpf, wie ein alter Gewissensbiß
oder ein törichtes Laster. Und deine Augen
werden ein leeres Wort sein,
ein verschwiegener Schrei, ein Schweigen.
So siehst du sie jeden Morgen,
wenn du dich über dich neigst, mit dir allein
im Spiegel. O teuere Hoffnung,
an jenem Tage werden auch wir es wissen,
daß du das Leben bist und das Nichts.

Für alle hat der Tod einen Blick.
Der Tod wird kommen und deine Augen haben.
Das wird sein wie das Ablegen eines Lasters,
wie wenn man ein totes Gesicht
wieder auftauchen sieht im Spiegel,
oder auf eine verschlossene Lippe horcht.
Wir werden stumm in den Strudel steigen.

Wolfgang Koeppen

Der Tod in Rom
(1954)

Er hatte sie nicht nackt gesehen, und so erinnerte dieser nackte Leib Adolf nicht an Laura, er dachte auch nicht an ihren Leib, er dachte an Lauras Lächeln, als er im Museum der Diokletianischen Thermen vor der kopflosen Aphrodite Anadyomene verweilte, die kopflose Aphrodite hielt noch zwei Zopfenden in ihren erhobenen Händen, als ob sie ihren Kopf an den Zöpfen hätte halten wollen, und Adolf dachte, wie ihr Gesicht gewesen sei und ob sie wie Laura gelächelt habe. Sie verwirrten ihn. Ringsum die kalten Leiber aus Marmor verwirrten ihn. Es war Siegfrieds Welt, die sich hier behauptete. Eine Welt schöner Körper. Da war die Venus von Cirene. Sie war makellos. Jeder mußte sehen, daß sie makellos war. Ein fester wohlerhaltener Leib, aber kalt kalt kalt. Und dann die Faune und Hermaphroditen und all ihre Leibesbetonung. Sie verfaulten nicht. Sie wurden nicht zu Erde. Sie waren nicht von der Hölle bedroht. Selbst das Haupt der schlafenden Eumenide sprach nicht von Schrecken. Es erzählte von Schlaf. Es erzählte von Schönheit und Schlaf; auch die Unterwelt war freundlich gewesen, die Hölle war anders. Sie hatten sie nicht gekannt. Und war es recht, mit Schrecken zu drohen, um die Seele zu retten, und war die Seele verloren, wenn man die Schönheit erkannte? Adolf setzte sich in den Garten unter die steinernen Zeugen der alten Welt. Er war ausgeschlossen aus ihrer Gesellschaft, sein Gelübde schloß ihn aus, sein Glaube schloß ihn aus, für immer. Er weinte. Die alten Statuen sahen ihm mit tränenlosen Augen zu.

Er taumelte über den Platz. Bei jedem Schritt hatte er das Gefühl, ins Bodenlose zu sinken, wegzugleiten, wegzugleiten für immer, er mußte in die Luft greifen, um sich an der Luft zu halten. Er wußte, was geschehen war, und er wußte nicht, was geschehen war. Er hatte geschossen. Er hatte zur Endlösung beigetragen. Er hatte einen Führerbefehl erfüllt. Das war gut. Und nun mußte er sich verstecken. Es war noch nicht der Endsieg. Er mußte sich wieder verstecken, er mußte wieder in die Wüste fahren, nur der rote Nebel war hinderlich. Es war schwer, in diesem roten Nebel ein Versteck zu finden. Da war Gemäuer. Da waren Ruinen. In Berlin hatte er sich in Ruinen verkrochen. In Rom mußte man Eintritt zahlen, wenn man sich in Ruinen verkriechen wollte. Judejahn zahlte den Eintritt für das Thermenmuseum. Er ging durch Gänge, ging eine Treppe hoch. Lauter Nackte standen im roten Nebel. Es war wohl ein Puff. Oder es war eine Gaskammer. Das erklärte auch den roten Nebel. Er war in einer großen Gaskammer mit nackten Menschen, die liquidiert werden sollten, aber dann mußte er hier nun 'rausgehen. Er sollte ja nicht liquidiert werden. Er war ja nicht nackend. Er war der Kommandeur. Die Höllenhunde hatten das Gas zu früh angedreht. Es war eine bodenlose Schweinerei. Er mußte durchgreifen. Die Disziplin mußte gewahrt werden. Mit allen Mitteln mußte die Disziplin gewahrt werden. Galgen waren zu errichten. Judejahn kam in ein Zimmer, das war der Befehlsstand. Die Nebel lichteten sich. Es waren alte Spiegel da. Die Spiegel waren blind. Er sah in blinde Spiegel. War er das? Er erkannte sich nicht. Da war ein blaurotes Gesicht. Das Gesicht war angeschwollen. Es sah wie das Gesicht eines Boxers aus, der viele Schläge erhalten hat. Die blaue Brille hatte er verloren. Er brauchte die blaue Brille nicht mehr. Aber da kam er vor einen klareren Spiegel, da erkannte er sich, das war er, er stand vor dem Mosaikbild des Athleten, es war sein Gesicht, es war sein Nacken, es waren seine Schultern, es war ein Spiegelbild aus seiner besten Zeit, das ihn ansah, er hatte in der Arena gestanden, er hatte mit dem kurzen Schwert gekämpft, er hatte viele umgelegt. Und da war auch Benito. Er sah das Mosaik der Katze mit dem Vogel. Auch Benito hatte viele gefressen. Die Welt war gar nicht so schlecht. Man hatte viele umgelegt, viele gefressen. Man konnte zufrieden sein. Judejahn taumelte in den Garten. Nackte Weiber, nackte Judenweiber versteckten sich hinter den Hecken. Es würde ihnen nichts nützen. Judejahn liquidierte auch durch Hecken. Hier mußte er durch – und dann schlug er hin.

Adolf hatte ihn kommen sehen, er hatte ihn mit Angst und Entsetzen kommen sehen, und dann sah er, wie er hinschlug; wie gefällt schlug er hin, und Adolf rannte nun zu ihm, und der schwere Körper seines Vaters lag leblos da. War er tot? Sein Gesicht war blaurot. Ein Museumswärter kam, und er rief noch einen zweiten Wärter herbei, und sie trugen Judejahn zu dritt in den Schuppen, in dem die Gipser die antiken Plastiken flicken, und sie legten ihn auf den Boden vor das Relief eines Sarkophags. Das Relief stellte einen Triumphzug dar, und hochmütige Römer hatten gedemütigte germanische Krieger an ihre Pferde gefesselt. Die römischen Gipser standen in ihren weißen Mänteln um Judejahn herum. Ein Gipser sagte: »Er ist tot.« Und ein anderer Gipser sagte: »Er ist

nicht tot. Auch mein Schwiegervater war nicht gleich tot.« Der Wärter ging, um mit der Sanitätswache des Bahnhofs zu telephonieren. Der Vater war noch nicht tot, und da fiel Adolf das Wichtigste ein – es gab die Hölle es gab die Hölle es gab die Hölle. Und nun war keine Sekunde zu verlieren, er rannte durch den Garten, rannte durch das Tor, er rannte in die Kirche Santa Maria degli Angeli. Der Deutsch sprechende Priester war noch da. Er las im Brevier. Kein Beichtkind kniete im Stuhl. Adolf stammelte, daß er das Sterbesakrament für seinen Vater erbitte, und der Priester begriff und eilte; er holte das heilige Öl und nahm Adolf zum Ministranten, und sie eilten so schnell es schicklich war, und die Billettkontrolleure ließen sie passieren, und die Wärter nahmen ihre Mützen ab, und die Gipser traten ehrfürchtig zur Seite. Judejahn lag leblos, aber er war nicht tot. Schweiß und Ausscheidungen liefen seiner Auflösung voran. Er purgierte, er reinigte sich. Das Purgatorium ist das Fegefeuer. Hatte er es schon erreicht? Judejahn lag in tiefem Koma. Niemand weiß, was in ihm vorging; ob er nach Walhall ritt, ob Teufel ihn holten, oder ob seine Seele aufjauchzte, weil die Rettung nun nah war. Der Priester kniete nieder. Er schritt zur Letzten Ölung und zur bedingungsweisen Lossprechung, bestimmt für den Fall der Bewußtlosigkeit. Der Priester berührte mit dem vom Bischof geweihten Öl Judejahns Augen, seine Ohren, seine Nase, seinen Mund und die Handflächen. Der Priester betete. Er betete: »Durch diese heilige Salbung und seine gütige Barmherzigkeit verzeihe dir der Herr, was du durch Sehen, Hören, Riechen, Schmecken, Berühren gesündigt hast.« Judejahn rührte sich nie mehr. Er lag da und rührte sich nie mehr, und der römische Priester empfahl ihn der Gnade Gottes, und sein Sohn betete für den Vater in römischer Priestertracht – zwei Sendboten des Feindes.
Die Sanitäter kamen, und der Arzt schloß ihm die Augen. Die Sanitäter waren feldgrau gekleidet, und sie trugen Judejahn wie von einem Schlachtfeld.

Die Zeitungen meldeten noch am Abend Judejahns Tod, der durch die Umstände eine Weltnachricht geworden war, die aber niemand erschütterte.

Ingeborg Bachmann

Lieder von einer Insel
(1954)

…
Wenn einer fortgeht, muß er den Hut
mit den Muscheln, die er sommerüber
gesammelt hat, ins Meer werfen
und fahren mit wehendem Haar,
er muß den Tisch, den er seiner Liebe
deckte, ins Meer stürzen,
er muß den Rest des Weins,
der im Glas blieb, ins Meer schütten,
er muß den Fischen sein Brot geben
und einen Tropfen Blut ins Meer mischen,
er muß sein Messer gut in die Wellen treiben
und seinen Schuh versenken,
Herz, Anker und Kreuz,
und fahren mit wehendem Haar!
Dann wird er wiederkommen.
Wann?
  Frag nicht.
…

Wolfdietrich Schnurre

Elegie
(1955)

Sag, wirst du mild sein?

Wie wirst du kommen?

Wirst du kommen auf Schneefalkenschwingen,
falb wie der Mehltau, die Kielbrust
in Daunen verborgen, die der Ostwind,
der seidige Fechter, zu Frostmessern schliff?

Wirst du kommen auf Mammutschreitsäulen,
im zottigen Fell den Moschusduft noch
jener wesenden Welt, deren Odem am Morgen
die Gaumen der Schläfer entsetzt?

Wirst du kommen im Elfenbeinschlitten,
den die narbenbedeckte Elchkuh
Vergänglichkeit zieht: ein eulengesichtiges
Eskimoweib, in den Bluttran
nach außen gekehrter Robbenfelle gehüllt?

Wirst du kommen auf Sandsturmstelzen,
umheult von Hyänen, den Aasgeierkopf
aus dem verkarsteten Schultergebirge
herniederrecken zum Fraß, und im Auge
ein Feuer, das selbst Wüsten noch
in Lavafelder verwandelt?

Wirst du kommen auf Muschelpfahlstümpfen,
vor Krebspanzern klirrend, die Flossenfaust
saugend um die Sanduhrgurgel gepreßt,
daß der Hund ein Gesicht hat, die Magd sich
am Kreuz die Stirne zerschlägt und
der Nachbar einen Albatrosschatten
aufsteigen sieht über der bröckelnden Esse?

Wie wirst du kommen?

Auf Rädern, Tod, geschmückt mit Girlanden,
wie die erste Eisenbahn kam, ein keuchender Gruß?
Wirst du ein Aluminiumpfeil sein, zielsicher,
mit pergamentenem Schaft, und im Sog
deines sirrenden Flugs Elektronenmusik?
Wirst du ein Stahlkoloß sein, tauüberhaucht,
der auf lautlosen Gleitketten rollt?

Wirst du als Lemmingheer kommen, hechelnd,
bereit, dich ins Blutmeer der Venen zu stürzen?
Wirst du als Drahtvogel kommen, reglos und
riesig, den rostig geäderten Rumpf mit dem Rauch
längst erloschener Vulkane gefüllt?
Wirst du aufgehen als Nordlicht?
Wirst du fallen als Ruß?

Sag: Wirst du mild sein?

Wird es dir möglich sein, die Gestalt
eines Rens anzunehmen, ruhig äsend
über die träumende Moossteppe der Seele
zu ziehen, ohne mit dem knackenden Huf
an die Schneehasenskelette zu rühren?

Kannst du, mein Tod, nicht kommen,
umweht vom Geruche blühender Linden, und summend
vor Bienen: ein dörrender Hauch, der am Abend
die Unterseite der Blätter verfärbt?

Kannst du nicht kommen als arktischer Frühling,
den Frost dieses Lebens hinwegtauen, daß,
was bleibt, wie ein Anger erblüht, mit
Wildgansketten und Schmelzwasserschmuck
überschüttet, und im flechtenbehangenen
Haar den silbernen Strandläuferpfiff?

Kannst du nicht kommen als lächelnde Viper,
den lavendelfarbenen Leib in stillen Spiralen
durch den glühenden Wüstensand bohren, zornlos

das Gift deines Bisses dem Fuß anvertrauen
und fortgehen: sanft, eine verwehende Welle im Staub.

Kannst du nicht kommen als lederner Fisch,
mit gelassenem Flossenschlag die
Brackwasser fader Gewöhnung zerteilen
und dich hinabsinken lassen, schwer, auf den Grund
aller Tage und mich das Aufsteigen lehren?

Kannst du nicht sein wie die Qualle,
verschleiert hergezuckt kommen, schräg
durch die Flut, das Bündel rosiger Arme
liebevoll um das taumelnde Treibgut geschlungen?

Sag: Wirst du mild sein?

Wird es dir möglich sein, den Umriß
eines Kranichs zu wählen, federnd dich
abzustoßen vom Sumpf der Verderbnis und sieghaft
hinaufzuziehen in den farblosen Lichtkern des Nichts?
Kannst du, mein Tod, nicht kommen als Einhorn,
unbeirrbaren Ganges mir den Fluchtpfad
bereiten durchs splitternde Bambusdickicht der Welt?

Kann dein Atem nicht Eisblumen hauchen
auf die lidlosen Augen, so zart ziseliert,
daß das Herz vor Entzücken zu schlagen vergißt?
Kann deine Stimme nicht sein wie das Gurren
der Taube mittags im Schlag: einschläfernd, süß,
den Marder verleugnend, den Habicht, nur
Zärtlichkeit, Werben und dumpfe Verzückung?
Kannst du nicht sein wie ein Schneefall?
Kannst du nicht aufgehn als Mond?

Sag: Wie wirst du kommen?

Ach, Tod, du wirst kommen, gesalbt
mit dem Grauen der Welt: blitzend
die verchromten Spinnbeine aufheben
über Spitalbetten, Fiebernden deinen
narkotisierenden Atem in die Angstträume
jagen, daß sie dich sehen als wölfischen Arzt.

Kommen wirst du, gebettet ins Schwirren
rötlicher Heuschreckenschwärme, blicken wirst du
aus Rohren schwarzer Geschütze, den Schächten
ertrunkener Untergrundbahnen, lauschen
mit Radartellern, die umkränzt sind
von Fledermausflaum, und singen
wirst du im sprühenden Lied der Raketen.

Ach, Tod, du wirst sein ein großes Erschrecken;
spreizen wirst du den Eidechsenflügel, geschüttelt
vom Dröhnen des Motorgehirns; sitzen wirst du
am beinernen Schaltbrett ferngesteuerter
Wolken, aufsteigen wirst du im Gaspilz,
dich hinlagern über die Himmel, niedergehen
in Asche und Anbetung heischen, umglänzt
von der Monstranz vergifteter Strahlen.

Umgehen wirst du, behängt
mit den fasernden Häuten Gehenkter;
paradieren wirst du im lautlosen Schritt
verstohlener Mörder; grüßen wirst du dein Volk
herab von Tränenthronen und Blutbalustraden
mit dem strahlenden Lachen des Fallbeils.

Ach, Tod, du wirst kommen, gekrönt
von den Feigheiten Gottes: Schlachtfelder
segnen mit krustiger Hand, die Fährte
deiner Vampirkralle dem Greis
ins Wangental brennen, Gebärenden
das hungrige Tiergebiß weisen; der Pest
die Schläfen kränzen mit Mohn,
hinabbeugen die schuldlose Grimasse deines
Frohlockens in den Lichtschacht des Lebens.

So wirst du kommen.

Nicht genug, dich zu fürchten;
es ist dein Ehrgeiz, auch gesehen zu werden:
Einmal von jedem; ob er die Kammer
mit Blöcken des Stumpfsinns sich füllt,
ob er sich eingräbt in staubiges Wissen,

fallen läßt aufs Strohlager der Liebe,
aufblickt lügenden Auges ins All
oder blind unterm Kopfputz des Glaubens
sich wiegt in erborgter Gewißheit.

Es gibt nur eine Gewißheit, mein Tod; und die
ist dein Kommen. So komm denn gemäß
den Gesichten, die der von dir hatte,
der dich im Zorne erschuf und nun geschlagen
mitansieht, wie du tötest, ohne zu hassen.

Komme, mein Tod, in all deinen Schrecken.
Da du sie aufwendest, weiß ich, daß die Kraft
dieses Lebens dich ängstigt.

Thomas Bernhard

(vor 1958)

Warum fürchte ich mein Altern
meinen Tod der mich befällt
den Schrei?
Ich fürchte mich o Herr
ich fürchte meine Seele
und den Tag der an der Mauer lehnt
und mich zersägt
o Herr
ich fürchte mich
ich fürchte schon die Nacht
die vor den Dörfern steht
und hinterm Haus
die in den Kühen heult
und mit den Sternen tanzt
o Gott
ich fürchte mich
vor Dir
und vor der Traurigkeit
die mir den Mund zerschlägt
ich fürchte Herr
mein Grab
und mein Geschick in Düsternis
o Herr den Tod.

Guiseppe Tomasi di Lampedusa

Der Leopard
(1958)

In dem Schatten, der an ihm hochstieg, versuchte er zu rechnen, wie lange er in Wirklichkeit gelebt habe. Sein Hirn konnte mit der einfachen Rechnung nicht mehr fertigwerden: drei Monate, zwanzig Tage, eine Gesamtsumme von sechs Monaten, sechs mal acht, vierundachtzig ... achtundvierzigtausend ... $\sqrt{840\,000}$. Er fing sich wieder. »Ich bin dreiundsiebzig Jahre alt, in Bausch und Bogen werde ich davon gelebt haben, wirklich gelebt, eine Gesamtsumme von zwei ... drei höchstens«. Und die Schmerzen, die Öde, wieviele Jahre waren das? Unnütz, das mühsam zusammenzuzählen – alles, was übrigbleibt: siebzig Jahre.
Er spürte, daß seine Hand die beiden nicht mehr drückte. Tancredi erhob sich eilig und ging hinaus ... Jetzt brach nicht mehr ein Fluß aus ihm heraus, sondern ein Ozean, stürmisch, voller Schaum und entfesselter Sturzwellen ...
Das Herz hatte wohl wieder ausgesetzt, er merkte plötzlich, daß er auf dem Bett lag. Jemand fühlte ihm den Puls; vom Fenster her blendete ihn der erbarmungslose Widerschein des Meeres. Im Zimmer war ein pfeifender Laut zu vernehmen: sein Röcheln; aber er selbst wußte es nicht. Um ihn ein kleines Gedränge, eine Gruppe fremder Menschen, die ihn mit furchtsamem Ausdruck unverwandt ansahen. Ganz allmählich erkannte er sie: Concetta, Francesco Paolo, Carolina, Tancredi, Fabrizietto. Der, der ihm den Puls fühlte, war der Doktor Cataliotto; er meinte, er lächle diesem zu, um ihn willkommen zu heißen, aber keiner konnte es gewahr werden: alle, außer Concetta, weinten, auch Tancredi: dieser sagte: »Onkel, lieber großer Onkel!«
Plötzlich schob sich durch die Gruppe eine junge Frau; schlank, in einem braunen Reisekleid mit weiter tournure, in einem Strohhut, geschmückt mit einem Schleier mit kleinen Kügelchen, der die schelmische Anmut des Gesichts nicht verhüllen konnte. Sie drückte leise mit den Händchen im Gamslederhandschuh die Ellbogen zweier Weinender auseinander, sie entschuldigte sich, sie kam näher. Sie war es, sie, das immer ersehnte Wesen, das ihn holen kam; sonderbar, so jung war sie, und hatte sich ihm ergeben; die Stunde der Abfahrt mußte nahe sein. Jetzt

war sie bei ihm, ihr Gesicht dem seinen gegenüber; sie hob den Schleier – und so, schamhaft, aber bereit, in Besitz genommen zu werden, erschien sie ihm weit schöner als er sie je erblickt hatte – dort in den Sternenräumen.

Das tosende Meer kam zur Ruhe.

Nelly Sachs

Wir üben heute schon den Tod von morgen (1961*)

Wir üben heute schon den Tod von morgen
wo noch das alte Sterben in uns welkt –
O Angst der Menschheit nicht zu überstehn –

O Todgewöhnung bis hinein in Träume
wo Nachtgerüst in schwarze Scherben fällt
und beinern Mond in den Ruinen leuchtet –

O Angst der Menschheit nicht zu überstehn –

Wo sind die sanften Rutengänger
Ruhe-Engel, die den verborgnen Quell
uns angerührt, der von der Müdigkeit
zum Sterben rinnt?

Anne Philipe

Nur einen Seufzer lang
(ca. 1963)

Bis dahin hatte der Tod mich nie beschäftigt. Ich rechnete nicht mit ihm. Einzig das Leben war wichtig. Der Tod? Ein unausweichliches und zugleich ewig versäumtes Rendezvous, da sein Vorhandensein unser Nichtvorhandensein bedeutet. Er stellt sich im selben Augenblick ein, da wir zu sein aufhören. Es heißt: er oder wir. Wir können ihm zwar bewußt entgegengehen, aber können wir ihn erkennen, und sei es nur für die Dauer eines Blitzstrahls? Von dem, den ich mehr liebte als alles, sollte ich für immer getrennt sein. Das »Nie wieder« stand vor unserer Tür. Ich wußte, daß kein anderes Band uns verbinden würde als meine Liebe. Wenn bestimmte empfindliche Zellen, die wir Seele nennen, fortbestünden, sagte ich mir, so konnten sie doch kein Gedächtnis besitzen, und unsere Trennung mußte endgültig sein. Immer wieder sagte ich mir, daß der Tod nichts bedeutet und daß nur die Angst, das physische Leiden und der Schmerz darüber, geliebte Menschen oder ein erst begonnenes Werk verlassen zu müssen, sein Nahen so furchtbar macht und daß dir das erspart bleiben würde. Aber nicht mehr auf der Welt zu sein!

Simone de Beauvoir

Ein sanfter Tod
(1964)

Sie glaubte an den Himmel; doch trotz ihres Alters, ihrer Gebrechen und Beschwerden war sie ungestüm der Erde verhaftet und empfand vor dem Tode ein animalisches Grauen. Meiner Schwester hatte sie von einem Alptraum erzählt, der immer wiederkehrte: »Ich werde verfolgt, ich laufe und laufe und stoße gegen eine Mauer; ich muß über diese Mauer springen und weiß nicht, was dahinter ist; ich habe Angst. Der Tod selbst erschreckt mich nicht: ich habe Angst vor dem Sprung«, hatte sie zu meiner Schwester gesagt. Als sie auf dem Fußboden kroch, glaubte sie, der Augenblick für den Sprung sei gekommen ...

... Am Sonntag hatte sie mittags Kartoffelpüree gegessen, das nicht durchgekommen war (in Wirklichkeit hatten die eintretenden Metastasen sie geschwächt), und im Wachzustand einen langen Alptraum gehabt: »Ich lag in einem blauen Tuch über einem Loch«, erzählte sie. »Deine Schwester hielt das Tuch, und ich bat sie: ›Laß mich nicht in das Loch fallen‹ ... ›Ich halte dich fest, du wirst nicht hineinfallen‹, erwiderte Poupette.« Sie hatte die Nacht auf einem Sessel verbracht, und Mama, die sonst immer um ihren Schlaf besorgt war, sagte zu ihr: »Schlaf nicht; laß mich nicht davongehen. Wenn ich einschlafe, dann weck mich: laß mich nicht davongehen, während ich schlafe.« Plötzlich – so erzählte meine Schwester – schloß Mama erschöpft die Augen. Ihre Hände verkrallten sich in die Bettücher und sie rief: »Leben, leben!«

... Nachts hatte Mama wieder Alpträume: » Ich werde in einen Kasten gelegt«, sagte sie zu meiner Schwester. »Ich bin da, aber im Kasten. Ich bin ich und doch nicht mehr ich. Männer tragen den Kasten weg!« Sie sträubte sich: »Laß sie mich nicht wegtragen!« Lange ließ Poupette ihre Hand auf Mamas Stirn liegen. »Ich verspreche dir, daß sie dich nicht in den Kasten legen werden.« Sie verlangte eine weitere Dosis Equanil. Als Mama endlich von ihren Visionen erlöst war, fragte sie Poupette: »Was bedeutet das eigentlich, dieser Kasten und diese Männer?« »Das sind Erinnerungen an deine Operation: Krankenpfleger tragen dich auf einer

Bahre weg.« Mama schlief ein. Doch am nächsten Morgen lag in ihren Augen die ganze Traurigkeit wehrloser Tiere.

»Ich bin so müde«, seufzte sie. Sie hatte eingewilligt, am Nachmittag Marthes Bruder, einen jungen Jesuiten, zu empfangen. »Soll ich ihm absagen?« »Nein. Deiner Schwester wird es Spaß machen; sie werden sich über Theologie unterhalten. Ich werde die Augen schließen und brauche nicht zu sprechen.« Mittags aß sie nichts. Den Kopf auf die Brust geneigt, schlief sie ein. Als Poupette die Tür aufstieß, glaubte sie, alles sei zu Ende. Charles Cordonnier blieb nur fünf Minuten; er erzählte von den Essen, zu denen sein Vater Mama jede Woche einlud. »Ich hoffe, Sie an einem der nächsten Donnerstage am Boulevard Raspail wiederzusehen.« Sie sah ihn ungläubig und bekümmert an. »Du glaubst also, ich komme wieder hin?« Niemals hatte ich an ihr eine so unglückliche Miene gesehen: an dem Tage ahnte sie, daß sie verloren war.

Erich Fried

Definition

(1964)

Ein Hund
der stirbt
und der weiß
daß er stirbt
wie ein Hund

und der sagen kann
daß er weiß
daß er stirbt
wie ein Hund
ist ein Mensch.

Carl Zuckmayer

Nachtgebet

(1964)

Junge Leute werden manchmal wach
Und wissen, daß sie sterben müssen.
Dann erschauern sie kurz,
Und sehen verschiedene Bilder,
Und denken: Jeder muß sterben, und
Es ist noch Zeit.

Alte Leute werden manchmal wach
Und wissen, daß sie sterben müssen.
Dann wird ihr Herz bang,
Denn sie haben gelernt,
Daß Niemand weiß, wie Sterben ist,
Daß Keiner wiederkam, davon zu künden,
Daß sie allein sind, wenn das Letzte kommt.
Und wenn sie weise sind,
Dann beten sie. Und schlummern weiter.

Eugène Ionesco

Tagebuch
(1967)

Wir leben, um zu sterben. Der Tod ist das Ziel der Existenz, das ist, wird man sagen, eine Binsenweisheit. Doch zuweilen verschwindet hinter einem abgegriffenen Ausdruck das Banale, und die Wahrheit taucht auf, taucht ganz neu wieder auf. Mir scheint, ich durchlebe einen jener Augenblicke, da ich mir zum ersten Male sage, da ich zum ersten Male entdecke, daß die Existenz nur ein Ziel hat: den Tod. Man kann nichts dagegen tun. Man kann nichts tun. Man kann nichts tun. Man kann nichts dagegen tun. Aber was sind das für Lebensbedingungen, an Fäden gezogen zu werden wie Marionetten? Mit welchem Recht hält man mich zum Narren?
Noch heute wundere ich mich manchmal, nicht mehr zwölf Jahre alt zu sein.

Wenn ich Phädon lese, merke ich erst am Ende des Dialogs, wie gut wir dran sind. Sokrates hat mich nicht davon überzeugen können, daß die Seele unsterblich ist und daß er künftig in einer besseren Welt leben wird. Anscheinend sind seine Jünger auch nicht davon überzeugt, denn sie weinen; warum sollten sie sonst weinen? Wenn der Abend kommt und Sokrates das Gift trinkt, wenn seine Füße erkalten und der Leib, und wenn er schließlich stirbt, packt mich ein Schrecken, eine unsägliche Traurigkeit. Die Beschreibung von Sokrates' Tod ist so überzeugend, viel überzeugender als die Argumente, die Sokrates für die Unsterblichkeit anführt. Außerdem verflüchtigen sich die Argumente augenblicklich; man vergißt sie sofort, doch das Bild vom Tod des Sokrates gräbt sich in meine Erinnerung; alle Menschen sind sterblich. Da Sokrates ein Mensch ist, ist er sterblich. Heute nacht lag ich wach und dachte daran. Seit langem hatte ich keine so hellsichtige, greifbare, eisige Angst mehr empfunden. Furcht vor dem Nichts. Wie soll ich es beschreiben? Ich legte die Hände auf die Brust, um zu spüren, daß ich da war; dann plötzlich war mir, als hätte die Finsternis des Nichts bereits begonnen, mich zu verschlingen, als hätte ich schon keine Füße, keine Waden, keine Schenkel mehr; ich war nur noch ein Rumpf, an dem die eisigen

Flammen des Nichts zehrten. Ich machte Licht. Wie gut ist es zu leben! Zärtlichkeit stieg in mir auf für das Leben, das mir feenhaft schien, eine leuchtende Zauberei der Nacht. Wir töten uns gegenseitig, weil wir wissen, daß wir alle getötet werden. Weil wir den Tod hassen, darum töten wir einander. Der friedvolle, heitere Tod des Sokrates scheint mir plötzlich ganz unwahrscheinlich, und doch ist so etwas möglich. Aber wie?

Christa Wolf

Nachdenken über Christa T.
(1968)

Nun also der Tod. Der braucht ein Jahr, und dann ist er fertig, er läßt keinen Zweifel aufkommen, daß er erreicht hat, was möglich war, er scheut die Festlegungen nicht, denn er braucht sie. Daher läßt sich nicht viel über ihn sagen.

Müssen wir also vom Sterben sprechen.

Es kündigt sich mit einer ärgerlichen Steigerung ihrer Müdigkeit an, die zuerst nicht auffiel. Maßlos müde, sagte sie. Der Arzt gibt ihr Stärkungsmittel. Todmüde, sterbensmüde. Jetzt komm' ich schon die Treppen nicht mehr hoch. – Aber was heißt hier »schon«? – Gerade jetzt, wo wir einziehen wollen ... Ja, was ist denn: gerade jetzt?

Eines Vormittags wird sie bewußtlos. Justus findet sie auf der Truhe, an die Wand gelehnt. Das ist im März, zwei Wochen vor ihrem Umzug in das Haus.

Nach den ersten Untersuchungen im Krankenhaus heißt es: Zu spät. Der Hämoglobingehalt des Blutes hat die kritische Grenze unterschritten. In diesem Bereich sind wir machtlos.

Nach der Blutübertragung kehrt ein vages, leicht wieder verschwimmendes Bewußtsein zurück. Sie nahm wohl wahr, daß sie fuhr. Wohin? fragte sie schwach. – Da sie die Grenze überschritten hat, gelten andere Gesetze, in dem Land, in dem sie ist, spricht man mit sanfter Stimme die Unwahrheit: Mach dir keine Sorgen, Krischan. In G. bist du besser versorgt.

Lächeln kann sie nicht, aber sie will doch Teilnahme zeigen, die Schwäche hat noch nicht den Grad erreicht, wo die Rücksicht auf andere aufhört.

Ich mach' schon Sachen, sagt sie. Dann schwinden ihr wieder die Sinne.

In G. hat man Nachricht, wie es um sie steht. Man schiebt sie ins Sterbezimmer. Mein Gott, sagte die Schwester, so eine junge Frau aber auch. Und in ihrem Zustand ...

Als sie ein Jahr später wirklich starb, kam sie nicht ins Sterbezimmer. Justus meinte, sie könnte es wiedererkennen, wenn sie noch einmal zu sich käme. Man stellte einen Wandschirm um ihr Bett.

Angst hat sie zuerst nicht, ihr fehlt die Kraft, das Bewußtsein einer Gefahr zu erlangen. »In Todesgefahr schweben« ist ein guter Ausdruck, wirklich kann man sich den Aufenthalt in jenem Bereich nur schwebend vorstellen. Auch die Schatten des Todes wird es wohl geben, wie ja »dort« überhaupt äußerste Unbestimmtheit an Farben, Formen, Lauten, Gerüchen herrschen mag. Es vergeht einem Hören und Sehen, aber auch der Schmerz, auch die Angst. Die Grenzen werden wohl verschwimmen. Die eigenen Umrisse scheinen sich zu dehnen, dafür hebt man sich, wie in manchen Träumen, nicht mehr klar vor seinem Hintergrund ab. Ein Ineinanderübergehen hebt an, ein Austausch von Elementen, den man empfinden und wovon einem vielleicht eine undeutliche Erinnerung bleiben mag, erstaunlich, merkwürdig bewegend, aber nicht ganz unbekannt: Wie soll man sich das erklären? Diese Erinnerung wird nicht dauerhaft sein und gewiß nicht ängstigend.

Die Angst kommt mit dem Bewußtsein, als Schock. Ich bin wohl sehr krank? kann man, erwachend, die Schwester fragen. Kein Zweifel, daß sie abwehren wird: Aber woher denn, wo denken Sie denn hin!

Da wehrt sie aber nicht ab. Da sagt sie nur: Es geschehen manchmal Wunder, ich selbst, wie ich hier stehe, habe schon welche mit angesehen. Dann stehen die Ärzte um das Bett, die lateinischen Ausdrücke hinüber und herüber, ein bißchen zu sehr verlassen sie sich wohl auf die Bewußtseinstrübung der Patientin, so fällt im Eifer des Streites das Wort, das sie nicht hören dürfte: Leukämie.

Ist es das, Frau Doktor, sagen Sie mir bitte die Wahrheit, ich will die Wahrheit wissen.

Aber woher denn, wo denken Sie denn hin! Wenn die Wahrheit so aussieht, wie sie aussieht, kommt man ohne sie aus. Dann will sie lieber hören, was man ihr bereitwillig, wenn auch ein wenig zu wortreich, erklärt: Von den gefährlichen und den harmlosen Varianten einer jeden Krankheit, von Krankheiten, die sich am Anfang sehr wild anstellen, dann aber mit sich reden lassen, so daß man sie belauern, überlisten, zur Raison bringen kann – fast wie Menschen. Ja, tatsächlich, sie haben etwas Menschliches, diese Krankheiten, man macht sich beinahe lächerlich, wenn man sie überschätzt. Wir haben sie im Griff. Sehen Sie sich doch Ihren Hb-Status an: Wir haben ihn unter Kontrolle. Natürlich muckt das noch auf, das wird sie übrigens lange tun, die Krankheit – aber zur Macht kommen kann sie nicht mehr. Wir sind zur Macht gekommen, Sie, Sie selbst.

Ich, denkt Christa T. nüchtern. Letzte Aufrichtigkeit, jetzt weiß sie auch, was das ist. Weiß nichts sicherer, als daß sie bleiben will, nun, da sie wieder »zu sich gekommen« ist. Ein Befehl aus Bezirken, deren Entscheidungen nicht anzuzweifeln sind. Aus den gleichen Bezirken, ebensowenig zweifelhaft, noch eine Entscheidung zum Leben, kam als Signal für höchste Gefahr die Todesangst. Angst von Enge. Das sind die Nächte, in denen man es schlechter weiß. Ich will leben und muß sterben. Ich. Das kann nicht nur, es *wird* verlorengehen. Nicht irgendwann, in Jahren, Jahrzehnten – also niemals –, sondern bald. Morgen schon. Jetzt.

... Die Veränderungen, die nun noch nötig sind, gehen schnell. Sie bekommt hohes Fieber, Schmerzen. Man gibt ihr Betäubungsmittel. Wenn sie erwacht, sitzt Justus da. Zu fragen hat sie aufgehört. Die Kinder erwähnt sie nicht mehr. Leise und langsam sprechen sie über entlegene Dinge, dann hört auch das auf. Sie sieht ihn noch an, erkennt ihn noch. Aber das Bewußtsein schwankt. Das Lächeln verschwindet zuerst, dann jeder Ausdruck aus dem Gesicht außer dem des Schmerzes. Stück für Stück nimmt sie sich, nimmt etwas sie zurück. Am Ende, vor der Starre, am ehesten Gleichgültigkeit, dann Strenge. Nichts Zweideutiges mehr, keine Zugeständnisse. Kurz vor dem Tod will sie sprechen. Es gelingt nicht.
Sie stirbt an einem frühen Morgen im Februar.

Maxie Wander

Was ich über den Tod denke
(1972)

Er ist immer noch gegenwärtig, jetzt mehr denn je. Ich ahne auch zum erstenmal die Versuchung, sich fallenzulassen, nachzugeben, alle Mühen auszulöschen. Erika fällt mir ein (aus unserer Gruppentherapie) und wie sie aus ihren schwarzen, saugenden Augen auf mich blickt und sagt: »Wozu das alles? Die ganze Mühe, die du dir machst, ist ja lächerlich. Zehn Jahre mehr oder weniger ... Wenn es keine Freude mehr macht, soll man es beenden, dieses Provisorium. Es lohnt sich nicht.«

Aber vorerst ist es nur eine Ahnung, noch keine wirkliche Versuchung, der man zu widerstehen hat. Ich glaube, ich werde niemals in Gefahr kommen, mein Leben beenden zu wollen. Es ist mir zu kostbar, ich weiß von seiner Einmaligkeit, von seiner merkwürdigen Eigenschaft, nicht umkehrbar zu sein. Ich bekenne mich zu den Spannungen, die die Tatsache Leben und Tod mit sich bringt. Außerdem bin ich kein großer Philosophierer, ich leide unter dem Wissen, sterben zu müssen, vor oder nach meinen Lieben – eines so schmerzlich wie das andere. Aber ich beziehe aus diesem Wissen auch die Süße des Lebens, woraus denn sonst? Welchen Wert hätte ewiges Leben, ohne Spannungen, ohne Widersprüche, ohne Anfang und ohne Ende?

Zuweilen sage ich mir streng und zuweilen nachsichtig-resigniert: Du verkraftest den Tod deines Kindes großartig, du verschwendest keine Kraft, weder geistige noch seelische, um diesen Tod wirklich zu begreifen, zu erleben, zu durchstehen. Du verdrängst ihn, gibst dich mit einem wehmütigen, wehleidigen, undefinierbaren Schmerz zufrieden, der mit den Jahren kleiner und blasser wird, ohne tiefere Spuren als die Erinnerung. Du begnügst dich mit einem konservierten Gefühl der Liebe, der Zärtlichkeit, der Sehnsucht nach dem geliebten Wesen, aber du steigst nicht hinunter in den Abgrund. (Pavese. Er wollte den Abgrund ausmessen, ausloten und hinabsteigen. Er hat sich auch umgebracht!). Du schonst dich, schonst die andern, akzeptierst die Spielregeln, die Konventionen. Im Grunde hast du nichts verstanden, hast nichts vom Sterben verstanden und wirst so ahnungslos und kindlich unbefangen bleiben wie alle andern auch.

Diesen Vorwurf erspar ich mir zuweilen nicht. Und ich schäme mich und gräme mich. Aber dann empfinde ich ebenso aufrichtig das Glück, lebendig, noch lebendig zu sein, und ich bekenne mich ohne Scham und ohne Reue zu meinem Egoismus, der mir sagt: Lebe! Nur die Lebenden zählen. Nur die Gegenwart. Nur der Augenblick.

Marie Luise Kaschnitz

Vielleicht
(ca. 1973)

Vielleicht sind wir doch nicht
Sind wir nicht Gottes Kinder

Vielleicht ist da keine
Ist keine Himmelsleiter

Vielleicht sitzt keiner am Ende
Über uns zu Gericht.

Eines ist sicher:
Wir fallen, zerfallen
Unsere Hände fallen ab
Unsere Wangen
Die Augen zuerst

Eines Tages wird nichts mehr da sein
Von dieser so und so
Gearteten Person

Nur ein Schmerz in der Magengrube
Eines der sie geliebt.

Ernst Meister

(1976)

Ach, in der
eigenen, ach,
in der Todeshaut ...

Wir haben,
wenn wir uns wissen,
nur einigermaßen
gewonnen,
denn das Treiben geschieht
im Rücken, niemand
kommt hinter sich.

Da vorn
ist das Grab.

Wie die Luft
ein Geranke bewegt,
Blumen sich regen,
damit sind innen
manchmal
die Augen befaßt.

Sarah Kirsch

Schloßparkklinik
(1981)

Jeden Morgen schneit es vor den verriegelten Fenstern
Krähen in wahnsinnigen Scharen hervor aus dem Wald
Sie halten eine merkwürdige unordentliche Flugordnung ein
Nie berühren sich ihre Flügel obwohl die einzelnen Tiere
Steigen und fallen die Richtung verändern sich drängen
Ihre Stimmen sind traurig wie der Anfang des Tages
In diesem rechtschaffenen Krankenhaus früh sechsuhrdreißig
Ich unterscheide dennoch zärtliches Rufen Verlockung
Lange fliegen die schwarzen Vögel wer hier aufn Tod liegt
Muß sich entsetzen so viele Boten vom Styx
Und mich besucht der Dichter mit dem unglaublichen Namen
Der sich in diesem Haus schon lange Zeit aufheben läßt
Flügellahmer Unglücksrabe setzt sich nieder auf mein Fuß
Hat keinen Triumph im Blick weil ich nun hier bin
Er will mich am liebsten verhexen einen Kokon aus mir machen
Daß ich Hände und Füße nicht mehr bewege wie er
Nur noch hinter geschlossenen Lidern in frühen Bildern
Spaziere, will mich lebend ins Schattenland abführn
Nevermore sage ich mit dunkler knurrender Stimme
Daß ich seit ein paar Tagen die Sprache der Krähen
Die draußen immer noch kreisen verstehe
Und sie begleiten muß weil ich nirgendwo bleibe.

Reiner Kunze

DAS HAUS
(1982)

Nun vermietet an uns der tod

Wir wissen nicht, wann
er uns kündigen wird und
wem zuerst

Wir wissen nur: Alle klagen
sind abgewiesen

Reiner Kunze

NACHTS
(1982)

Unhörbar lehnt der hang am haus

Noch liegen wir
diesseits

Noch können wir die stille unter dem kopf
aufschütteln

II Sterben und Leben

Alles ist nur Übergang.
Merke wohl die ernsten Worte:
Von der Stunde, von dem Orte
Treibt dich eingepflanzter Drang.
Tod ist Leben, Sterben Pforte.
Alles ist nur Übergang.

Wien, Brückeninschrift

Dietrich Rössler

›Sterben und Leben‹

Zur Einführung

»Mitten wir im Leben sind mit dem Tod umfangen« – über Jahrhunderte galt dieser Satz als authentischer Ausdruck der Erfahrung, die das Leben in Wahrheit und von Grund auf bestimmt. Zwei Dichter, durch mehr als ein halbes Jahrtausend getrennt, haben diese Worte als ihre eigenen verstanden und gesprochen und haben gemeint, damit für jedermann zu sprechen.

Beide freilich, der frühmittelalterliche Mönch wie der Reformator an der Schwelle der Neuzeit, waren Christen. Sie haben den Tod durchaus nicht allein als das bloße Ende des irdischen Lebens angesehen. Ihnen beiden war das Sterben Anfang und Eingang zu einer anderen und besseren Welt. Das natürliche Leben, sagt Luther, ist ein Stück vom ewigen Leben, aber gleichwohl: es nimmt durch den Tod sein Ende. Auch für die Jahrhunderte, denen die Ewigkeit eine selbstverständliche und gewisse Vorstellung war, blieb das Sterben Ende und Vernichtung des irdischen Lebens. Zudem war ganz anders mit dem Tod zu rechnen: Zisterziensermönche hatten eine mittlere Lebenserwartung von 23 Jahren, nicht nur die Pest dezimierte die Bevölkerung – zwischen 1326 und 1500 gab es 75 Pestjahre – jede Krankheit, jede Wunde, jede Strafe konnte leicht und schnell zum Tode führen. Der Tod war in der Tat überall gegenwärtig, eben: mitten im Leben.

Wie kaum eine andere Epoche ist das Mittelalter sich dieser Gegenwart des Todes bewußt gewesen. Zweifellos waren auch ältere Jahrhunderte mit dem Tod nicht weniger vertraut: immer schon war er stets gegenwärtig: »Der Tod steht mir vor Augen« wie die »Lotosblume« und wie »das Ende des Regens« – wie der Alltag des Lebens also und wie die beständige Anschauung des natürlichen Laufs aller Dinge. Demgegenüber aber hat das Mittelalter ganz anders die Schrecken des Todes vor Augen gehabt: die Angst vor des »bittern Todes Not«, vor den ewigen Strafen und vor der »Höllen Glut«. In der Antike, das zeigen gerade ihre religiösen Texte, war die Todesangst nicht so schon vordringliches Thema der Vorstellungen und der Reflexion. Hier beherrscht die eher hoffnungsvolle Erwartung dessen, was für den »neuen Himmel und die neue

Erde« an Seligkeit und Erfüllung verheißen ist, die Gedankenwelt. Das Urchristentum, zumal in den Paulinischen Gemeinden, lebt ganz in der Zuversicht auf das ewige Heil, das schon im Glauben begonnen hat und sich nach dem Tod mit dem Ende dieser Welt vollenden soll. Das christliche Mittelalter aber redet vom Tod nicht ohne dessen Schrecken und von der Hoffnung auf das Himmelreich nicht ohne die Angst vor dem Sterben und der ewigen Verdammnis. Deshalb ist das Sterben zu einem eigenen Thema geworden, zum Thema einer einschlägigen Kunst: der ars moriendi, der Sterbekunst. Vom frühen Mittelalter an wurde diese Kunst aus den Klöstern in die Burgen und Schlösser und später in die Städte und Siedlungen getragen und ausgebreitet. Sie hat eine eigene Literatur hervorgebracht: Texte, in denen die Anfechtungen des Sterbens beschrieben, eindringliche Mahnungen zur Buße erhoben und Tröstungen für die letzten Stunden zusammengestellt waren. Die praktische Wirkung dieser Texte beschränkte sich freilich nicht darauf, Anleitung zum heilsamen Sterben zu sein. Sie wurden vielmehr eben damit Anleitungen zum heilsamen Leben: denn die Buße, die zum seligen Ende führt, konnte nicht früh genug begonnen werden, und von den Schrekken des Todes wußte niemand, wann er ihnen zu begegnen hatte.

So wurde die ars moriendi zur Lebenskunst, zur ars bene vivendi. In diesen Texten ist nun die Einsicht an den Tag gekommen, die Epoche machen mußte: die Einsicht nämlich, daß der Tod zum Wort gemacht werden konnte, daß sich von ihm sprechen und über ihn reden ließ, daß er sich trotz seiner alles umfassenden und alles betreffenden Macht zum Gegenstand von Erwägungen und zum Thema von Reflexionen machen lassen mußte. In der Literatur, die von ihm handelt, konnte der Mensch sich mit dem Tod bekannt machen.

Ein besonders eindrückliches Beispiel dafür ist der Ackermann aus Böhmen, verfaßt 1401 von Johann von Tepl, Stadtschreiber zu Saaz. Anlaß war der frühe Tod der Frau des Dichters. Schon der Beginn dieses literarischen Streitgesprächs ist außerordentlich: mit wüsten Beschimpfungen wird der Tod wie ein auf frischer Tat ertappter Schwerverbrecher und wie vor Gericht angeklagt, alles Böse wird ihm vorgeworfen, aller Übel wird er beschuldigt. Der Tod muß sich verteidigen: er tritt in Person und in Menschengestalt auf, und er muß sich rechtfertigen, muß argumentieren und darstellen, wer er ist. Am Ende hat er zwar nichts von seiner Macht und seiner Majestät verloren, aber man weiß nun etwas über ihn. Der Tod ist nicht mehr nur unbegriffene und unbegreifliche, dunkle und mythische Macht, er ist ein Akteur auf der irdischen Bühne,

wie andere auch, ein mächtiger Herrscher zwar, aber doch einer, der bestimmte und deshalb begrenzte Aufgaben in dieser Welt zu erfüllen hat, der also keineswegs blanke Willkür übt oder üben dürfte. Auch der Tod und gerade er steht in Gottes Hand. So hat sich in dieser mittelalterlichen Literatur die Erfahrung der Schrecken des Todes verbunden mit der Einsicht in einen Sinn, der sich aus größeren und letzten Zusammenhängen ergibt. Wenn über den Tod und vom Tode gesprochen werden konnte, verloren seine Schrecken von ihrer Macht – aber davon sprechen konnte nur, wer tatsächlich etwas zu sagen wußte.
Die Verteidigungsreden und die Selbstdarstellung des Todes dienen der Aufklärung. Wenn man ihn gehört und wenn man diesen Text gelesen hatte, dann hatte der Tod Konturen gewonnen: er war Gesprächspartner gewesen, er war keineswegs allmächtig, er hatte zugeben müssen, daß er durchaus nicht über alles Bescheid wußte, daß er vielmehr in recht engen und gemessenen Grenzen seinen bestimmten Dienst tue. In Gottes Allwissenheit allein lag alles beschlossen: der »Schnitter Tod« hat seine Gewalt »vom großen Gott«. Die mittelalterliche Frömmigkeit konnte über den Tod aufklären, weil sie ihm im alles umfassenden göttlichen Weltenplan seinen Platz genau zugewiesen wußte. Er blieb schrecklich. Aber er war einer von uns geworden: »Gelobt seist du mein Herr, für unsern Bruder, den fleischlichen Tod.«
Im einzelnen hat die Frömmigkeit dabei drei Motive unterschieden und in eigenen Zusammenhängen betont und ausgebreitet. Das ist zunächst das Motiv, das den Tod als das sachgemäße Ende des der Sünde verfallenen Menschen verstehen lehrt: der Tod ist der »Sünde Sold« (Römerbrief, Kap. 6, Vers 23), der Mensch stirbt, weil er Böses tut und von Gottes Wegen in dieser Welt abweicht. »Alle Menschen sind mehr zum Bösen, denn zum Guten geneigt. Tut nun jemand etwas Gutes, so tut er es aus Furcht vor Uns. Alle Menschen mit ihrem Tun sind voll Eitelkeit worden.« So erläutert der Tod dem Ackermann seine Pflicht. Deshalb also, weil er ein Sünder ist, schuldet der Mensch dem Tod das Leben.
Dem zweiten Motiv zufolge ist der Tod als das natürliche Ende des Lebens zu verstehen: der Mensch stirbt, wie alle Kreatur, nach Ablauf seiner irdischen Zeit. Auch dieses Motiv ist alt. Schon die Weisheit des alten Orients hat es in vielen Bildern formuliert, und die christliche Frömmigkeit hat es sich immer neu zu eigen gemacht. Danach ist der Mensch in seiner Zugehörigkeit zur geschaffenen Welt dem Gesetz unterstellt, das aller Natur gilt: eben nach bestimmter Frist zu sterben. Der Schnitter mäht mit seiner Sichel alle »Blumen« ohne Rücksicht auf ihre wirk-

liche oder sinnbildliche Schönheit und Bedeutung, wenn ihre Zeit gekommen ist, und im Menschen selbst vermag das Empfinden seiner kreatürlichen Frist sich zu Wort zu melden: es ist genug, sein Sinn ist matt geworden, er sehnt sich nach dem Schlafe:

»Ich bin ermüdt, ich hab geführt
Die Tagesbürd:
Es muß einst Abend werden
Erlös mich, Herr, spann aus den Pflug,
Es ist genug!
Nimm von mir die Beschwerden.«

Der Mensch schuldet seinen Leib der Erde, von der er genommen war. Das dritte Motiv schließlich ist das der religiösen Hoffnung. Wer hier, wie eine Blume, dem Schnitter zum Opfer fällt, wird sich in den himmlischen Garten versetzt finden, er wird den Himmel zum Haus haben, und er wird, wenn er mit den Schrecken des Sterbens konfrontiert ist, seinen Trost im Tod und im Bild seines Erlösers finden: »Wenn ich einmal soll scheiden, so scheide nicht von mir.« Der Mensch schuldet – und das unterscheidet ihn von aller anderen Kreatur – Gott seine Seele. So haben alle drei Motive ihre Bedeutung und ihr Gewicht für die christliche Einstellung zum Tode am Beginn der Neuzeit. Das erste Motiv lenkt die Aufmerksamkeit auf die Lebensführung, das zweite leitet zu nüchterner Sachlichkeit an, und das dritte führt zur Hoffnung über den Tod hinaus. Sie begründen gemeinsam die Gelassenheit und das getröstete Sterben, das in dieser Epoche zu einem der großen Leitgedanken für die christliche Lebensform wurde.

Bald darauf freilich sind diese Motive voneinander getrennt worden. Sie haben sich verselbständigt, und sie haben in der Literatur ihre jeweils eigenen Spuren hinterlassen. Am wenigsten ist das erste der Motive, das den Tod mit der Sünde verbindet, auch später noch wirksam gewesen. Selbst in der rein religiösen Dichtung und selbst in der der Erweckungsbewegung des 19. Jahrhunderts spielt es keine hervorragende Rolle. Ganz anders dagegen das zweite Motiv: es hat, in vielen Verwandlungen und Variationen, immer wieder das Interesse der Dichter und Schriftsteller auf sich gezogen. Seine moderne und für das 20. Jahrhundert authentische Formel hat ihm Georg Trakl gegeben:

»Ein Herz erlischt – und sacht
Die Nebel fluten und steigen –
Schweigen, Schweigen! –«

Man erkennt an diesen Zeilen sogleich die Geschichte, die das Motiv bis hierher durchlaufen hat. Es ist keine Rede mehr vom fristgemäßen Sterben der Kreatur, es ist nur noch das Verlöschen des von aller weiteren Bedeutung entzauberten natürlichen Lebens. Die Worte sind kaum noch Ausdruck irgendeiner Zuversicht, sie beschreiben vielmehr die bloße Auflösung und eine Vergänglichkeit, über die nichts Weiteres zu sagen ist. »Alle Straßen münden in schwarze Verwesung«, sagt Trakl an anderer Stelle. Das Schweigen ist zum Symbol des Untergangs und dessen, wohin der Untergang führt, geworden. Damit aber hat das Motiv zugleich eine neue Dimension gewonnen: Trakl beschreibt nicht mehr allein den Tod und das Sterben, er nimmt beides als Bild für das Leben überhaupt und für das Dasein des Menschen selbst, nicht erst der Tod, schon das Leben ist »Schweigen, Schweigen« oder hat in nichts anderem seinen Sinn.

In Trakls Versen mag sich vor allem die düstere und bedrückte Stimmung der Zeit vor dem 1. Weltkrieg zeigen. Sie sind gleichwohl gültiger Ausdruck einer Einstellung zum Tod, die für die Neuzeit charakteristisch ist. Das ursprüngliche Motiv ist säkularisiert worden: es wurde seiner religiösen Momente entkleidet und ganz in einen »innerweltlichen« Zusammenhang gestellt. Die Geschichte dieser Säkularisierung begann im 19. Jahrhundert. Kennzeichnend dafür ist das »Willkommen, Tod« von Gottfried Keller, ein Gedicht, das dem poetischen Realismus dieser Zeit unverfälschten Ausdruck gibt. Dieser Realismus wollte einer nüchternen Gelassenheit das Wort reden, die auch ohne religiöse Bindungen dem Tod ins Auge zu sehen vermag. Hier sind, obschon das ganze Leben nüchtern und »realistisch« betrachtet werden soll, heroische Töne nicht ganz zu überhören. Ein Jahrhundert später ist davon nichts mehr geblieben. »Niemand« – heißt es bei Paul Celan – »knetet uns wieder aus Erde und Lehm, niemand bespricht unseren Staub, Niemand.«

Und: »Ein Nichts waren wir, sind wir, werden wir bleiben.« Niemand also (»Gelobet seist du, Niemand«) führt ein Regiment in dieser Welt, niemand hat die Zügel in der Hand, niemand gibt uns einen Sinn. Ausdrücklich wird an den biblischen Bericht über die Schöpfung des Menschen erinnert, um diese Erinnerung zu verfremden und ihren Sinn zu

verwerfen. Hier soll nicht im mindesten Heroismus oder Leidenschaft oder Verzweiflung zu spüren sein, hier ist nur Leere geblieben, wo einst vom Schöpfer und seinen Geschöpfen die Rede war: dieser Psalm soll allen biblischen Psalmen widersprechen. Ein auf andere Weise ähnliches Beispiel dieser Einstellung zu Tod und Sterben bietet der Textabschnitt von Anne Philipe: Als das Natürlichste von der Welt wird das Sterben hier beschrieben, als Vorgang nach der Art von Liebe, Geburt, von Tag und Nacht. Nichts Besonderes, eine Art Schlaf, ein Versinken, nichts Herausforderndes jedenfalls, sondern das, was wir wohl mit Interesse, aber ohne Gefühle und ohne Leidenschaft konstatieren und zur Kenntnis nehmen. – Wollen diese Texte das von ihnen entworfene Bild von Tod und Sterben empfehlen? Wollen sie ihren Lesern nahelegen, so und nicht anders darüber zu denken? Und wenn sie es wollen: soll man mit diesem Bilde leben? Oder soll man damit auch zu sterben fähig und imstande sein? Wollen sie als Beiträge zu einer neuen und sachgemäßeren ars bene vivendi, zu einer Lebenskunst auf der Höhe der Zeit verstanden werden? Oder sollen sie sagen, daß die Kunst und zumal die poetische Kunst dem Tode gerade nicht gewachsen ist? Das dritte, das religiöse Motiv schließlich ist nicht weniger von Verwandlungen und von der Säkularisierung seiner Inhalte und seiner Bedeutungen betroffen worden. Es ist freilich in diesen Variationen und Umgestaltungen und über sie hinaus um so lebendiger und wirksamer geblieben. Zu den eindrücklichsten Dokumenten der Sammlung gehört der Abschiedsbrief des Widerstandskämpfers Alexis Freiherr von Roenne. In seinen Zeilen tritt dem Leser eine ungebrochene und in ihrer einfachen und schlichten Unmittelbarkeit souveräne Frömmigkeit entgegen. Bemerkenswert ist dieser Text in mehrfacher Hinsicht: Einmal ist es die direkte und unverhüllte Konfrontation mit dem eigenen Sterben, die hier zur Sprache kommt, nicht also der Gedanke an Tod und Sterben überhaupt, sondern das eigene Ende, die Erwartung des Sterbens durch den Vollzug des Todesurteils. Bemerkenswert ist sodann die unangefochtene Selbstidentifikation mit der religiösen Überlieferung:
Paul Gerhardts Liedzeile wird als unvermindert gültiger Ausdruck jener Sterbegesinnung aufgenommen, die zu den wesentlichen Zügen des evangelischen Glaubens gehört. Die Jahrhunderte haben dieser Gültigkeit nichts genommen. Das freilich konnte nur gelingen, weil sowohl diese Frömmigkeit wie ihr sprachlicher Ausdruck längst zentrale Momente der Lebens- und Bildungsgeschichte des Autors gewesen sind.
Er hatte sich offenkundig die Gesinnung und die Worte, in die sie sich

fassen ließen, schon lange zu eigen gemacht und konnte sie deshalb in letzter Stunde unbefangen und wie selbstverständlich zitieren. Schließlich aber ist auch noch bemerkenswert, daß hier das Sterben zum Thema wird und nicht die Frage, wohin es führt. Dazu findet sich nicht mehr als eine Andeutung über »selige Ruhe« und »Gottesfrieden«. Es ist tatsächlich der Augenblick des Sterbens selbst, der hier realistisch, nüchtern und doch tröstlich und sinnerfüllt in der religiösen Überlieferung und ihren großen Bildern aufgehoben ist.

Ganz anders ist dieses Motiv dort aufgenommen, wo auf seinen religiösen Inhalt nicht direkter Bezug genommen wird, wo also der Zusammenhang mit den ursprünglichen Bedeutungen nur in den Vermittlungen und Verwandlungen noch erkennbar bleibt und wo also eine allgemeiner bildhafte, eine andeutende und zurückhaltende Sprache gesprochen wird. Gemeinsam freilich ist vielen dieser Texte, daß sie nicht vom Sterben reden, sondern von dem, wohin es führt, nicht vom Tod, sondern von dem, was mit ihm beginnt. Ganz unbefangen schreibt Meta Klopstock noch an ihren Mann, daß Gott ihr geben möge, was er will: »ich bin immer glücklich, ein ferneres Leben mit dir – oder ein Leben mit ihm«. Demgegenüber sind es nur Andeutungen, verhaltene sprachliche Gesten, mit denen Ricarda Huch den stets gegenwärtigen Tod mit Gott und der Seele verbindet. Und auch Rilkes bekanntes Gedicht beläßt es bei den wenigen Worten, die den Herbst des Jahres und den des Lebens im Bild der fallenden Blätter so zusammenfassen, daß es nicht mehr fern liegt zu sagen, es sei »Einer, welcher dieses Fallen unendlich sanft in seinen Händen hält«. Säkularisiert sind alle diese Texte insofern, als sie den Bezug zur christlichen Tradition nur vage erkennen lassen und als jeder ausdrücklichere Rekurs auf die Religion unterbleibt. Dennoch ist hier auf eine Weise vom Tod und von Gott die Rede, die die christliche Überlieferung als Hintergrund überall vorauszusetzen scheint: der Mensch wird im Angesicht seines Todes an einen Gott erinnert, der größer ist als das irdische Leben und dessen Güte mit diesem Leben nicht endet.

Ähnlich sind wohl auch die Texte zu verstehen, die, indem sie Situation oder Stimmung von Sterben und Tod beschreiben, vom »Jenseits« reden und von »Grenzen, die kein Auge erreichen kann« oder, in geradezu wissenschaftlicher Prosa: »Wir existieren nur in der Hoffnung, daß der Tod nicht in das Nichts hineinführt, sondern daß gerade er die Pforte ist, durch die wir in Gottes Herrlichkeit eingehen.« Nicht also das Nichts – das im übrigen ja auch nichts anderes wäre, als nur die Verneinung dessen, was wir kennen – sondern tatsächlich ein »Jenseits« soll auf der anderen Seite der Grenze zu erhoffen sein, bei dem großen Pädagogen Eduard Spranger sogar ausdrücklich in einen christlich-religiösen Begriff gefaßt. Besonders eindrücklich, und zwar nicht nur in einer Hinsicht, ist das Gedicht von Ingeborg Bachmann: »Hinter der Welt wird ein Baum stehen« – ein Baum vielleicht als Sinnbild unverfälschter oder erneuerter Schöpfung, als Zeichen für einen Ort, an dem man sich gerade, wenn man »mit Nichts zu Ende gekommen« ist, aufgehoben und vollendet wissen soll, dann, wenn es heißt: »Die Fahrt ist zu Ende.« Dieses Gedicht ist aber auch darin überaus eindrücklich, daß es das Leben – von Land zu Land und viele Orte – durch vielfache und widersprüchliche Erfahrungen hindurch auf eben dieses »Ende der Fahrt« angelegt scheinen läßt, auf das Ziel, bei dem zuletzt »Gottes Hände« gegenwärtig sein werden.

Alle Texte dieser Sammlung bringen Überzeugungen zur Sprache. Das ist offenbar unvermeidlich: das Thema nötigt dazu. Selbst dort, wo vom Sterben eben nur als vom Sterben die Rede sein soll, lassen sich Überzeugungen nicht vollständig zurückhalten. Und solche Überzeugungen sagen dann doch noch mehr über das Sterben, als es vielleicht zunächst die Absicht war. »Ich glaube, die Fahrkarte ist sehr teuer gewesen, aber ich hab sie umsonst bekommen«, sagte der Mann zu Anna. Nicht mehr als ein Abschied ist das Sterben, aber doch in das Bild einer »Fahrkarte« gefaßt, der Anfang einer Reise also, die »in die Ewigkeit« führt, zu einem Ziel daher auch dann, wenn darüber gar nichts gesagt werden kann. In Abschattungen oder Spiegelungen oder auch in Verfremdungen deutet sich deshalb in sehr vielen dieser Texte noch die Überzeugung an, die die christliche Tradition begründet.

Die christliche Überlieferung deutet den Tod im Zusammenhang des Lebens. Sie interpretiert unsere Erfahrungen, vor allem die Grunderfahrung des Lebens selbst: daß wir abhängig sind von Umständen und von Menschen und von Ereignissen, über die wir nicht verfügen, und daß unser Leben nirgends allein aus dem besteht, was wir selbst zu ihm beitragen, daß also der Mensch mehr ist, als er von sich weiß, und daß er nicht in dem aufgeht, was er aus Eigenem für sich und für sein Dasein zu leisten vermag. Der Mensch verdankt sein Leben von Anfang an und in allem Wesentlichen dem, worüber er nicht verfügt. Wenn aber dies die Auslegungen sind, in denen von menschlicher Erfahrung überhaupt gesprochen werden muß, dann wird nicht anders von der Erfahrung zu reden sein, die dem Menschen mit seinem Sterben zugemutet ist: auch

unser Tod ist nicht nur das, was wir von ihm wissen. Im Römerbrief ist diese Überzeugung in die Sätze gefaßt: »Leben wir, so leben wir dem Herrn, sterben wir, so sterben wir dem Herrn, darum wir leben oder sterben, so sind wir des Herrn« (Kap. 14, Vers 8).
In dieser Überzeugung bringen sich also die Gründe zur Geltung, die den Tod nicht auf das reduzieren lassen, was an ihm bloße Natur ist. Andererseits aber liegt es dieser Überzeugung nicht weniger fern, den Tod zu glorifizieren und das Sterben zu verharmlosen. Bei Hermann Hesses »Bruder Tod« liegt ein solches Mißverständnis gefährlich nahe. Tatsächlich sind gerade die christlichen Motive, die den Tod zur Sprache bringen, von verschiedenen Momenten bestimmt, die eben erst gemeinsam sagen, was gesagt werden soll. Mit unvergleichlicher Dringlichkeit kommt diese spannungsvolle Einheit bei Jochen Klepper zum Ausdruck, in der Verbindung von Werk und Lebensgeschichte dieses großen christlichen Dichters, der am 10. Dezember 1942 gemeinsam mit seiner jüdischen Frau und seiner Tochter vor der Vernichtung durch die herrschenden Mächte selbst den Tod suchte. Von Jochen Klepper sind die folgenden Verse aus einem Lied, das im Gesangbuch der Evangelischen Kirche steht:

»Wer ist hier, der vor dir besteht?
Der Mensch, sein Tag, sein Werk vergeht:
Nur du allein wirst bleiben.
Nur Gottes Jahr währt für und für;
Drum kehre jeden Tag zu dir,
Weil wir im Winde treiben.

Der Mensch ahnt nichts von seiner Frist.
Du aber bleibest, der du bist,
In Jahren ohne Ende.
Wir fahren hin durch deinen Zorn,
und doch strömt deiner Gnade Born
in unsere leeren Hände.«

Die Zuversicht, die hier im Blick auf den Tod zu Wort kommt, zeigt sich in ihrer wirklichen Tiefe und ihrer tatsächlichen Kraft erst, wenn man zu diesen Versen die letzten Sätze aus dem Tagebuch hinzufügt, die die Absicht dokumentieren, jetzt den Tod zu suchen:

»Nachmittags die Verhandlung auf dem Sicherheitsdienst.
Wir sterben nun – ach, auch das steht bei Gott –
Wir gehen heute Nacht gemeinsam in den Tod.
Über uns steht in den letzten Stunden das Bild des Segnenden Christus,
der um uns ringt.
In dessen Anblick endet unser Leben.«

Altägyptische Dichtung

(ca. 2100–1800 v. Chr.)

Der Tod steht mir heute so verlockend vor Augen
wie die Genesung von einer Krankheit.
Wie der erste Gang ins Freie nach dem Siechtum.

Der Tod steht mir heute so vor Augen
wie der Duft von Myrrhen.
Wie wenn man unter dem Sonnensegel sitzt an einem windigen Tag.

Der Tod steht mir heute so vor Augen
wie der Duft der Lotosblumen.
Wie wenn man am Ufer der Trunkenheit sitzt.

Der Tod steht mir heute so vor Augen
wie das Ende des Regens,
wie wenn ein Mann vom Feldzug nach Hause zurückkehrt.

Der Tod steht mir heute so vor Augen
wie das Aufklaren des Himmels.
Wie wenn ein Mann die Lösung eines Rätsels findet, die er gesucht hat.

Der Tod steht mir heute so vor Augen
wie wenn man sich sehnt, die Heimat wiederzusehen.
Nachdem man lange Jahre in Gefangenschaft verbracht hat.

Wahrhaftig, wer im Jenseits ist
wird ein lebender Gott sein
und die Sünde strafen an dem, der sie tut.

Wer im Jenseits ist,
der wird wahrhaftig im Sonnenschiff stehen
und wird das Erlesenste daraus an die Tempel austeilen lassen.

Wer im Jenseits ist,
wird ein Weiser sein für den es keine Schranke gibt.
Und er wird bei Re Gehör finden, sooft er spricht.

Homer

Odyssee
(ca. 700 v. Chr.)

Meinen Worten erwiderte die würdige Mutter:
»Weh mir, teures Kind, unseligster unter den Menschen,
Nein, Zeus' Tochter Persephoneia täuscht dich mitnichten.
Dies ist das Schicksal der Menschen, sobald sie dem Tode erlegen,
Denn dann halten Gebeine und Sehnen nicht länger zusammen,
Sondern die mächtige Kraft des lodernden Feuers vernichtet
Alles, sobald der Geist die bleichen Gebeine verlassen;
Aber die Seele fliegt dahin wie ein flatterndes Traumbild.
Doch enteile nun schleunig zurück zum Lichte und merke
Dir dies alles, es später der teuren Gattin zu künden.«

Plato

Phaidon
(ca. 387–367 v. Chr.)

Sokrates. In der Tat also, mein Simmias, trachten die wahren Philosophen danach, zu sterben, und der Tod ist ihnen von allen Menschen am wenigsten furchtbar. Stelle nur folgende Erwägung an. Wenn sie nämlich in jeder Hinsicht mit dem Leibe entzweit sind und die Seele ganz für sich allein haben wollen, wäre es da nicht die größte Torheit, wenn sie sich bei Erfüllung dieses Wunsches fürchten und unwillig sein wollten, anstatt mit Freuden dahin zu gehen, wo sie nach ihrer Ankunft hoffen dürfen, das zu erlangen, wonach sie ihr Leben lang getrachtet haben – es war dies aber die Vernunfterkenntnis –, und vom Zusammensein mit dem befreit zu werden, was ihnen zuwider war? Oder sollten nur viele nach dem Tode sterblicher Lieblinge oder Frauen und Kinder freiwillig in die Unterwelt haben gehen wollen, von der Hoffnung geleitet, dort die wiederzusehen, nach denen sie sich sehnten, und mit ihnen zusammen zu sein; wer aber die Vernunfterkenntnis wirklich liebt und ebendieser zuversichtlichen Hoffnung lebt, er werde nirgend anderswo ihrer nach Wunsch teilhaftig werden als in der Unterwelt, den sollte es verdrießen zu sterben, und er sollte nicht freudig dorthin aufbrechen? Nein, das kann man nicht glauben, mein Bester, wenigstens nicht, wenn er ein echter Philosoph ist. Denn gar fest wird ein solcher dies glauben, daß er nirgend woanders die reine Wahrheit antreffen wird als dort. Verhält sich das aber so, wäre es da nicht, wie gesagt, große Unvernunft, wenn ein solcher den Tod fürchtete?

Paulus

Erster Brief an die Korinther

(ca. 50 n. Chr.)

Siehe, ich sage euch ein Geheimnis: Wir werden nicht alle entschlafen, wir werden aber alle verwandelt werden; und dasselbige plötzlich, in einem Augenblick, zu der Zeit der letzten Posaune. Denn es wird die Posaune schallen, und die Toten werden auferstehen unverweslich, und wir werden verwandelt werden ... Dann wird erfüllet werden das Wort, das geschrieben steht: Der Tod ist verschlungen in den Sieg. Tod, wo ist dein Stachel? Hölle, wo ist dein Sieg?

Die Offenbarung des Johannes

Das neue Jerusalem
(ca. 95 n. Chr.)

Und ich sah einen neuen Himmel und eine neue Erde; denn der erste Himmel und die erste Erde vergingen, und das Meer ist nicht mehr. Und ich sah die heilige Stadt, das neue Jerusalem, von Gott aus dem Himmel herabfahren, bereitet wie eine geschmückte Braut ihrem Mann. Und ich hörte eine große Stimme von dem Thron, die sprach: Siehe da, die Hütte Gottes bei den Menschen! Und er wird bei ihnen wohnen, und sie werden sein Volk sein, und er selbst, Gott, wird mit ihnen sein; und Gott wird abwischen alle Tränen von ihren Augen, und der Tod wird nicht mehr sein, noch Leid noch Geschrei noch Schmerz wird mehr sein; denn das Erste ist vergangen. Und der auf dem Thron saß, sprach: Siehe, ich mache alles neu!
...

Augustinus

Confessiones

(ca. 400)

Schon nahte der Tag, da sie aus diesem Leben scheiden sollte – Du kanntest ihn, wir nicht –, da traf es sich, wie ich glaube durch Deine geheime Fügung, daß wir beide allein, ich und sie, an ein Fenster gelehnt standen, das in den Garten innerhalb des Hauses ging, das uns beherbergte, dort in Tiber-Ostia, wo wir, dem Trubel entrückt, nach der Mühsal der langen Reise Kräfte sammelten für die Seefahrt. Wir unterhielten uns also allein, köstlich innig, und, »vergessend, was hinter uns lag, auslangend nach dem, was vor uns liegt«, fragten wir uns im Angesicht der Wahrheit, die Du bist, welcher Art wohl dereinst das ewige Leben der Heiligen sei, jenes Leben, das freilich »kein Auge geschaut und kein Ohr vernommen, und das in keines Menschen Herz gedrungen ist«, und doch lechzte begierig unser Herz nach den Wassern aus der Höhe, den Wassern »Deiner Quelle«, der »Quelle des Lebens, die bei dir ist«, um von dorther, nach unseres Fassens Maß benetzt, einem so erhabenen Gegenstand auf alle Weise nachzusinnen.

Im Fortgang des Gespräches ergab sich uns, daß mit der Wonne des ewigen Lebens kein Entzücken unserer fleischlichen Sinne, wie groß es sei, wie köstlich es im irdischen Lichte gleiße, sich vergleichen, ja daneben auch nur nennen lasse: da erhoben wir uns mit heißerer Inbrunst nach dem »wesenhaften Sein«; und durchwanderten stufenweise die ganze Körperwelt, auch den Himmel, von dem herab Sonne, Mond und Sterne leuchten über die Erde. Und höher stiegen wir auf im Betrachten, Bereden, Bewundern Deiner Werke, und wir gelangten zu unserer Geisteswelt. Und wir schritten hinaus über sie, um die Gefilde unerschöpflicher Fülle zu erreichen, auf denen Du Israel auf ewig weidest mit der Speise der Wahrheit; und dort ist das Leben die Weisheit, die Weisheit, durch die alles Geschöpfliche entsteht, was je gewesen ist und was je sein wird; und sie selbst ist ohne Werden, sie ist, wie sie gewesen ist, und also wird sie stetsfort sein; vielmehr, es gibt in ihr kein Gewesensein noch ein Künftigsein, sondern das Sein allein, weil sie ewig ist; denn Gewesensein und Künftigsein ist nicht ewig. Und während wir so reden von dieser ewigen Weisheit, voll Sehnsucht nach ihr, da streiften wir sie leise in einem vollen Schlag des Herzens; da seufzten wir auf und ließen dort festgebunden »die Erstlinge des Geistes«; und wir wandten uns wieder dem Getön der Rede zu, bei der das Wort Anfang und Ende hat; was auch wäre ähnlich Deinem Wort, unserm Herrn, dem Wort, das in sich verbleibt, ohne zu altern, und doch alles erneut!

Koran

27. Sure
(nach 600)

Darum wird Allah sie vor dem Übel dieses Tages bewahren und Heiterkeit und Freude auf ihrem Angesicht glänzen lassen und sie belohnen für ihre ausharrende Geduld mit einem Garten und mit seidenen Gewändern, und sie werden dort auf Lagerkissen ruhen und weder Sonne noch Kälte mehr fühlen. Dichte Schatten werden sich behütend über ihnen ausbreiten, und Früchte werden tief herabhängen, damit sie leicht gepflückt werden können. Und Dienende werden mit silbernen Kelchen und Bechern um sie herumgehen, mit glashellen Silberflaschen, deren Maß sie nach eigenem Wunsch bestimmen können. Man gibt ihnen da zu trinken aus einem Becher Wein mit Ingwer-Wasser, aus einer Quelle dort, welche Salsabil heißt. Zu ihrer Aufwartung gehen ewig blühende Jünglinge um sie herum; wenn du sie siehst, hältst du sie für verstreute Perlen, und wo du hinsiehst, erblickst du Wonne und ein großes Reich. Ihre Gewänder sind aus feiner grüner Seide und aus Samt, durchwirkt mit Gold und Silber, und geschmückt sind sie mit silbernen Armbändern, und ihr Herr wird ihnen reinsten Trunk zu trinken geben und sagen: »Dies ist euer Lohn und der Dank für euer eifriges Streben.«

Tibetanisches Totenbuch

Des Todes Boten

(um 750)

All die Gedankenlosen, die nicht sorgen,
Zu welcher Zeit des Todes Boten kommen,
Müssen in niederer Verkörperung
Lange die Qual der Leiden fühlen.
Die jedoch gut und heilig sind,
Betragen sich nicht gedankenlos,
Wenn des Todes Boten erscheinen,
Beachten, was die Hohe Lehre sagt,
und sehn, erschreckt, in der Verhaftung
Die ew'ge Quelle von Geburt und Tod,
Befrein sich selbst von diesem Hang
Und tilgen so Geburt und Tod.
Sicher und glücklich ruhen sie.
Entlassen aus der flutenden Schau,
Entbunden aller Sünd' und Furcht;
Sie sind nun alles Elends bloß.

Notker der Stammler

Antiphon über den Tod
(um 900)

Mitten wir im Leben sind
Mit dem Tod umfangen,
Wen suchen wir, der Hülfe tu,
Daß wir Gnad erlangen,
Das bistu Herr alleine;
Uns reuet unser Missetat,
Die dich Herr erzürnet hat,
Heiliger Herre Gott,
Heiliger starker Gott,
Heiliger barmherziger Heiland,
Du ewiger Gott;
Laß uns nicht versinken
In des bittern Todes Not,
Kyrieleison.

Mitten in dem Tod anficht
Uns der Höllen Rachen,
Wer will uns aus solcher Not
Frei und ledig machen?
Das tustu Herr alleine;
Es jammert dein Barmherzigkeit
Unser Sünd und großes Leid,
Heiliger Herre Gott,
Heiliger starker Gott,
Heiliger barmherziger Heiland.
Du ewiger Gott:
Laß uns nicht verzagen
Vor der tiefen Höllen Glut,
Kyrieleison.

Mitten in der Höllen Angst
Unser Sünd uns treiben.
Wo solln wir denn fliehen hin,

Da wir mögen bleiben?
Zu dir Herr Christ alleine.
Vergossen ist dein teures Blut,
Das gnug für die Sünde tut,
Heiliger Herre Gott,
Heiliger starker Gott,
Heiliger barmherziger Heiland.
Du ewiger Gott,
Laß uns nicht entfallen
Von des rechten Glaubens Trost,
Kyrieleison.

Franziscus von Assisi

Lobgesang
(ca. 1224/1225)

Höchster, allmächtiger, guter Herr,
Dein sind das Lob, der Ruhm, die Ehr und aller Segen.
Dir gehören sie, Höchster, allein.
Kein Mensch ist wert Dich zu nennen.

Gelobt seist Du, mein Herr, samt all Deinen Kindern
Und der Schwester Sonne besonders,
Denn am Tage zündst Du für uns sie an.
Schön ist sie und strahlt in großem Glanze.
Von Dir, o Höchster, bringt sie Kunde.

Gelobt seist Du, mein Herr, für Bruder Mond und Sterne!
Am Himmel hast Du sie geformt, klar, köstlich und hell.

Gelobt seist Du, mein Herr, für Bruder Wind
Und Luft und Wolken, freundliches und jedes Wetter!
Mit ihnen hegst Du Deine Kinder.

Gelobt seist Du, mein Herr, um Wassers Willen!
Das ist so nützlich, schmiegsam, köstlich und keusch.

Gelobt seist Du, mein Herr, für Bruder Feuer!
Die Nacht erhellst Du uns mit ihm
Und schön ist er und munter und gewaltig und stark.

Gelobt seist Du, mein Herr, für unsre Mutter Erde!
Die hegt und trägt uns
Und vielerlei Frucht und farbige Blumen treibt sie und Gras.

Gelobt seist Du, mein Herr, für alle, die verzeihen
Und Krankheit dulden und Mühsal Dir zu lieb.
Selig, wer es in Frieden erduldet,
Denn von Dir, Höchster, wird er gekrönt.

Gelobt seist Du, mein Herr, für unsern Bruder, den fleischlichen Tod,
Dem kann kein lebender Mensch entgehen.
Weh denen, die in Todessünden sterben!
Doch selig, wen Du hältst in Deinem heiligen Willen,
Ihm tut der zweite Tod kein Leid.

Anonym

(1555)

O Welt, ich muß dich lassen,
Ich fahr dahin mein Straßen
Ins ewig Vaterland;
Mein Geist will ich aufgeben,
Dazu mein Leib und Leben
Setzen in Gottes Hand.

Mein Zeit ist nun vollendet,
Der Tod das Leben schändet,
Sterben ist mein Gewinn:
Kein Bleiben ist auf Erden
Das Ewig muß mir werden,
Mit Fried ich fahr dahin.

Ob mich gleich hat betrogen
Die Welt, von Gott abzogen
Durch Schand und Büberei:
Will ich doch nit verzagen,
Sondern mit Glauben sagen,
Daß mir vergeben sei.

Anonym

Schnitterlied
(um 1600)

Es ist ein Schnitter, heißt der Tod,
hat Gewalt vom großen Gott;
heut wetzt er das Messer,
es schneid't schon viel besser,
bald wird er drein schneiden,
wir müssen's nur leiden.
Hüt dich, schön's Blümelein!

Was heut noch grün und frisch dasteht,
wird morgen weggemäht:
die edlen Narzissen
die englischen Schlüsseln,
die schönen Hyazinthen,
die türkischen Binden.
Hüt dich, schön's Blümelein!

Viel hunderttausend ungezählt
da unter die Sichel hinfällt:
rot Rosen, weiß Lilien,
euch wird er austilgen;
auch euch Kaiserkronen
wird er nicht verschonen.
Hüt dich, schön's Blümelein!

Das himmelfarben Ehrenpreis,
die Tulipanen gelb und weiß,
die silbernen Glöckchen,
die goldenen Flöckchen,
sinkt alles zur Erden,
was wird daraus werden?
Hüt dich, schön's Blümelein!

Ihr hübsch Lavendel, Rosmarein,
ihr vielfarbigen Röselein,

ihr stolzen Schwertlilien,
ihr krausen Basilien,
ihr zarten Violen,
man wird euch bald holen.
Hüt dich, schön's Blümelein!

Aus Seiden ist der Fingerhut,
aus Sammet ist das Wohlgemuth.
Noch ist er so blind,
nimmt, was er nur find't,
kein Sammet, kein Seiden
mag ihn vermeiden.
Hüt dich, schön's Blümelein!

Tod, Tod, komm her, ich fürcht' dich nit,
Trutz! komm und tu ein Schnitt.
Und werd' ich verletzet,
so werd' ich versetzet
in den himmlischen Garten,
auf den wir all warten.
Freu dich, schön's Blümelein!

Paul Gerhardt

O Haupt voll Blut und Wunden

(ca. 1650)

...

Wann ich einmal soll scheiden,
So scheide nicht von mir;
Wann ich den Tod soll leiden,
So tritt du dann herfür;
Wann mir am allerbängsten
Wird um das Herze sein,
So reiß mich aus den Ängsten
Kraft deiner Angst und Pein!

Erscheine mir zum Schilde,
Zum Trost in meinem Tod,
Und laß mich sehn dein Bilde
In deiner Kreuzesnot.
Da will ich nach dir blicken,
Da will ich glaubensvoll
Dich fest an mein Herz drücken.
Wer so stirbt, der stirbt wohl.

Anton Ulrich

Sterbelied
(1667*)

Es ist genug! Mein matter Sinn
Sehnt sich dahin,
Wo meine Väter schlafen.
Ich hab es endlich guten Fug,
Es ist genug!
Ich muß mir Rast verschaffen.

Ich bin ermüd't, ich hab geführt
Die Tagesbürd:
Es muß einst Abend werden
Erlös mich, Herr, spann aus den Pflug,
Es ist genug!
Nimm von mir die Beschwerden.

Die große Last hat mich gedrückt,
Ja schier erstickt,
So viele lange Jahre.
Ach, laß mich finden, was ich such.
Es ist genug!
Mit solcher Kreuzes-Ware.

Nun gute Nacht, ihr meine Freund,
Ihr meine Feind,
Ihr Guten und ihr Bösen!
Euch folg die Treu, euch folg der Trug.
Es ist genug!
Mein Gott will mich auflösen.

So nimm nun, Herr! hin meine Seel,
Die ich befehl
In deine Händ und Pflege.
Schreib sie ein in dein Lebensbuch.
Es ist genug!
Daß ich mich schlafen lege.

Nicht besser soll es mir ergehn,
Als wie geschehn
Den Vätern, die erworben
Durch ihren Tod des Lebens Ruh.
Es ist genug!
Es sei also gestorben!

Johann Christian Günther

Sterbegedicht

(1715)

Zeuch aus, gefangne Seele,
Weil Stahl und Kerker bricht;
Des Leibes Jammerhöhle
Hemmt deine Freiheit nicht;
Das Grab, mein Ruhekissen,
Begräbt die Sklaverei;
Da nun der Strick zerrissen,
So wird der Vogel frei.

Mein Ohr vernimmt das Zeichen,
So mir zu Schiffe ruft,
Laß nun die Segel streichen,
Der Hafen meiner Gruft
Macht, daß ich nicht mehr strande:
Der Himmel wird mein Haus;
Wohlan wir sind am Lande,
Steig, müder Geist, steig aus.

Meta Klopstock

Brief an ihren Mann

10. Sept. 1758

Du must nicht denken, Süßer, daß dies etwas weiter bedeutet, als daß ich *so leicht* sterben, als leben kann; und daß ich mich, auf beydes, gefaßt mache. Denn ich lasse mich gewiß nicht darauf ein, etwas von beyden auszumachen. Wenn ich nach den *Umständen* schliessen wollte; so wäre vielmehr Wahrscheinlichkeit für Leben als für Tod. Aber ich bin sehr ruhig zu jedem von beyden. Was Gott will. Ich erstaune manchmal selbst über die Gelassenheit, die ich die ganze Schwangerschaft über gehabt habe, da ich doch so glückselig in dieser Welt bin! O was ist unsre Religion! Was muß die Ewigkeit seyn, von der wir so wenig wissen, und unsre Seele so viel fühlt! Mehr als ein Leben mit Klopstock!

Es scheint mir izt nicht so schwer, dich und dein Kind zu verlassen, als ehmals, und daher fürchte ich oft, daß ich diese Ruhe noch wieder verlieren kann; ob sie gleich schon acht Monate gedauert hat, und in dem Anfange der beyden vorigen Schwangerschaften auch war. Ich weiß wohl, daß alle Stunden nicht gleich sind, und vor allem die *letzten*. Denn der Tod einer Wöchnerinn ist nichts weniger, als ein leichter Tod. Doch laß die letzten Stunden keinen Eindruck auf dich machen. Du weißt zu sehr, wie viel der Körper da auf die Seele wirkt – Nun, Gott mag mir geben, was er will; ich bin immer glücklich, ein ferneres Leben mit dir – oder ein Leben mit *Ihm*!

Aber wirst du mich auch so leicht verlassen können, als ich dich? da du nur in *dieser* Welt bleibst, und in einer Welt *ohne mich*! Du weißt, ich hab immer gewünscht, die Nachbleibende zu seyn, weil ich wohl weiß, daß dieß das schwerste ist. Doch vielleicht will Gott, daß du es seyn sollst, und vielleicht hast du mehr Kräfte. Ach denke nur, wo ich hingehe! und so sehr *Sünder* dieß von einander gewiß seyn können, kannst du gewiß seyn, daß ich *dahin* gehe. So kann das Gefühl eines Christen nicht trügen! Und da folgst du mir nach, dein Kind auch. Und da lieben wir uns fort, die Liebe, die gewiß nicht zum Aufhören gemacht war, *unsre* Liebe! Und so lieben wir auch unser Kind! Im Anfange wird der

Anblick des Kindes dich vielleicht traurig machen; doch nachher muß es dir ein grosser Trost seyn, ein Kind von mir nachzubehalten. Es ist mir, wenn ichs nachlasse, so gar lieber, eins nachzulassen als keins, ob ich gleich wohl weiß, daß fast alle Leute hierin anders denken, als ich. Doch warum sollte ich anders denken? Vertrau ichs nicht dir und *Gott* an? Ob es gleich mit der sanftesten Ruhe ist, daß ich hiervon spreche; so will ich doch aufhören. Denn vielleicht macht es dich zu traurig ob du mir gleich die Erlaubniß dazu gegeben hast. Ach, ich danke dir für diese süsse Erlaubniß. Mein Herz wünschte es so sehr, und ich mochte es doch *deinetwegen* nicht thun. – Doch ich will aufhören. Etwas anders kann ich auch nicht schreiben, denn ich bin zu ernsthaft; ob es gleich ein Ernst mit Freudenthränen ist!

Meta Klopstock starb am 28. November 1758 bei der Geburt eines toten Sohnes

Matthias Claudius

Der Tod und das Mädchen
(1775)

Vorüber, ach, vorüber
geh, wilder Knochenmann.
Ich bin noch jung, geh Lieber!
Und rühre mich nicht an.

Gib deine Hand, du schön und zart Gebild!
Bin Freund und komme nicht zum Strafen.
Sei guten Muts! ich bin nicht wild,
sollst sanft in meinen Armen schlafen!

Friedrich Hölderlin

Stammbuchblatt für einen Unbekannten
(1789)

Es erschreckt uns,
Unser Retter, der Tod. Sanft kommt er
Leis im Gewölke des Schlafs,

Aber er bleibt fürchterlich, und wir sehen nur
Nieder ins Grab, ob er gleich uns zur Vollendung
Führt aus Hüllen der Nacht hinüber
In der Erkenntnisse Land.

Karoline von Günderode

Einstens lebt ich süßes Leben
(ca. 1805)

Einstens lebt ich süßes Leben,
denn mir war, als sey ich plötzlich
nur ein duftiges Gewölke.
Über mir war nichts zu schauen
als ein tiefes blaues Meer
und ich schiffte auf den Wogen
dieses Meeres leicht umher.
Lustig in des Himmels Lüften
gaukelt ich den ganzen Tag,
lagerte dann froh und gaukelnd
hin mich um den Rand der Erde,
als sie sich der Sonne Armen
dampfend und voll Gluth entriß,
sich zu baden in nächtlicher Kühle,
sich zu erlaben im Abendwind.
Da umarmte mich die Sonne,
von des Scheidens Weh ergriffen,
und die schönen hellen Strahlen
liebten all und küßten mich.
Farbige Lichter
stiegen hernieder,
hüpfend und spielend,
wiegend auf Lüften
duftige Glieder.
Ihre Gewande
Purpur und Golden
und wie des Feuers
tiefere Gluthen.
Aber sie wurden
blässer und blässer,
bleicher die Wangen,
sterbend die Augen.
Plötzlich verschwanden

mir die Gespielen,
und als ich traurend
nach ihnen blickte,
sah ich den großen
eilenden Schatten,
der sie verfolgte,
sie zu erhaschen.
Tief noch im Westen
sah ich den goldnen
Saum der Gewänder.
Da erhub ich kleine Schwingen,
flatterte bald hie bald dort hin,
freute mich des leichten Lebens,
ruhend in dem klaren Aether.
Sah jetzt in dem heilig tiefen
unnennbaren Raum der Himmel
wunderseltsame Gebilde
und Gestalten sich bewegen.
Ewige Götter
saßen auf Thronen
glänzender Sterne,
schauten einander
seelig und lächelnd.
Tönende Schilde,
klingende Speere
huben gewaltige,
streitende Helden;
Vor ihnen flohen
gewaltige Thiere,
andre umwanden
in breiten Ringen
Erde und Himmel,
selbst sich verfolgend
ewig im Kreise.
Blühend voll Anmuth
unter den Rohen
stand eine Jungfrau,
Alle beherrschend.
Liebliche Kinder

spielten in mitten
giftiger Schlangen. –
Hin zu den Kindern
wollt ich nun flattern,
mit ihnen spielen
und auch der Jungfrau
Sohle dann küssen.
Und es hielt ein tiefes Sehnen
in mir selber mich gefangen.
Und mir war, als hab ich einstens
mich von einem süßen Leibe
los gerissen, und nun blute
erst die Wunde alter Schmerzen.
Und ich wandte mich zur Erde,
wie sie süß im trunknen Schlafe
sich im Arm des Himmels wiegte
Leis erklungen nun die Sterne,
nicht die schöne Braut zu weken,
und des Himmels Lüfte spielten
leise um die zarte Brust.
Da ward mir, als sey ich entsprungen
dem innersten Leben der Mutter,
und habe getaumelt
in den Räumen des Aethers,
ein irrendes Kind.
Ich mußte weinen,
rinnend in Thränen
sank ich hinab zu dem Schooße der Mutter.
Farbige Kelche
duftender Blumen
faßten die Thränen,
und ich durchdrang sie,
alle die Kelche,
rieselte Abwärts
hin durch die Blumen,
tiefer und tiefer,
bis zu dem Schooße
hin, der verhüllten
Quelle des Lebens.

Heinrich von Kleist

Briefe an Marie von Kleist

Berlin, den 19. Nov. 1811

Meine liebste Marie, mitten in dem Triumphgesang, den meine Seele in diesem Augenblick des Todes anstimmt, muß ich noch einmal Deiner gedenken und mich Dir, so gut wie ich kann, offenbaren: Dir, der einzigen, an deren Gefühl und Meinung mir etwas gelegen ist; alles andere auf Erden, das Ganze und Einzelne, habe ich völlig in meinem Herzen überwunden. Ja, es ist wahr, ich habe Dich hintergangen, oder vielmehr ich habe mich selbst hintergangen; wie ich Dir aber tausendmal gesagt habe, daß ich dies nicht überleben würde, so gebe ich Dir jetzt, indem ich von Dir Abschied nehme, davon den Beweis. Ich habe Dich während Deiner Anwesenheit in Berlin gegen eine andere Freundin vertauscht; aber wenn Dich das trösten kann, nicht gegen eine, die mit mir leben, sondern, die im Gefühl, daß ich ihr ebenso wenig treu sein würde, wie Dir, mit mir sterben will. Mehr Dir zu sagen, läßt mein Verhältnis zu dieser Frau nicht zu. Nur so viel wisse, daß meine Seele, durch die Berührung mit der ihrigen, zum Tode ganz reif geworden ist; daß ich die ganze Herrlichkeit des menschlichen Gemüts an dem ihrigen ermessen habe, und daß ich sterbe, weil mir auf Erden nichts mehr zu lernen und zu erwerben übrig bleibt. Lebe wohl! Du bist die allereinzige auf Erden, die ich jenseits wieder zu sehen wünsche. Etwa Ulriken? – ja, nein, nein, ja: es soll von ihrem eignen Gefühl abhangen. Sie hat, dünkt mich, die Kunst nicht verstanden sich aufzuopfern, ganz für das, was man liebt, in Grund und Boden zu gehn; das Seligste, was sich auf Erden erdenken läßt, ja worin der Himmel bestehen muß, wenn es wahr ist, daß man darin vergnügt und glücklich ist. Adieu! – Rechne hinzu, daß ich eine Freundin gefunden habe, deren Seele wie ein junger Adler fliegt, wie ich noch in meinem Leben nichts Ähnliches gefunden habe; die meine Traurigkeit als eine höhere, festgewurzelte und unheilbare begreift, und deshalb, obschon sie Mittel genug in Händen hätte mich hier zu beglükken, mit mir sterben will; die mir die unerhörte Lust gewährt, sich, um dieses Zweckes willen, so leicht aus einer ganz wunschlosen Lage, wie ein Veilchen aus einer Wiese, heraus heben zu lassen; die einen Vater, der sie anbetet, einen Mann, der großmütig genug war sie mir abtreten zu wollen, ein Kind, so schön und schöner als die Morgensonne, um meinetwillen verläßt: und Du wirst begreifen, daß meine ganze jauchzende Sorge nur sein kann, einen Abgrund tief genug zu finden, um mit ihr hinab zu stürzen. – Adieu noch einmal! –

Potsdam, den 21. Nov. 1811

Meine liebste Marie, wenn Du wüßtest, wie der Tod und die Liebe sich abwechseln, um diese letzten Augenblicke meines Lebens mit Blumen, himmlischen und irdischen, zu bekränzen, gewiß Du würdest mich gern sterben lassen. Ach, ich versichere Dich, ich bin ganz selig. Morgens und abends knie ich nieder, was ich nie gekonnt habe, und bete zu Gott; ich kann ihm mein Leben, das allerqualvollste, das je ein Mensch geführt hat, jetzo danken, weil er es mir durch den herrlichsten und wollüstigsten aller Tode vergütigt. …

Joseph von Eichendorff

Ergebung
(1837)

Es wandelt, was wir schauen,
Tag sinkt ins Abendrot,
Die Lust hat eignes Grauen,
Und alles hat den Tod.

Ins Leben schleicht das Leiden
Sich heimlich wie ein Dieb,
Wir alle müssen scheiden
Von allem, was uns lieb.

Was gäb es doch auf Erden,
Wer hielt' den Jammer aus,
Wer möcht geboren werden,
Hieltst du nicht droben haus!

Du bist's, der, was wir bauen,
Mild über uns zerbricht,
Daß wir den Himmel schauen –
Darum so klag ich nicht.

Heinrich Heine

Wo?

(ca. 1839/1840)

Wo wird einst des Wandermüden
Letzte Ruhestätte sein?
Unter Palmen in dem Süden?
Unter Linden an dem Rhein?

Werd ich wo in einer Wüste
Eingescharrt von fremder Hand?
Oder ruh ich an der Küste
Eines Meeres in dem Sand?

Immerhin! Mich wird umgeben
Gotteshimmel, dort wie hier,
Und als Totenlampen schweben
Nachts die Sterne über mir.

Friedrich Hebbel

Dämmerempfindung
(1843)

Was treibt mich hier von hinnen?
  Was lockt mich dort geheimnisvoll?
Was ist's, das ich gewinnen,
  und was, womit ich's kaufen soll?

Trat unsichtbar mein Erbe,
  ein Geist, ein luft'ger, schon heran,
Und drängt mich, daß ich sterbe,
  weil er nicht eher leben kann?

Und winkt mir aus der Ferne
  die Traube schon, die mir gereift
Auf einem andern Sterne,
  und will, daß meine Hand sie streift?

Gottfried Keller

Nacht
(1846)

VI

...
Willkommen Tod! dir will ich mich vertrauen,
Laß mich in deine treuen Augen schauen
Zum ersten Male fest und klar!
Wie wenn man einen neuen Freund gefunden,
Kaum noch von der Verlassenheit umwunden,
So wird mein Herz der Qual und Sorge bar.

Tief schau ich dir ins Aug, das sternenklare.
Wie stehn dir gut die feuchten, schwarzen Haare,
Wie weiß ist deine kühle Hand!
O lege sie in meine warmen Hände,
Dein heilges Antlitz zu mir nieder wende –
Wohl mir! ich habe endlich dich erkannt!

Ob mir auch noch beglückte Stunden schlagen,
Ich will dich heimlich tief im Herzen tragen.
Und wo mich einst dein Gruß ereilt,
Im Blütenfeld, im schimmervollen Saale,
Auf stillem Bett, im schlachterfüllten Tale,
Ich folge dir getrost und unverweilt. –

Die Nacht vergeht, die grauen Wolken fliegen,
Der Tag erwacht und seine Strahlen siegen,
Im Osten steigt der Sonnenschild empor,
Es blitzt sein Schein auf meinen alten Wegen;
Ein andrer aber tret ich ihm entgegen,
Der ich die Furcht des Todes still verlor.

Arthur Schopenhauer

Parerga und Paralipomena
(1851)

§ 136

Zu ewiger Fortdauer ist kein Individuum geeignet: es geht im Tode unter. Wir jedoch verlieren dabei nichts. Denn dem individuellen Daseyn liegt ein ganz anderes, dessen Aeußerung es ist, unter. Dieses kennt keine Zeit, also auch weder Fortdauer, noch Untergang.
Wenn wir uns ein Wesen denken, welches Alles erkennte, verstände und übersähe; so würde die Frage, ob wir nach dem Tode fortdauern, für dasselbe wahrscheinlich gar keinen Sinn haben; weil über unser jetziges zeitliches, individuelles Daseyn hinaus Fortdauern und Aufhören keine Bedeutung mehr hätten und ununterscheidbare Begriffe wären; wonach auf unser eigentliches und wahres Wesen, oder das in unserer Erscheinung sich darstellende Ding an sich, weder der Begriff des Untergangs, noch der der Fortdauer Anwendung fände, da Diese aus der Zeit entlehnt sind, welche bloß die Form der Erscheinung ist. – Wir inzwischen können die *Unzerstörbarkeit* jenes Kerns unsere Erscheinung uns nur als eine *Fortdauer* desselben denken und zwar eigentlich nach dem Schema der *Materie*, als welche, unter allen Veränderungen der Formen, in der Zeit beharrt. – Wird nun demselben diese Fortdauer abgesprochen; so sehn wir unser zeitliches Ende an als eine Vernichtung, nach dem Schema der *Form*, welche verschwindet, wann ihr die sie tragende Materie entzogen wird. Beides ist jedoch eine μεταβασις εις αλλο γενος [Übergang zu einer anderen Gattung], nämlich ein Übertragen der Formen der Erscheinung auf das Ding an sich. Von einer Unzerstörbarkeit aber, die keine Fortdauer wäre, können wir kaum uns auch nur einen abstrakten Begriff bilden; weil uns alle Anschauung, ihn zu belegen, mangelt.
In Wahrheit aber ist das beständige Entstehn neuer Wesen und Zunichtewerden der vorhandenen anzusehn als eine Illusion, hervorgebracht durch den Apparat zweier geschliffener Gläser (Gehirnfunktionen), durch die allein wir etwas sehn können; sie heißen Raum und Zeit, und in ihrer Wechseldurchdringung Kausalität. Denn Alles, was wir unter

diesen Bedingungen wahrnehmen, ist bloße Erscheinung; nicht aber erkennen wir die Dinge, wie sie an sich selbst, d.h. unabhängig von unserer Wahrnehmung, seyn mögen. Dies ist eigentlich der Kern der Kantischen Philosophie; an welche und ihren Inhalt man nicht zu oft erinnern kann, nach einer Periode, wo feile Scharlatanerie, durch ihren Verdummungsprozeß, die Philosophie aus Deutschland vertrieben hatte, unter williger Beihülfe der Leute, denen Wahrheit und Geist die gleichgültigsten Dinge auf der Welt sind, hingegen Gehalt und Honorar die wichtigsten.

Dasjenige Daseyn, welches beim Tode des Individuums unbetheiligt bleibt, hat nicht Zeit und Raum zur Form: alles für uns Reale erscheint aber in diesen: daher also stellt der Tod sich uns als Vernichtung dar.

§ 137

Jeder fühlt, daß er etwas Anderes ist, als ein von einem Andern einst aus Nichts geschaffenes Wesen. Daraus entsteht ihm die Zuversicht, daß der Tod wohl seinem Leben, jedoch nicht seinem Daseyn ein Ende machen kann.

Vermöge der Erkenntnißform der *Zeit* stellt der Mensch (d.i. die Bejahung des Willens zum Leben auf ihrer höchsten Objektivationsstufe) sich dar als ein Geschlecht stets von Neuem geborener und dann sterbender Menschen.

Der Mensch ist etwas Anderes, als ein belebtes Nichts: – und das Thier auch.

Wie kann man nur, beim Anblick des *Todes* eines Menschen vermeinen, hier werde ein Ding an sich selbst *zu nichts*? Daß vielmehr nur eine Erscheinung, in der Zeit, dieser Form aller Erscheinungen, ihr Ende finde, ohne daß das Ding an sich selbst angefochten werde, ist eine unmittelbare, intuitive Erkenntniß jedes Menschen; daher man es zu allen Zeiten, in den verschiedensten Formen, und Ausdrücken, die aber alle, der Erscheinung entnommen, in ihrem eigentlichen Sinn, sich nur auf diese beziehn, auszusprechen bemüht gewesen ist.

Wer da meint, sein Daseyn sei auf sein jetziges Leben beschränkt, hält sich für ein belebtes Nichts: denn vor 30 Jahren war er nichts; und über 30 Jahre ist er wieder nichts.

Wenn wir unser eigenes Wesen durch und durch, bis ins Innerste, ganz erkannt hätten, würden wir es lächerlich finden, die Unvergänglichkeit des Individuums zu verlangen; weil dies hieße, jenes Wesen selbst gegen eine einzelne seiner zahllosen Aeußerungen, – Fulgurationen – aufgeben.

§ 138

Je deutlicher Einer sich der Hinfälligkeit, Nichtigkeit und traumartigen Beschaffenheit aller Dinge bewußt wird, desto deutlicher wird er sich auch der Ewigkeit seines eigenen innern Wesens bewußt; weil doch eigentlich nur im Gegensatz zu diesem jene Beschaffenheit der Dinge erkannt wird; wie man den raschen Lauf seines Schiffs nur nach dem festen Ufer sehend wahrnimmt, nicht wenn man in das Schiff selbst sieht.

Walt Whitman

Geflüster vom himmlischen Tod
(1868)

Geflüster vom himmlischen Tod hör' ich murmeln,
Lippengewisper der Nacht, hauchgleiche Choräle;
Leise hinansteigende Schritte, mystischen Windhauch hör' ich wehen,
    sanft und tief;
Gekräusel auf unsichtbaren Strömen; Ebben und Fluten eines flutenden,
    ewig flutenden Stromes;
(Oder ist es ein Plätschern von Tränen? Unermeßliche Gewässer
    menschlicher Tränen?)
Ich sehe, sehe empor zum Himmel, sehe große Wolkenmassen;
Düster, langsam rollen sie hin; schwellen still an und verrinnen
    ineinander;
Und dazwischen tritt hervor von Zeit zu Zeit ein halb getrübter,
    trauriger, ferner Stern,
Sichtbar und wieder unsichtbar.
(Doch es ist wohl ein Kreisen, eine ewige, feierliche Geburt;
An Grenzen, die kein Auge erreichen kann,
Schreitet eine Seele ins Jenseits.)

Leo N. Tolstoj

Der Tod des Iwan Iljewitsch
(1886)

Wieder waren zwei Wochen vergangen. Iwan Iljitsch stand nicht mehr vom Sofa auf. Er wollte nicht mehr im Bett liegen und legte sich auf das Sofa. Das Gesicht fast immer zur Wand gekehrt, litt er ununterbrochen ein und denselben untilgbaren Schmerz und dachte ununterbrochen ein und denselben unauflösbaren Gedanken: ›Warum? Ist es wahr, daß das der Tod ist?‹ Und eine innere Stimme antwortete: ›Ja, es ist wahr.‹ – ›Warum diese Qual?‹ Und die innere Stimme antwortete: ›Darum, um nichts und wieder nichts.‹ Außer diesem, über dieses hinaus gab es nichts.
Seit Beginn seiner Krankheit, seitdem er zum ersten Mal zum Doktor gefahren war, hatte sich sein Leben in zwei widersprechende Stimmungen geteilt, die einander ablösten. Bald war er verzweifelt und wartete auf den ihm unbegreiflichen, furchtbaren Tod. Dann hatte er wieder Hoffnung und beobachtete gespannt die Tätigkeit seines Körpers, sah nur die Niere und den Blinddarm, die es für einige Zeit ablehnten, ihre Pflicht zu erfüllen. Dann plötzlich wieder der unbegreifliche, furchtbare Tod, vor dem er sich nicht retten konnte.
Diese zwei Stimmungen lösten einander seit Beginn der Krankheit ab. Doch je mehr die Krankheit vorwärts schritt, um so zweifelhafter und unwahrscheinlicher wurden Niere und Blinddarm, und um so wirklicher das Bewußtsein des kommenden Todes.
Er brauchte sich nur daran zu erinnern, wie er vor drei Monaten noch gewesen war und wie er jetzt war, er brauchte nur daran zu denken, wie sein Weg immer tiefer bergab geführt hatte, um alle Hoffnung zu verlieren.
In diesen letzten Tagen der Einsamkeit, in der er sich befand, mit dem Gesicht gegen die Rücklehne des Sofas gekehrt, in dieser Einsamkeit inmitten der volkreichen Stadt, seiner zahlreichen Bekannten, seiner Familie, in der Einsamkeit, die nirgends vollkommener sein konnte, weder auf dem Meere noch auf der Erde, in den letzten Tagen dieser furchtbaren Einsamkeit lebte Iwan Iljitsch nur noch in den Gedanken an die Vergangenheit. Ein Bild nach dem andern trat vor seine Seele. Es begann immer mit einem zeitlich nahen, und von da zog es ihn weit zurück in die Kindheit, und dort in der Kindheit blieb er dann. . . .

Und zusammen mit dieser Gedankenreihe ging durch seine Seele eine andere: die Erinnerung daran, wie seine Krankheit wuchs und schlimmer wurde. Je weiter er zurückblickte, desto mehr Leben sah er. Das Leben hatte mehr Gutes, und darum war auch mehr Leben da. Eins war mit dem anderen verschmolzen. ›Wie die Qualen immer ärger und ärger wurden, so wurde auch das Leben immer ärger und ärger‹, dachte er. Nur ein lichter Punkt war da: weit zurück, zu Beginn des Lebens, und dann wurde es immer schwärzer und schwärzer und ging schneller und schneller. ›Im umgekehrten Verhältnis zum Quadrat der Entfernung vom Tode‹, dachte Iwan Iljitsch. Und dieses Bild des Steines, der mit wachsender Geschwindigkeit fällt, verließ ihn nicht mehr. Das Leben, eine Reihe immer wachsender Leiden, fliegt immer schneller dem Ende zu, diesem furchtbarsten aller Leiden. ›Ich fliege ...‹ Er zitterte, wurde unruhig, wollte sich wehren, doch er wußte schon, daß man sich nicht dagegen wehren konnte. Und wieder blickte er mit Augen, die vom Sehen müde waren, aber dennoch auf das schauen mußten, was vor ihm war, auf die Rücklehne des Sofas und wartete – wartete auf den fürchterlichen Fall, auf den Stoß, auf die Vernichtung. ›Man kann nichts dagegen tun‹, sagte er sich.

›Aber wenn ich nur wenigstens wüßte warum! Auch das darf man nicht. Alles würde mir klar, wenn ich mir eingestünde, daß ich nicht so gelebt habe, wie ich hätte leben sollen, aber das kann ich unmöglich zugeben‹, sagte er zu sich, indem er an die Korrektheit, an die Ordnung und an die Anständigkeit seines Lebens dachte. ›Das zuzugeben ist unmöglich‹, sagte er zu sich, mit den Lippen lächelnd, als ob irgend jemand dieses Lächeln sehen und dadurch getäuscht werden könnte.

›Es gibt keine Erklärung dafür, alles ist Qual, Tod ... Warum?‹

... Der Doktor ging ins Speisezimmer und teilte Praskowja Fjodorowna mit, daß es dem Kranken sehr schlecht gehe und es nur noch ein Mittel gebe für ihn – Opium, um die Schmerzen zu lindern, die jetzt furchtbar sein müßten. Der Doktor sprach von den körperlichen Schmerzen und hatte recht. Aber noch furchtbarer als die körperlichen Schmerzen waren die seelischen, und in ihnen lag für Iwan Iljitsch die große Qual.

Die seelischen Leiden bestanden darin, daß ihm in dieser Nacht, als er Gerasims schlaftrunkenes, gutmutiges Gesicht mit den starken Backenknochen ansah, plötzlich der Gedanke gekommen war: ›Und wenn wirklich mein ganzes Leben, mein bewußtes Leben nicht das richtige gewesen ist?‹

Ihm kam der Gedanke, daß das, was ihm bisher noch als vollkommen unmöglich erschienen war: er hätte so gelebt, wie er nicht hätte leben sollen – daß das die Wahrheit sei.

... Von diesem Augenblick an begann jenes drei Tage lang ohne Unterbrechung währende Schreien, das so furchtbar war, daß man es hinter zwei Türen nicht ohne Entsetzen hören konnte. In dem Augenblick, wo er seiner Frau die Antwort gegeben hatte, war ihm klargeworden, daß er verloren sei, daß es keine Rückkehr mehr gebe, daß das Ende da sei, daß der Zweifel nicht gelöst sei und darum in ihm zurückbleibe. »Uh! Uh! Uh!« schrie er in den verschiedensten Tonarten. Er hatte angefangen: »Laßt mich in Ruh!« und zog nun diesen einen Laut in die Länge.

In diesen drei Tagen, in deren Verlauf die Zeit für ihn aufgehört hatte, warf er sich in jenem schwarzen Sack herum, in den ihn eine unsichtbare, unüberwindliche Kraft hineinstieß. Er schlug um sich, wie ein zum Tode Verurteilter in den Händen des Scharfrichters sich wehrt, und doch wußte er, daß er nicht zu retten sei. In jedem Augenblick fühlte er, daß er trotz aller Kraftanstrengungen dem immer näher und näher komme, was ihn mit Entsetzen erfüllte. Er fühlte, daß die Pein sowohl darin lag, daß er in dieses schwarze Loch gestoßen wurde, und noch mehr darin, daß er nicht hineinkam. Denn daran hinderte ihn noch der Gedanke, daß sein Leben gut war. Diese Rechtfertigung seines Lebens hielt ihn noch fest und ließ ihn nicht weiter und quälte ihn mehr denn alles andere.

Plötzlich stieß ihn irgendeine geheimnisvolle Kraft in die Brust, in die Seite, benahm ihm noch mehr den Atem. Er drang in das Loch hinein, und dort am Ende des Loches leuchtete etwas auf. Ihm ging es so, wie es einem in der Eisenbahn geht: man glaubt vorwärts zu fahren und fährt rückwärts, und dann plötzlich weiß man die Richtung.

›Ja, es war alles nichts‹, sagte er zu sich, ›doch das hat nichts zu bedeuten. Aus dem Nichts kann ein Etwas werden. Wie soll aber dieses Etwas sein?‹ fragte er sich und wurde plötzlich still.

Das war am Ende des dritten Tages, eine Stunde vor seinem Tode. Um diese Zeit hatte sich der Gymnasiast leise zum Vater hereingestohlen und war an sein Bett getreten. Der Sterbende schrie verzweifelt und schlug mit den Händen um sich. Seine Hand fiel auf das Haupt des Gymnasiasten. Der Knabe faßte sie, drückte sie an seine Lippen und weinte.

In diesem selben Augenblick war Iwan Iljitsch ins Loch hineingefallen und sah das Licht, und ihm war offenbar, daß sein Leben nicht so war, wie es hätte sein sollen, aber daß er es noch gutmachen könne. Er fragte sich: ›Was ist denn gut?‹ und war still und horchte. Da fühlte er, daß jemand seine Hand küßte. Er öffnete die Augen und sah seinen Sohn. Er tat ihm leid. Seine Frau kam zu ihm. Er sah sie an, sie blickte ihn mit verzweifelter Miene an. Ihr Mund stand offen, Tränen rannen ihr auf die Nase und die Backen. Sie tat ihm leid.

›Ja, ich quäle sie‹, dachte er. ›Ich tue ihnen leid, aber ihnen wird besser sein, wenn ich gestorben bin.‹

Er wollte ihnen das sagen, aber es ging über seine Kräfte. ›Warum auch sprechen, tun muß man es‹, dachte er. Er sah die Frau an mit einem Blick auf seinen Sohn und sagte: »Führe ihn hinaus ... er tut mir leid ... auch du.« Er wollte noch sagen: ›Verzeih mir!‹ und versprach sich und hatte nicht mehr die Kraft, sich zu verbessern, und er winkte nur mit der Hand ab, denn er wußte, daß der, auf den es ankam, ihn verstehen werde.

Und plötzlich war ihm klar, daß das, was ihn quälte und nicht aus ihm heraus wollte, auf einmal herausging von zwei Seiten, von zehn Seiten, von allen Seiten. Sie taten ihm leid, er mußte etwas tun, daß sie nicht mehr zu leiden brauchten; er mußte sie retten und sich selber von den Leiden retten. ›Wie gut und wie einfach!‹ dachte er. ›Und der Schmerz?‹ fragte er sich. ›Wo soll der hin? Ja, wo ist denn der Schmerz?‹ Und er horchte auf. ›Ja, da ist er. Nun, meinetwegen.‹

›Und der Tod? Wo ist der Tod?‹ Und er suchte seine frühere Todesangst und fand sie nicht. ›Wo ist sie? Wo ist der Tod?‹ Die Angst war nicht mehr da, weil auch der Tod nicht mehr da war. Anstelle des Todes war ein Licht da.

»Das ist es also!« sagte er laut. »Welche Freude!«

Für ihn vollzog sich das alles in einem Augenblick. Und die Bedeutung dieses Augenblicks wechselte nicht mehr. Für die, welche an seinem Bett standen, dauerte der Todeskampf zwei Stunden. In seiner Brust brodelte es, sein ausgezehrter Körper bebte. Dann wurde das Brodeln und Röcheln immer seltener.

»Es ist zu Ende«, sagte jemand über ihm.

Er hörte diese Worte und wiederholte sie in seiner Seele.

›Der Tod ist zu Ende‹, sagte er sich, ›er ist nicht mehr.‹

Er schöpfte Luft, blieb mitten im Atemzug stecken, streckte sich aus und starb.

Friedrich Nietzsche

Die Sonne sinkt
(1888/1889)

Nicht lange durstest du noch,
   Verbranntes Herz!
Verheißung ist in der Luft,
Aus unbekannten Mündern bläst mich's an,
   – Die große Kühle kommt ...

Meine Sonne stand heiß über mir im Mittage:
Seid mir gegrüßt, daß ihr kommt,
   Ihr plötzlichen Winde,
Ihr kühlen Geister des Nachmittags!

Die Luft geht fremd und rein.
Schielt nicht mit schiefem
   Verführerblick
Die Nacht mich an? ...
Bleib stark, mein tapfres Herz!
Frag nicht: warum? –

Tag meines Lebens!
Die Sonne sinkt.
Schon steht die glatte
   Flut vergüldet.
Warm atmet der Fels:
   Schlief wohl zu Mittag
Das Glück auf ihm seinen Mittagsschlaf? –
   In grünen Lichtern
Spielt Glück noch der braune Abgrund herauf.

Tag meines Lebens!
Gen Abend gehts!
Schon glüht dein Auge
   Halbgebrochen,
Schon quillt deines Taus
   Tränengeträufel,

Schon läuft still über weiße Meere
Deiner Liebe Purpur,
Deine letzte zögernde Seligkeit.

Heiterkeit, güldene, komm!
  Du des Todes
Heimlichster, süßester Vorgenuß!
– Lief ich zu rasch meines Wegs?
Jetzt erst, wo der Fuß müde ward,
  Holt dein Blick mich noch ein,
  Holt dein *Glück* mich noch ein.

Rings nur Welle und Spiel.
  Was je schwer war,
Sank in blaue Vergessenheit –
Müßig steht nun mein Kahn.
Sturm und Fahrt – wie verlernt er das!
  Wunsch und Hoffen ertrank,
  Glatt liegt Seele und Meer.

Siebente Einsamkeit!
  Nie empfand ich
Näher mir süße Sicherheit,
Wärmer der Sonne Blick.
– Glüht nicht das Eis meiner Gipfel noch?
  Silbern, leicht, ein Fisch
  Schwimmt nun mein Nachen hinaus ...

Hugo von Hofmannsthal

Der Tor und der Tod
(1893)

… in der Tür steht der Tod, den Fiedelbogen in der Hand, die Geige am Gürtel hängend. Er sieht Claudio, der entsetzt zurückfährt, ruhig an.

Wie packt mich sinnlos namenloses Grauen!
Wenn deiner Fiedel Klang so lieblich war,
Was bringt es solchen Krampf, dich anzuschauen?
Und schnürt die Kehle so und sträubt das Haar?
Geh weg! Du bist der Tod. Was willst du hier?
Ich fürchte mich. Geh weg! Ich kann nicht schrei'n.
sinkend
Der Halt, die Luft des Lebens schwindet mir!
Geh weg! Wer rief dich? Geh! Wer ließ dich ein?

Der Tod.
Steh auf! Wirf dies ererbte Grau'n von dir!
Ich bin nicht schauerlich, bin kein Gerippe!
Aus des Dionysos, der Venus Sippe,
Ein großer Gott der Seele steht vor dir.
Wenn in der lauen Sommerabendfeier
Durch goldne Luft ein Blatt herabgeschwebt,
Hat dich mein Wehen angeschauert,
Das traumhaft um die reifen Dinge webt;
Wenn Überschwellen der Gefühle
Mit warmer Flut die Seele zitternd füllte,
Wenn sich im plötzlichen Durchzucken
Das Ungeheure als verwandt enthüllte,
Und du, hingebend dich im großen Reigen,
Die Welt empfingest als dein eigen:
In jeder wahrhaft großen Stunde,
Die schauern deine Erdenform gemacht,
Hab ich dich angerührt im Seelengrunde
Mit heiliger, geheimnisvoller Macht.

Claudio.

Genug. Ich grüße dich, wenngleich beklommen.
Kleine Pause.
Doch wozu bist du eigentlich gekommen?

Der Tod.

Mein Kommen, Freund, hat stets nur *einen* Sinn!
...

Claudio.

... Sich langsam aufrichtend
Wie auf der Bühn' ein schlechter Komödiant
Aufs Stichwort kommt er, red't sein Teil und geht
Gleichgültig gegen alles andre, stumpf,
Vom Klang der eignen Stimme ungerührt
Und hohlen Tones andre rührend nicht:
So über diese Lebensbühne hin
Bin ich gegangen ohne Kraft und Wert.
Warum geschah mir das? Warum, du Tod,
Mußt du mich lehren erst das Leben sehen,
Nicht wie durch einen Schleier, wach und ganz.
Da etwas weckend, so vorübergehen?
Warum bemächtigt sich des Kindersinns
So hohe Ahnung von den Lebensdingen,
Daß dann die Dinge, wenn sie wirklich sind,
Nur schale Schauer des Erinnerns bringen?
Warum erklingt uns nicht dein Geigenspiel,
Aufwühlend die verborgne Geisterwelt,
Die unser Busen heimlich hält,
Verschüttet, dem Bewußtsein so verschwiegen,
Wie Blumen im Geröll verschüttet liegen?
Könnt' ich mit dir sein, wo man dich nur hört,
Nicht von verworrner Kleinlichkeit verstört!
Ich kann's! Gewähre, was du mir gedroht:
Da tot mein Leben war, sei du mein Leben, Tod!
Was zwingt mich, der ich beides nicht erkenne,
Daß ich dich Tod und jenes Leben nenne?
In eine Stunde kannst du Leben pressen,
Mehr als das ganze Leben konnte halten,

Das schattenhafte will ich ganz vergessen
Und weih mich deinen Wundern und Gewalten.

Er besinnt sich einen Augenblick.

Kann sein, dies ist nur sterbendes Besinnen,
Heraufgespült vom tödlich wachen Blut,
Doch hab ich nie mit allen Lebenssinnen
So viel ergriffen, und so nenn ich's gut!
Wenn ich jetzt ausgelöscht hinsterben soll,
Mein Hirn von dieser Stunde also voll,
Dann schwinde alles blasse Leben hin:
Erst, da ich sterbe, spür ich, daß ich bin.
Wenn einer träumt, so kann ein Übermaß
Geträumten Fühlens ihn erwachen machen,
So wach ich jetzt, im Fühlensübermaß
Vom Lebenstraum wohl auf im Todeswachen.

Er sinkt tot zu den Füßen des Todes nieder.

Der Tod.

indem er kopfschüttelnd langsam abgeht

Wie wundervoll sind diese Wesen,
Die, was nicht deutbar, dennoch deuten,
Was nie geschrieben wurde, lesen,
Verworrenes beherrschend binden
Und Wege noch im Ewig-Dunkeln finden.

Er verschwindet in der Mitteltür, seine Worte verklingen.

Im Zimmer bleibt es still. Draußen sieht man durchs Fenster den Tod geigenspielend vorübergehen, hinter ihm die Mutter, auch das Mädchen, dicht bei ihnen eine Claudio gleichende Gestalt.

Francis Jammes

Gebet, mit den Eseln ins Himmelreich einzugehen
(1898*)

Wenn einst zu dir, mein Gott, der Ruf zu gehn mich heißt,
Dann gib, daß feiertäglich rings das Land im Sommerstaube gleißt,
Ich will nur so, wie ich getan hienieden,
Einen Weg mir wählen und für mich in Frieden
Ins Himmelreich hinwandeln, wo am hellen Tag die Sterne stehn.
Ich greife meinen Stock, und auf der großen Straße will ich fürbaß gehn
Und zu den Eseln, meinen Freunden, sprech ich dies:
»Hier, das ist Francis Jammes: der geht ins Paradies,
Ins Land des lieben Gottes, wo es keine Hölle gibt,
Kommt mit mir, sanfte Freunde, die ihr so die Himmelsbläue liebt,
Arme geliebte Tiere, die mit einem kurzen Schlagen
Des Ohrs die Fliegen und die Prügel und die Bienen von sich jagen.«
Dann will inmitten dieser Tiere ich mich vor dir zeigen,
Die ich so liebe, weil den Kopf so sänftiglich sie neigen,
Und ihre kleinen Füße aneinanderstemmen, wenn sie stille stehn,
Recht voller Sanftmut, daß es rührend ist, sie anzusehn,
So tret ich vor dich hin in dieser tausend Ohren Zug,
Gefolgt von solchen, denen einst der Korb um ihre Lenden schlug,
Und denen, die im Joch der Gauklerkarren gingen,
Und vor geputzten Wagen, die voll Flittergold und Federn hingen,
Und solchen, über deren Leib verbeulte Kannen schwankten,
Und trächtigen Eselinnen schwer wie Schläuche, die zerbrochnen
Schrittes wankten,
Und denen, über deren Bein man kleine Hosen streift,
Die Fliegen abzuwehren, deren Schwarm vom Blute trunken sie
umschweift
Und ihrem Leib die blauen, sickernd offnen Male läßt –

Laß mich, mein Gott, mit den Eseln zu dir schreiten,
Gib, daß einträchtiglich die Esel uns geleiten
Zu den umbuschten Bächen, wo im Winde zitternd Kirschen hangen,
So glatt und hell wie Haut auf jungen Mädchenwangen,

Und gib, daß ich in jenem Seelenreiche,
Zu deinen Wassern hingebeugt, den Eseln gleiche,
Die alle sanfte, arme Demut ihres Gangs auf Erden
Im lautern Quell der ewigen Liebe spiegeln werden.

Rainer Maria Rilke

Herbst
(1902)

Die Blätter fallen, fallen wie von weit,
als welkten in den Himmeln ferne Gärten;
sie fallen mit verneinender Gebärde.

Und in den Nächten fällt die schwere Erde
aus allen Sternen in die Einsamkeit.

Wir alle fallen. Diese Hand da fällt.
Und sieh dir andre an: es ist in allen.

Und doch ist Einer, welcher dieses Fallen
unendlich sanft in seinen Händen hält.

Wilhelm Busch

Auf Wiedersehen
(1903)

Ich schnürte meinen Ranzen
und kam zu einer Stadt,
allwo es mir im ganzen
recht gut gefallen hat.

Nur eines macht beklommen,
so freundlich sonst der Ort:
wer heute angekommen,
geht morgen wieder fort.

Bekränzt mit Trauerweiden,
vorüber zieht der Fluß,
den jeder beim Verscheiden
zuletzt passieren muß.

Wohl dem, der ohne Grauen,
in Liebe treu bewährt,
zu jenen dunklen Auen
getrost hinüber fährt.

Zwei Blinde, müd' vom Wandern,
sah ich am Ufer stehn,
der eine sprach zum andern:
leb wohl, auf Wiedersehn.

Georg Trakl

Schweigen
(1909)

Über den Wäldern schimmert bleich
Der Mond, der uns träumen macht,
Die Weide am dunklen Teich
Weint lautlos in die Nacht.

Ein Herz erlischt – und sacht
Die Nebel fluten und steigen –
Schweigen, Schweigen!

Khalil Gibran

Gebrochene Flügel
(1912*)

Die Monate des Wartens waren vorüber, und Salma sah ihrer Niederkunft entgegen wie der Wanderer dem Aufgang des Morgensterns. Seit dem Beginn ihrer Schwangerschaft sah sie ihre Zukunft, die ihr vormals dunkel erschienen war, durch ihre Tränen hindurch strahlend und vielversprechend.

In einer Nacht, als die Schatten der Finsternis jenes Haus in Ras Beirut umgaben, warf Salma sich – von Schmerzen geplagt – auf ihr Lager. Tod und Leben rangen miteinander. Der Arzt und die Hebamme standen an ihrem Bett, um sie zu unterstützen, den neuen Gast zur Welt zu bringen. Es gab kaum noch Passanten auf der Straße, und außer dem gedämpften Lied der Wellen des Meeres hörte man nur die angstvollen Schreie Salmas, die aus dem Hause Mansour Bey Galibs drangen:

Schreie der Abtrennung eines Lebens vom anderen,
Schreie lebendiger Liebe zwischen Nichts und Nichtsein,
Schreie begrenzter menschlicher Kraft vor der überwältigenden Macht des endlosen Schweigens,
Schreie der schwachen Salma angesichts der gewaltigen Riesen Leben und Tod, die um sie kämpften …

Als das Morgenrot erschien, brachte Salma einen Sohn zur Welt. Bei seinem ersten Schrei öffnete sie ihre schmerzerfüllten Augen, schaute um sich herum und erblickte lauter fröhliche Gesichter. Als sie die Augen zum zweitenmal öffnete, sah sie, daß der Kampf, den sich Leben und Tod in der Nähe ihres Lagers lieferten, noch nicht beendet war. Sie schloß ihre Augen wieder und sagte zum erstenmal: »Mein Sohn!

Die Hebamme wickelte das Kind in seidene Windeln und legte es neben seine Mutter. Der Arzt sah Salma mit sorgenvollen Blicken an, von Zeit zu Zeit schüttelte er schweigend seinen Kopf.

Die Freudenrufe hatten einige Nachbarn geweckt, die in ihren Schlafanzügen herbeieilten, um den Vater zu seinem Sohn zu beglückwünschen, während der Arzt Mutter und Kind mit besorgtem Blick beobachtete.

Die Diener eilten zu Mansour Bey, um ihm die gute Nachricht der Ankunft seines Erben mitzuteilen, und ihre Hände füllten sich mit seiner Belohnung und mit Geschenken. Der Arzt aber betrachtete Salma und ihren Sohn traurig.
Als die Sonne aufging, legte Salma ihren Sohn an ihre Brust; er öffnete seine Augen zum erstenmal und sah seine Mutter an, dann schloß er sie für immer …
Der Arzt nahm den Säugling aus ihren Armen; auf Salmas Wangen flossen zwei Tränen, und sie sagte leise zu sich selbst: »Er ist ein Gast, der wieder aufbricht, kaum daß er gekommen ist.«
Das Kind war tot, und die Nachbarn feierten noch mit seinem Vater im großen Salon des Hauses seine Geburt. Sie tranken auf sein Wohl und auf ein langes Leben. Die arme Salma blickte den Arzt an und bat ihn: »Geben Sie mir mein Kind! Lassen Sie es mich umarmen!«
Sie öffnete die Augen und sah den Tod und das Leben an ihrem Lager immer noch miteinander ringen.
Das Kind war gestorben, doch das Klingen der Gläser verstärkte sich in den Händen derjenigen, die seine Ankunft feierten. Es war mit dem Morgenrot zur Welt gekommen und bei Sonnenaufgang gestorben. Und wer könnte die Zeit messen, um festzustellen, ob diese Stunde zwischen der Ankunft des Morgenrots und dem Aufgang der Sonne kürzer ist als das Jahrhundert, das zwischen dem Erscheinen und dem Untergang einer Nation liegt.
Salmas Kind kam wie ein Gedanke in die Welt, es starb wie ein Seufzer und verschwand wie ein Schatten. Es ließ Salma den Geschmack der Mutterschaft kosten, aber es blieb nicht lange genug, um sie glücklich zu machen und die Hand des Todes von ihrem Herzen zu entfernen. Es war ein kurzes Leben, das am Ende der Nacht begann und zu Beginn des Tages endete.

Es glich einem Tautropfen, der aus dem Augenlid der Finsternis tropft und bei der Berührung des Lichtes trocknet,
es glich einem Wort, das der Himmel aussprach, und als ob er es bereut hätte, holte er es kurz darauf ins ewige Schweigen zurück,
es glich einer Perle, die die Flut an die Küste spülte und die von der Ebbe in die Tiefen des Meeres zurückgenommen wurde,
es glich einer Lilie, die gerade aus dem Blütenkelch hervorgegangen ist und kurz darauf von den Schritten des Todes zermalmt wird,
es glich einem lieben Gast, der kaum ins Haus eingetreten ist und sich

niedergelassen hat, als er sich schon wieder zur Reise rüstet; und kaum wurden ihm die Türflügel geöffnet, da schlossen sie sich auch schon wieder hinter ihm.

Es war eine Hoffnung; kaum hatte sie die Gestalt eines Kindes angenommen, da wurde sie bereits wieder zu Staub. Und ebenso ist das Leben der Menschen, das Leben der Völker und das Leben der Sonne, Monde und Gestirne.

Salma sah den Arzt an und flehte: »Gebt mir meinen Sohn, damit ich ihn umarme; gebt ihn mir, damit ich ihn stille ...«

Der Arzt senkte seinen Kopf und sagte mit erstickter Stimme: »Seien Sie stark, gnädige Frau, damit Sie Ihr Kind überleben!«

Da schrie Salma verzweifelt auf, dann blieb sie eine Weile still; schließlich lächelte sie, und ihr Gesicht strahlte, als wäre ihr etwas offenbart worden, woran sie nicht gedacht hatte.

Sie sagte ruhig: »Gebt mir die Leiche meines Sohnes! Gebt mir mein totes Kind!«

Der Arzt legte ihr das Kind in die Arme, sie drückte es an ihre Brust, und indem sie sich mit dem Gesicht zur Wand drehte, sagte sie: »Du bist gekommen, um mich zu holen, mein Sohn! Du bist gekommen, um mir den Weg ans andere Ufer zu zeigen! Hier bin ich, mein Kind! Geh vor mir her und laß uns gemeinsam diese finstere Höhle verlassen!«

Eine Weile später drangen die Strahlen der Sonne durch die Vorhänge der Fenster ins Zimmer und beschienen zwei leblose Körper, die auf dem gleichen Lager ruhten, geweiht durch die Würde der Mutterschaft und beschattet von den Flügeln des Todes.

Franz Marc

Brief aus dem Feld

17. II. 1916

Liebe Maman.
Ich verstehe sehr, wenn Du so ruhig vom Tode sprichst wie von etwas, was Dich nicht schreckt. Ich fühle genau so. In diesem Kriege hat man's ja an sich erproben können, – eine Gelegenheit, die das Leben einem sonst selten bietet, da man im täglichen Leben die Todesgefahren meist nicht sieht und zum mindesten an sie nicht glaubt. Es ist mir aber im Kriege nie eingefallen, die Gefahr und den Tod zu suchen wie ich es in früheren Jahren des öfteren gethan habe, – damals ist der Tod mir ausgewichen, nicht ich ihm; aber das ist lange vorbei! Heute würde ich ihn sehr wehmütig und bitter begrüßen, nicht aus Angst oder Unruhe vor ihm, – nichts ist beruhigender als die Aussicht auf *Todesruhe* – sondern weil ich ein halbfertiges Werk liegen habe, das fertig zu führen mein ganzes Sinnen ist. In meinen ungemalten Bildern steckt mein ganzer Lebenswille. Sonst aber hat der Tod nichts Schreckhaftes; er ist doch das *allen* Gemeinsame und führt uns zurück in das normale »Sein«. Die Strecke zwischen Geburt und Tod ist der Ausnahmezustand, in dem es viel zu fürchten und zu leiden gibt, – der einzige wirkliche, konstante, philosophische Trost ist das Bewußtsein, daß dieser Ausnahmezustand vorübergeht und daß das immer unruhige, immer pikierte, im Ernste ganz unzulängliche »Ich-Bewußtsein« wieder in seine wundervolle Ruhe vor der Geburt zurücksinkt; es scheint mir gänzlich gleichgültig, ob man das nun pantheistisch wie Spinoza oder buddhistisch oder schintoistisch (wie im alten geistvollen Japan) oder christlich wie Pascal ausdrückt, – das *Wesentliche* des Gedankens über Leben und Tod ist immer dasselbe geblieben. Die Idee, daß man sich durch schlechte Verwaltung seines biblischen Pfundes im Leben die süße Ruhe des ewigen Lebens stören könnte, ist wohl eine allzumenschliche, allzugrausame Erfindung. Wer schlecht thut und wer nichts thut, – der hat die Strafe schon im Leben davon, in seinem Gewissen und in seiner – Todesfurcht. Diese Leute können das Leben nicht rein genießen (so sehr sie sich auch den An-

schein geben), weil sie viel zu viel Angst vor dem Tode haben, der ihnen »alles« nimmt. Wer aber nach Reinheit und Erkenntnis strebt, dem kommt der Tod immer als Erlöser.
Das ist jetzt die reine Predigt geworden! So war's eigentlich nicht gemeint. Aber nun steht sie einmal da und Du darfst es Deinem Platoniker nicht verdenken. Aber zunächst wollen wir uns im Leben und zwar gesund wiedersehen!

Franz Marc starb am 4. März 1916 vor Verdun

Hermann Hesse

Bruder Tod
(1918)

Auch zu mir kommst du einmal,
Du vergißt mich nicht,
Und zu Ende ist die Qual,
Und die Kette bricht.

Noch erscheinst du fremd und fern,
Lieber Bruder Tod,
Stehest als ein kühler Stern
Über meiner Not.

Aber einmal wirst du nah
Und voll Flammen sein –
Komm, Geliebter, ich bin da,
Nimm mich, ich bin dein.

Hermann Hesse

Krankheit
(nach 1919)

Willkommen Nacht! Willkommen Stern!
Mich dürstet nach Schlaf, ich kann nimmer wachen,
Ich kann nimmer denken, nimmer weinen und lachen,
Nur schlafen möcht ich gern,
Schlafen hundert, tausend Jahr,
Und über mir gehen die Sterne hin;
Meine Mutter weiß, wie ich müde bin,
Beugt sich lächelnd herab, hat Sterne im Haar.

Mutter, laß nimmer tagen,
Laß keinen Tag mehr zu mir herein!
So böse, so feind ist sein weißer Schein,
Ich kann es nicht sagen.
So viel lange heiße Straßen bin ich gegangen,
Mein Herz ist ganz verbrannt –
Öffne mir, Nacht, führ mich in Todes Land,
Ich habe kein andres Verlangen,
Ich kann keinen Schritt mehr gehen,
Mutter Tod, gib mir die Hand,
Laß mich in deine unendlichen Augen sehen!

Gottfried Benn

aus Fernen, aus Reichen
(1927)

was dann nach jener Stunde
sein wird, wenn dies geschah,
weiß niemand, keine Kunde
kam je von da.
von den erstickten Schlünden,
von dem gebrochnen Licht,
wird es sich neu entzünden,
ich meine nicht.

doch sehe ich ein Zeichen:
über das Schattenland
aus Fernen, aus Reichen
eine große, schöne Hand,
die wird mich nicht berühren,
das läßt der Raum nicht zu:
doch werde ich sie spüren
und das bist du.

und du wirst niedergleiten
am Strand, am Meer,
aus Fernen, aus Weiten:
»– erlöst auch er«;
ich kannte deine Blicke
und in des tiefsten Schoß
sammelst du unsere Glücke,
den Traum, das Loos.

ein Tag ist zu Ende,
die Reifen fortgebracht,
dann spielen noch zwei Hände
das Lied der Nacht,
vom Zimmer, wo die Tasten
den dunklen Laut verwehn,

sieht man das Meer und die Masten
hoch nach Norden gehn.

wenn die Nacht wird weichen,
wenn der Tag begann,
trägst du Zeichen,
die niemand deuten kann,
geheime Male
von fernen Stunden krank
und leerst die Schale,
aus der ich vor dir trank.

Thomas Mann

Joseph in Ägypten
(1935)

»Friede sei mit dir!« sprach er. »Ruhe selig, mein Vater, zur Nacht! Siehe, ich wache und sorge für deine Glieder, während du völlig sorglos den Pfad des Trostes dahinziehen magst und dich um nichts mehr zu kümmern brauchst, denke doch nur und sei heiter: um gar nichts mehr! Um deine Glieder nicht, noch um die Geschäfte des Hauses, noch um dich selbst und was aus dir werden soll und wie es sein mag mit dem Leben nach diesem Leben, – das ist es ja eben, daß alles dies und das Ganze nicht deine Sache und Sorge ist und keinerlei Unruhe dich deswegen zu plagen braucht, sondern du's alles sein lassen kannst, wie es ist, denn irgendwie muß es ja sein, da es ist, und sich so oder so verhalten, es ist dafür bestens gesorgt, du aber hast ausgesorgt und kannst dich einfach betten ins Vorgesorgte. Ist das nicht herrlich bequem und beruhigend? Ist's nicht mit Müssen und Dürfen heut wie nur jemals, wenn dir mein Abendsegen empfahl, doch ja nicht zu denken, du müßtest ruhen, sondern du dürftest? Siehe, du darfst! Aus ist's mit Plack und jeglicher Lästigkeit. Keine Leibesnot mehr, kein würgender Zudrang noch Krampfesschrecken. Nicht ekle Arznei, noch brennende Auflagen, noch schröpfende Ringelwürmer im Nacken. Auf tut sich die Kerkergrube deiner Belästigung. Du wandelst hinaus und schlenderst heil und ledig dahin die Pfade des Trostes, die tiefer ins Tröstliche führen mit jedem Schritt. Denn anfangs ziehst du durch Gründe noch, die du schon kennst, jene, die dich allabendlich aufnahmen durch meines Segens Vermittlung, und noch ist einige Schwere und Atemlast mit dir, ohne daß du's recht weißt, vom Körper her, den ich hier halte mit meinen Händen. Bald aber – du achtest des Schrittes nicht, der dich hinüberführt – nehmen Auen dich auf der völligen Leichtigkeit, wo auch von ferne nicht und auf das unbewußteste eine Mühsal von hier aus mehr an dir hängt und zieht, und allsogleich bist du jeglicher Sorge und Zweifelsnot ebenfalls ledig, wie es sei und sich etwa verhalte mit dir und was aus dir werden solle, und du staunst, wie du dich jemals mit solchen Bedenklichkeiten hast plagen mögen, denn alles ist, wie es ist, und verhält sich aufs allernatürlichste, richtigste, beste, in glücklichster Übereinstimmung mit sich selbst und mit dir, der du Mont-kaw bist in alle Ewigkeit. Denn was ist, das ist, und was war, das wird sein. Zweifeltest du in der Schwere, ob du dein Ölbäumchen finden würdest in drüberen Gefilden? Du wirst lachen über dein Zagen, denn siehe, sie ist bei dir, – und wie sollte sie nicht, da sie dein ist? Und auch ich werde bei dir sein, Osarsiph, der verstorbene Joseph, wie ich für dich heiße, – die Ismaeliter werden mich dir bringen. Immer wirst du über den Hof kommen mit deinem Knebelbart, deinen Ohrringen und mit den Tränensäcken unter deinen Augen, die dir mutmaßlich geblieben sind von den Nächten her, die du heimlich-bescheiden um Beket verweint hast, das Ölbäumchen, und wirst fragen: »Was ist das? Was für Männer?« und reden: »Seid so gut! Meint ihr, ich kann euch schwatzen hören die Tage des Rê?« Denn da du Mont-kaw bist, wirst du nicht aus der Rolle fallen und dir vor den Leuten das Ansehen geben, als glaubtest du wirklich, daß ich nichts anderes sei als Osarsiph, der verkäufliche Fremdsklave, da du doch heimlich wissen wirst in bescheidener Ahnung, schon vom vorigen Mal, wer ich bin und welchen Bogen ich hinziehe, daß ich den Weg der Götter, meiner Brüder, bahne. Fahr wohl denn, mein Vater und Vorsteher! Im Lichte und in der Leichtigkeit sehen wir beide uns wieder.«

Franz Werfel

Der veruntreute Himmel
(1939)

Der Kaplan neigt sich liebevoll über sie. Fern und doch deutlich vernimmt sie seine Stimme:
»Möchten Sie jetzt nicht gerne die heiligen Sakramente empfangen«, fragt er und fügt tröstend hinzu, »das hat schon vielen Kranken zu rascher Genesung verholfen ... Auch Ihnen wirds gut tun ...«
»Ja«, sagt Teta, ganz deutlich und ohne zu lallen, »ja, ja ...«
Was dann geschieht, geht linde über sie hinweg wie Sommerwind und Baumschatten über einen, der im Halbschlaf auf einer Wiese ruht. Nur zweierlei tritt etwas klarer in ihr Bewußtsein. Das eine sind gewisse Worte, die der Priester öfters wiederholt: »Ancilla tua ...« Oder »Ancilla domini, Teta Linek ...« Sie weiß nicht, daß diese lateinischen Wendungen »deine Magd« bedeuten oder »die Magd des Herrn, Teta Linek«. Da sie sich aber namentlich angerufen hört, lächelt sie dienstbeflissen, wie es sich geziemt, wenn die gnä' Herrschaft etwas verlangt. Ihre Vergißmeinnicht-Augen sind groß und friedlich geöffnet. Das zweite, das ihr deutlich wird, ist ungemein angenehm. Wie es die sakramentale Handlung vorschreibt, macht der Kaplan dreimal auf jede Fußsohle der Hinscheidenden das Kreuzzeichen mit dem geweihten Öl. Viaticum, Wegeslabung heißt dieses Sakrament daher. Teta spürt ein höchst lustvolles Kitzeln auf den Sohlen. Diese Empfindung aber vergeht nicht, sondern ruft eine andere, noch stärkere hervor. Sie glaubt jetzt, ein Kreuz aus goldenem und kühlem Feuer auf jeder ihrer nackten Fußsohlen zu tragen. Wohin sie nun auch gehen muß, des ist sie sicher, sie wird auf ihren eigenen Füßen gehen, die durch das golden und kühl brennende Kreuz gefeit sind.
Teta ist nun versehen, gesichert und in Ordnung, sie weiß es. Was ist jenes Gefühl der bräutlichen Sauberkeit, das sie gestern bei ihrem vorletzten Einschlafen auf dieser Erde empfunden hat, gegen das Bewußtsein der Ordnung jetzt? Mit aufmerksamem Ausdruck liegt Teta regungslos da und wartet. Die Prozedur des Todes könnte nun beginnen. Er aber, der nicht nur ein Leiden ist, sondern auch ein Tun, beginnt erst gegen zehn Uhr nachts. Teta, die Magd, muß erst in gewohnter Bescheidenheit die letzte Schwäche ihres Herzens herandulden.

Wie die Geburt ein schmerzhaftes Geheimnis zwischen Mutter und Kind, so ist das Sterben ein schmerzhaftes Geheimnis zwischen Schöpfer und Geschöpf. Es ist dafür gesorgt, daß wir jenes vergessen müssen und dieses nicht mehr verraten dürfen. Ehe aber die unverratbare Mühsal des Todes anhob, geschah mit Teta etwas, das sich noch zur Not berichten läßt. Es war eine sehr freundliche Verwandlung des eigenen Körpergefühls. Sie meinte, nicht mehr rundlich zu sein und untersetzt und alt. Vor allem, dieses Altsein, diese Runzeln, diese Hängebacken, diese Augensäcke entpuppten sich als eine Art Verzeichnung, die sich auf einmal rasch und wie von selbst berichtigte. Teta hatte das klare Bewußtsein, daß ihr ein dichter Schwall kastanienbraunen Jugendhaares, lose aufgesteckt, in den schmalen Nacken hing. Und da war es Donnerstag, und sie fuhr nach Hause. Sie fuhr nicht allein. Ein Begleiter war bei ihr. Obs der Herr Kaplan war, das wußte sie nicht. Kann sein, er wars. Kann sein, er wars nicht. Der Einzig-Richtige war er auf jeden Fall. Wie glatt und kühl fühlte sich ihr Gesicht an. Nur das schöne Haar wurde immer schwerer. »Also, mit Erlaubnis, das bin ich?« fragte sich Teta verwundert.

Antoine de Saint-Exupéry

Wind, Sand und Sterne
(1939)

Was aber dem Leben Sinn verleiht, gibt auch dem Tod Sinn. Es ist leicht zu sterben, wenn es in der Ordnung der Dinge liegt. Es ist nicht so schwer für den Bauer aus der Provence, wenn er am Ende seines Waltens seinen Besitz an Ziegen und Ölbäumen seinen Söhnen übergibt, damit diese ihn einst den Kindern ihrer Kinder weiterreichen. In einer Bauernsippe stirbt man niemals ganz. Jedes Leben zerspringt wie eine Schote, die ihre Körner abgibt.

Einst stand ich drei Bauern zur Seite, die am Totenbett ihrer Mutter versammelt waren. Gewiß, es war schmerzlich. Zum zweiten Male wurde die Nabelschnur zerrissen; zum zweiten Male löste sich ein Band, das eine Generation an die folgende knüpft. Die drei Söhne entdeckten, wie allein sie plötzlich auf der Welt standen. Sie mußten ganz umlernen. Der Familientisch war gelöst, der selbstverständliche Treffpunkt aller an Festtagen fehlte, denn die Achse war weggenommen, um die sich alles sammelte. Aber zugleich machte ich doch die Entdeckung, daß das Leben zum zweiten Male geschenkt werden kann. Jeder der Söhne war nun selbst ein Sippenhaupt bis zu der Stunde, wo er das Amt an die kleine Schar, die jetzt schon draußen auf dem Hofe spielte, weitergeben durfte.

Ich sah auf die Mutter. Es war eine alte Bäuerin mit einem friedlichen und harten Gesicht mit strengen Lippen. Das Antlitz war eine steinerne Maske. In den Zügen der Söhne fand es sich wieder; die Maske hatte gedient, andere Gesichter zu prägen, und dieser Körper hatte andere Körper geprägt. Da standen drei stattliche Männer. Sie aber lag da, gebrochen, wie ein abgebauter Erzgang. Doch die Kinder, Söhne wie Töchter, würden wieder Menschenkinder prägen. Dem Bauernhof ist der Tod fremd. La mère est morte, vive la mère!

Gewiß ist es ein bewegendes Bild, wenn die schönen Menschen der Sippe einer nach dem anderen im schlohweißen Haare am Wege liegen bleiben. Aber das Bild ist von erhebender Schlichtheit, weil die Sippe durch diesen Gestaltenwechsel von Geschlecht zu Geschlecht einer höheren Wahrheit entgegenwandert.

Darum schien mir in der Glocke des kleinen Dorfes, die am Abend den

Tod der Bäuerin einläutete, nichts von Jammer und Verzweiflung zu klingen, sondern nur stille und zärtliche Trauer. Mit gleicher Stimme feiert sie ja Taufe und Begräbnis. Sie meldete den Übergang von einer Generation zur anderen. Tiefer Friede ging von der Vermählung eines alten Menschen mit der Erde aus.

Der Schatz, der von Geschlecht zu Geschlecht weitergegeben wird, der dabei langsam wächst wie ein Baum, das ist das Leben, das Bewußtsein seiner selbst. Welch geheimnisvolle Ahnenreihe haben wir doch: glühende Lava, Sternenmasse, eine erste Zelle sind Keime des Wunders, dem wir entstammen. Langsam sind wir so weit gestiegen, daß wir Symphonien schaffen und Sterne wägen.

Die Mutter hatte nicht nur das Leben weitergegeben, sie hatte ihren Kindern auch eine Sprache mitgeteilt, die eine in Jahrhunderten langsam gewordene Fracht darstellt, ihr geistiges Erbgut enthält. Sie selbst hatte sie einst zu Lehen erhalten, einen kleinen Vorrat von Überlieferungen, von Weltanschauung und Mythos, der den einzigen Unterschied Shakespeares und Newtons gegenüber dem tierischen Höhlenmenschen ausmacht.

Unser Werden ist noch nicht vollendet, solange wir Hunger spüren, eben den Hunger, der die spanischen Soldaten unter dem Feuer zu einem Pflanzenkundekurs trieb, der Mermoz auf den Südatlantik führte, anderen ihre Gedichte eingibt. Darum müssen wir unser selbst und der Welt bewußt werden. Die Losung lautet: Sturmleitern an die Nacht legen! Nur die kennen diesen Kampfeseifer nicht, die ihre Weisheit aus einer Gleichgültigkeit ziehen, die sie für lebensklug und ihnen förderlich halten. Aber alles gibt ihnen Unrecht. Ihr, meine Kameraden, bezeugt es mir: in welchen Stunden haben wir uns glücklich gefühlt?

Albert Camus

Der glückliche Tod
(vor 1940)

Er hatte das Gefühl, als laste ihm ein beklemmender Druck auf der Brust. Er hustete und spuckte ein paarmal auf ganz normale Art, obwohl er in seinem Mund Blutgeschmack verspürte. Im Bett schüttelten ihn langanhaltende Schauer. Er fühlte sie von den äußersten Punkten seines Körpers her aufsteigen und sich in seinen Schultern wie zwei eiskalte Wasserläufe verbinden, während seine Zähne über dem Rand der Bettücher, die ihm durchfeuchtet schienen, aufeinanderschlugen. Das Haus kam ihm sehr weitläufig vor, und die vertrauten Geräusche, die er vernahm, wuchsen bis ins Unendliche an, als stießen sie nirgends auf eine Wand, die ihrem Hallen Einhalt gebot. Er hörte das Meer wie einen Wirbel von Wasser und Kieselsteinen, das Raunen der Nacht hinter den großen Fensterscheiben und das Kläffen der Hunde auf entlegenen Höfen. Ihm war heiß, er warf die Decken zurück, zog sie aber gleich wieder herauf, weil ihn fror. In diesem Schwebezustand zwischen zwei Leiden, dieser Schläfrigkeit und dieser Unrast, die ihn dem Schlummer wieder entriß, erkannte er jäh, daß er krank war. Angst befiel ihn bei dem Gedanken, daß er in diesem Zustand von Unbewußtheit und ohne die Fähigkeit, etwas vorauszusehen, etwa sterben könnte. Im Dorf schlug die Uhr der Kirche, ohne daß er die Zahl der Schläge heraushören konnte. Er wollte nicht wie ein Kranker sterben. Für seine Person zumindest wollte er nicht, daß die Krankheit etwas wäre, was sie häufig ist: ein Abnehmen der Kräfte und ein Übergang zum Tod. Was er zudem unbewußt wollte, war die Begegnung seines noch blutvollen, gesunden Lebens mit dem Tode, nicht aber die Konfrontation des Todes und dessen, was selbst schon beinahe tot war. ...

... Eine seltsame Schwäche, eine aus der Krankheit entstandene Art von Erschlaffung führte ihn in seine Kindheit und zu seinen Kindertränen zurück. Er fror an den Händen und verspürte im Herzen unendlichen Überdruß. Er dachte an seine Fingernägel und ließ unter seinem Schlüsselbein Nervenknoten rollen, die ihm enorm vergrößert erschienen. Und draußen war all diese Schönheit über die Welt gebreitet. Er wollte sich nicht von seiner Freude und seinem eifersüchtigen Festhalten am Leben trennen. ...

... Er mußte lange husten. Das Atmen fiel ihm schwer. Er erstickte in seinem Schlafanzug. Er fror. Es war ihm zu heiß. In ihm brannte ein ungeheurer zielloser Zorn, und während er die Fäuste ballte, pochte sein Blut mit schweren Stößen unter seiner Schädeldecke; mit leerem Blick erwartete er den nächsten Schüttelfrost, der ihn in blindes Fieber zurückwerfen würde. Der Schüttelfrost kam, überlieferte ihn einer feuchten zugesperrten Welt, in der seine Augen sich schlossen und den Aufruhr des Tieres in ihm zum Schweigen brachten, das seinen Durst und Hunger haben wollte. Doch vor dem Einschlafen fand er Zeit, etwas von der verblassenden Nacht hinter den Vorhängen zu sehen und im Morgengrauen und beim Erwachen der Welt gleichsam einen allesumfassenden Appell der Liebe und Hoffnung zu vernehmen, der gewiß sein Grauen vor dem Tode auslöschte, ihm zugleich aber versicherte, daß er einen Grund zum Sterben in dem finden würde, was für ihn der Grund zu leben gewesen war. ...

... Darin lag sein ganzes Glück im Leben und im Tode. Er begriff jetzt, daß vor diesem Tod, den er stets mit dem panischen Schrecken eines Tieres betrachtet hatte, Furcht zu haben, bedeutete, Furcht vor dem Leben zu haben. Die Furcht zu sterben rechtfertigte das grenzenlose Festhalten an dem, was im Menschen lebendig ist. Und alle diejenigen, die nicht die entscheidenden Handlungen vollzogen hatten, um ihr Leben zu intensivieren, alle diejenigen, die die Ohnmacht fürchteten und zugleich priesen, hatten Angst vor dem Tod, weil er die endgültige Bestätigung eines Lebens bedeutete, das sie nicht mitgelebt hatten. Sie hatten nicht genug gelebt, da sie nie gelebt hatten, und der Tod war für sie gleichsam die Geste, die einen Reisenden, der vergebens versucht hat, seinen Durst zu stillen, für immer des Wassers beraubt. Für andere aber war er die schicksalhafte, dabei aber zärtliche Gebärde, die auslöscht und verneint und ebenso zur Dankbarkeit wie zur Auflehnung verführt. Einen Tag und eine Nacht verbrachte er auf dem Bett sitzend, die Arme auf den Nachttisch gestützt und den Kopf in der Händen vergraben. Im Liegen war es ihm unmöglich zu atmen. Lucienne saß neben ihm und beobachtete ihn schweigend. Mersault sah sie manchmal an. Er dachte daran, daß nach ihm der erste, der den Arm um sie legte, sie auch schon bereit finden würde. Ganz in ihrer Körperlichkeit beschlossen, würde sie

verfügbar sein, wie sie ihm verfügbar gewesen war, und die Welt würde weiterbestehen in der Wärme ihrer halbgeöffneten Lippen. Manchmal hob er den Kopf und blickte durch das Fenster. Er war nicht rasiert, seine rotgeränderten, tief eingesunkenen Augen hatten ihren dunklen Glanz verloren, und seine hohlen, bleichen Wangen unter dem bläulichen Barthaar verwandelten ihn völlig.
Sein Blick, der wie der einer kranken Katze war, haftete an den Fenstern. Er holte tief Luft und wendete sich um zu Lucienne. Dann lächelte er. Und in diesem Gesicht, das überall auseinanderfloß und seine Festigkeit verlor, schuf dieses harte wissende Lächeln eine neue Kraft, einen beschwingten Ernst.
»Geht es?« fragte Lucienne mit ihrer tonlosen Stimme.
»Ja.« Er kehrte in das Dunkel seiner Arme zurück. An der Grenze seiner Kraft und seines Widerstandes angelangt, traf er zum ersten Mal in seinem Innern auf Roland Zagreus, dessen Lächeln ihn zu Anfang so sehr erbittert hatte. Sein kurzer, rasch gehender Atem schlug sich feucht auf der Marmorplatte des Nachttischs nieder und sandte ihm von da aus seine Wärme zurück. Und in dieser ungesunden Schwüle, die zu ihm aufstieg, empfand er um so stärker die Eiseskälte in seinen Fingerspitzen und Zehen. Selbst darin offenbarte sich noch Leben, und in jenem Übergang vom Kalten zum Warmen fand er das Hochgefühl wieder, das Zagreus ergriffen hatte, der dem Leben dafür dankte, daß es ihm noch im Innern zu brennen erlaubte. Er fühlte sich von einer heftigen, brüderlichen Liebe zu diesem Mann erfaßt, dem er sich so fern geglaubt hatte, und er begriff, daß er, indem er ihn tötete, mit ihm eine Vermählung vollzogen hatte, die sie beide für immer verband. Die mühsam in ihm aufsteigenden Tränen erschienen ihm wie ein Geschmack, aus Leben und Tod gemischt, und er wurde sich klar darüber, daß er beiden gemeinsam war. Und sogar in der Unbeweglichkeit, mit der Zagreus den Tod erwartete, fand er das geheime harte Ebenbild seines eigenen Lebens wieder. Das Fieber trug dazu bei und mit ihm die erhebende Gewißheit, daß er sein Bewußtsein bis zum Ende bewahren und mit offenen Augen sterben werde. Auch Zagreus' Augen waren an jenem Tage geöffnet gewesen, und Tränen waren aus ihnen geflossen. Doch das war nur die letzte Schwäche eines Mannes, der nicht Teil gehabt hatte an seinem Leben.

Patrice seinerseits fürchtete diese Schwäche nicht. Aus dem Pochen seines fiebernden Blutes, das immer ein paar Zentimeter vor den Grenzen seines Körpers innehielt, ersah er immerhin, daß diese Schwäche nicht die seine sein würde. Denn er hatte seine Rolle erfüllt, er hatte die einzige Aufgabe des Menschen vollendet, die allein darin besteht, glücklich zu sein. Sicher nicht auf lange Zeit. Doch auf die Zeit kommt es nicht an. Sie kann nur ein Hindernis sein oder ist gar nichts mehr. Er hatte das Hindernis weggeräumt, und es hing wenig davon ab, ob dieser Bruder im Innern, den er in sich erzeugt hatte, zwei oder zwanzig Jahre alt war. Das Glück bestand darin, daß er existierte.

Lucienne stand auf und hüllte Mersaults Schultern, von denen die Decke herabgeglitten war, wieder ein. Er erschauerte leicht unter dieser Bewegung. Von dem Tage an, da er auf dem kleinen Platz in der Nähe von Zagreus' Villa hatte niesen müssen, bis zu dieser Stunde hatte sein Körper ihm treu gedient und ihn der Welt geöffnet. Zugleich aber führte er ein von dem Menschen, dem er als Erscheinung diente, losgelöstes, unabhängiges Leben. Innerhalb dieser wenigen Jahre hatte er einen langsamen Verfall betrieben. Jetzt hatte er seine Kurve vollendet und hielt sich bereit, Mersault zu verlassen und ihn der Welt zurückzugeben. In diesem jähen Erschauern aber, dessen sich Mersault bewußt war, deutete er noch einmal jenes enge Zusammenwirken an, dem sie beide schon so viele Freuden verdankten. Nur in diesem Sinn empfand Mersault auch dieses Frösteln noch als Freude. Bewußt, das mußte man sein, ohne Selbsttäuschung, ohne Feigheit – allein mit seinem Körper – die Augen offen auf den Tod gerichtet. Es war eine Sache, die unter Männern ausgetragen wurde. Nichts, keine Liebe und keine schmükkende Umgebung, sondern nur eine unendliche Wüste aus Einsamkeit und Glück – hier spielte Mersault seine letzten Karten aus. Er fühlte, wie sein Atem schwächer wurde. Er sog einen Mundvoll Luft ein, und bei dieser Bewegung begannen alle Orgeln seiner Brust zu rauschen. Er spürte, daß seine Waden sehr kalt und seine Hände fühllos waren. Der Tag brach an.

Der erwachende Morgen war voll von Vogelgezwitscher und Kühle. Die Sonne ging schnell auf und stand im Nu über dem Horizont. Die Erde bedeckte sich mit Gold und mit Hitze. Am Morgen besprühten sich Himmel und Meer mit großen flimmernden Flecken von blauen und gelben Lichtern. Ein leichter Wind kam auf, und durch das Fenster drang Salzluft herein und kühlte Mersaults Hände. Um die Mittagszeit legte sich der Wind, der Tag brach auf wie eine reife Frucht und ergoß über die ganze Weite der Welt einen warmen erstickenden Saft, während die Grillen ihr Konzert anstimmten. Das Meer überzog sich damit wie mit goldgelbem Öl und sandte auf die von Sonnenglut überwältigte Erde einen warmen Hauch, der sie öffnete und aus ihr die Düfte von Wermut, Rosmarin und heißen Steinen aufsteigen ließ. Von seinem Bett aus wurde Mersault dieses plötzlichen Stoßes und dieser Darbringung gewahr, und er richtete die weitgeöffneten Augen auf das endlose, gerundete, gelbrot schimmernde, vom Lächeln seiner Götter belebte Meer. Er wurde sich plötzlich bewußt, daß er auf seinem Bett saß und daß Luciennes Gesicht ganz nah an dem seinen war. In ihm stieg langsam, vom Leib her, ein Kiesel auf, der nach und nach den Weg in seine Kehle nahm. Er atmete immer rascher, er nahm jede Möglichkeit eines Luftdurchgangs wahr. Immer höher stieg der Stein in ihm. Er sah Lucienne an. Er lächelte ohne Verkrampfung, und auch dieses Lächeln kam von innen her. Er sank auf sein Lager zurück und fühlte weiter das langsame Aufsteigen in sich. Er schaute auf Luciennes geschwellte Lippen und, hinter ihr, auf das Lächeln der Erde. Er umfaßte beide mit dem gleichen Blick und mit dem gleichen Verlangen.

›In einer Minute, einer Sekunde‹, dachte er. Das Steigen hielt inne. Und ein Stein zwischen Steinen, ging er in der Freude seines Herzens wieder in die Wahrheit der unbeweglichen Welten ein.

Else Lasker-Schüler

Ich weiß
(1943*)

Ich weiß, daß ich bald sterben muß
Es leuchten doch alle Bäume
Nach langersehntem Julikuß –

Fahl werden meine Träume –
Nie dichtete ich einen trüberen Schluß
In den Büchern meiner Reime.

Eine Blume brichst du mir zum Gruß –
Ich liebte sie schon im Keime.
Doch ich weiß, daß ich bald sterben muß.

Mein Odem schwebt über Gottes Fluß –
Ich setze leise meinen Fuß
Auf den Pfad zum ewigen Heime.

Ricarda Huch

(1944*)

Tief in den Himmel verklingt
Traurig der letzte Stern,
Noch eine Nachtigall singt
Fern, – fern.
Geh schlafen, mein Herz, es ist Zeit.
Kühl weht die Ewigkeit.

Matt im Schoß liegt die Hand,
Einst so tapfer am Schwert.
War, wofür du entbrannt,
Kampfes wert?
Geh schlafen, mein Herz, es ist Zeit.
Kühl weht die Ewigkeit.

Rudolf Alexander Schröder

Vom alten Mann
(1944)

Mit altem Mann geht's wunderlich:
Hat viel gelernt, muß viel verlernen.
Ihm ist, als wollt sein eigen Ich
Sich leis aus ihm entfernen.

Des Abschiednehmens lichte Zeit
Verzehrt das flockichte Gewimmel;
In goldner Wölbung hoch und weit
Blaut über ihm der Himmel.

Noch weist zu Füßen ihm die Flur,
Als wär's durch Spiegel des Geschehens,
Die alt-vertraute Zauberspur
Des Kommens und des Gehens.

Die alt-vertraute Zauberspur,
Trotz alles Haderns, Zorns und Grämens
Geliebt, warum? –, und ist doch nur
Die Spur des Abschiednehmens.

O Abschiednehmen, goldne Zeit,
Gern bin ich deines Winks gewärtig.
Vom Ziel des Weges nicht mehr weit
Und dennoch reisefertig!

Mir altem Mann geht's wunderlich,
Hab viel verlernt, muß Neues lernen. –
's ist an der Zeit? befreunde dich
Der Nacht und ihren Sternen.

Alexis von Roenne

Abschiedsbrief an die Mutter

Berlin, 11. Oktober 1944 abends

Meine einzig geliebte Mama!
Heute kam mir aus einem besonderen Anlaß der Gedanke, Dir noch einmal zu schreiben, obgleich ein kurzer Brief an Dich schon meinen vorigen Abschiedsbriefen beiliegt. Ich weiß, daß Dich trotz Deiner großen Sehnsucht und Freude, zum Heiland zu gehen, mitunter die Todesfurcht einfach vor dem körperlichen Todesvorgang quälte. Und da wollte ich Dir so gerne sagen, daß unser Herr auch die *ganz fortwischen* kann, wenn wir ihn darum bitten. Ängstige Dich also nicht, schon Papa sagte mir, daß unser Großpapa sterbend ein linderndes Mittel von sich wies mit den Worten: »Es muß alles ausgehalten werden!« So souverän stand er über dem Sterben, ganz herrlich. Ich selbst nun erwarte seit einer Woche von Tag zu Tag den Tod, jetzt z.B. für morgen, und der Heiland hat in Seiner grenzenlosen Gnade mich von allem Grauen frei gemacht. Ich bete und denke tagsüber *ganz ruhig* und fast ausschließlich an Ihn und dabei natürlich an meine Liebsten, esse mit Appetit, freue mich am Sonnenschein und habe mich nur insofern ganz aus der Welt zu lösen versucht, als ich nicht mehr lese und mich auch möglichst von allen militärischen und politischen Gedanken fern und nur für den Heiland verfügbar halte. Ich gehe früh und betend zu Bett, schlafe ganz ruhig und fest die ganze Nacht wie ein Kind und wende mich erwachend gleich Ihm zu und bin dabei innerlich völlig frei und dazu, abgesehen von meinen Gedanken an meine kleine Schar, ein vollkommen glücklicher Mensch, ein Vorgang, der hier schon oft auffiel und durch Hinweise auf Ihn erklärt wurde.
Ich hatte mir erst selbst Gedankengänge überlegt, die mir Kraft und Freudigkeit zum Sterben geben sollten, da zeigte Er mir plötzlich zwei Mittel: Vor allem sollte ich mir doch in voller Realität mein Sterben vergegenwärtigen und erst mit Seinem vergleichen! Das hat mir unendlich geholfen: Dort der Sündenlose, freiwillig von seinen »Erlösten« viele Stunden zu Tode gemartert, hier gegenüber ein Augenblicksgeschehen

eines Vorganges, der mir sowieso einmal und vielleicht viel qualvoller – lange Krankheit – bevorstehen muß. Den Hinweis erhielt ich durch die zwei schönen Verse »Wenn ich einmal soll scheiden« und besonders »Und laß mich sehn Dein Bilde in Deiner Kreuzesnot«. Da schämte ich mich aller Hemmungen und wurde furchtlos. Und dann verwies er mich noch darauf, daß ja der Todesaugenblick zugleich der erste in Seiner seligen Ruhe und Gottesfrieden ist. Diese Gedanken festhaltend, sehe ich seit Tagen stündlich der Abfahrt zu raschem Heimgang *völlig ruhig und frei* entgegen mit ganz stillen Gedanken und Puls und habe volle Zuversicht, daß das kurze letzte Geschehen ebenso von Seiner unbeschreiblichen Gnade durchleuchtet sein wird. ...

Eduard Spranger

(um 1945)

Der irdische Tod wird für den, der in der Liebe Gottes lebt, nicht aufgehoben, und was etwa auf den Tod folgt, wird nicht offenbart. Wir haben nichts als die Verheißung, daß die Liebe ewiglich währt, und aus dieser Voraussetzung heraus können wir so leben, als ob der Tod keine Macht über uns hätte. Mit einem Bilde: wir haben einen Schlüssel empfangen. Aber als irdisch Lebende können wir die Pforte nicht aufschließen. Wir existieren nur in der Hoffnung, daß der Tod nicht in das Nichts hineinführt, sondern daß gerade er die Pforte ist, durch die wir in Gottes Herrlichkeit eingehen.

Hans Erich Nossack

Ein Mädchen spricht zum Tod
(1947)

Lieber Tod, ich hab dich wohl gesehen,
als du eben in mein Zimmer kamst.
Leise warst du zwar und gingst auf Zehen,
und ich merkte, wie du Rücksicht nahmst.
Doch die Diele da vor meinem Bette,
damit hab ich selber meine Not,
weil sie immer seufzt, wenn ich drauf trete
Konntest es nicht wissen, lieber Tod.

Und nun höre eine kleine Bitte:
Tritt ein wenig weiter von mir fort,
nur vielleicht bis in die Zimmermitte.
Sei nicht böse über dieses Wort.
Glaube auch deswegen nicht, ich hätte
Angst vor dir, doch würd ich sicher rot,
ständst du allzunah an meinem Bette.
Werd so leicht verlegen, lieber Tod.

Denn damit ich's dir gleich offen sage,
was du sicherlich noch nicht gewußt:
Du kommst viel zu früh, und einige Tage
werden's sein, die du noch warten mußt.
Gerade dacht' ich dran in meinem Bette –
lache nicht und treibe keinen Spott;
bist der erste, dem ich davon rede,
daß ich jemand liebe, lieber Tod.

Habe einen Liebsten heut gefunden,
nur wir beide wissen's, ich und du;
einen Liebsten, erst seit wenigen Stunden.
Deshalb fand ich vorhin keine Ruh.
Deshalb lag ich wach in meinem Bette,
und ich betete zum lieben Gott,

daß er meinem Liebsten Gutes täte.
Deshalb ist's zu früh auch, lieber Tod.

Einmal sind wir erst den Weg gegangen,
wo die blauen Glockenblumen stehn,
und wir waren beide so befangen,
gar nichts, wirklich gar nichts ist geschehn.
Alles, was sich gern ereignet hätte,
da die süße Stunde sich uns bot,
ach, das überlegt ich erst im Bette.
Morgen mach ichs anders, lieber Tod.

Morgen gehn denselben Weg wir wieder,
und daß er nichts Schlechtes von mir denkt,
sag ich: Liebster, beug dich nieder,
einen Kuß schnell, weil der Tod mich drängt.
Denn er war heut nacht an meinem Bette,
wachte bei mir bis zum Morgenrot.
Glaubst du, wenn ein Mädchen ihn so bäte,
daß er's falsch verstände, lieber Tod?

Denn ich will ja gar nicht viel erreichen,
und es ist nichts Schlimmes, was ich will.
Einmal übers liebe Haar ihm streichen,
ach, das ist doch wirklich nicht zuviel.
Allerdings, wenn er ins Zimmer träte
so wie du, dann hätt ich meine Not;
lieg so wach in meinem Mädchenbette.
Ja, versteh es richtig, lieber Tod.

Möchte doch so gern mein Herz ihm schenken,
und das geht nur, wenn wir ganz allein.
Mußt darum nichts Schlechtes von mir denken
und du mußt mir auch nicht böse sein.
Komm ein wenig näher an mein Bette:
Ganz gewiß, wenn mir der liebe Gott
noch ein zweites Herz geschaffen hätte,
würd ich's dir wohl schenken, lieber Tod.

Weil ich weiß, auch du hast schwere Zeiten,
mußt mit alten Leuten immer gehn,

Kranke nur und Leidende begleiten;
und du sagst, ich wäre jung und schön.
Oder ist's nur dumme Schmeichelrede?
Jung, das weiß ich. Schön, das ist wohl Spott?
Komm doch näher, setz dich auf mein Bette.
Sag es mir noch einmal, lieber Tod.

Warum weinst du? Nein, du sollst nicht weinen.
Komm, ich trockne dir die Tränen ab.
Weil von meinem Liebsten, will mir scheinen,
weil ich nur von ihm gesprochen hab,
daß ich dich damit beleidigt hätte?
Brauchst dich nicht zu schämen, werd nicht rot.
Weinte auch schon oft in meinem Bette.
Wollte dir nicht weh tun, lieber Tod.

Tröste dich, ich will dich glücklich sehen.
Leg den Kopf hier auf mein Kissen hin.
Möchtest du wohl morgen mit mir gehen,
wo die blauen Glockenblumen blühn?
Friert dich? Komm nur, leg dich in mein Bette
und vergiß den Kummer und die Not.
Schlaf, mein Kind, derweil ich für uns bete.
Morgen sind wir glücklich, lieber Tod.

Hertha Kräftner

›Anna‹, sagte der Mann
(1950)

›Anna‹, sagte der Mann,
›ich fahre jetzt heim. Im Schlafwagen …
Ich wollte immer schon einmal
im Schlafwagen reisen,
aber es war mir zu teuer.
Anna? Freust du dich nicht?
Es ist ein langer Zug.
Kannst du die Wagen zählen?‹
Er hob die Hand aus seinem Totenbett
und zeigte auf die lange Reihe
der Einmachgläser auf dem Kleiderkasten;
das ist in kleinen Wohnungen üblich.
Da standen Aprikosen in dicken Säften,
geschälte, gelbliche Birnen und rote Beeren,
und die zarten Pfirsiche
leuchteten grün und ein wenig rosa.
›Ein schöner Zug‹, sagte der Mann.
›Weine nicht, Anna. Es ist ein Glück,
so zu reisen. Ich glaube,
die Fahrkarte ist sehr teuer gewesen,
aber ich hab sie umsonst bekommen.‹
Und die Birnen und Beeren
und die saftigen Aprikosen
begannen zu dampfen und zischen
und rollten in die Ewigkeit.

Karl Krolow

Gedichte gegen den Tod
(1952)

V

Die süßen Körner des Morgenrots
Streuen sich durchs Gebüsch des Nachthimmels.
Ich kann sie auflesen
Und spüre Freude in mir wie Wind,
Der vor dem Tod keine Furcht hat.

Die Dunkelheit hat ihr Haupt auf die Hände gelegt.
Sie weicht dem Singvogelschwarm des Entzückens,
Der in mir Flügel schlägt.

Jeder Morgen spricht über den Tod sein Urteil;
Und der Fluchtgeruch der Nacht vergeht.
Ich greife die Zeit mit dem Finger.
Sie ruht – ein bewegliches Staubkorn – im Innern meiner Hand.
Vollkommen ist sie wie die rote Fasanenwicke,
Die mit Blüten und mit Schoten behängt ist,
Und hat die trockene, gespaltene Lippe der Erde,
Über die Hitze kam.

Dasein ist stärker nun im Horn der Nägel, die wachsen,
In blonden und schwarzen Bartstoppeln
Und in Frauen, deren Brustwarzen sich unter der Bluse aufrichten.

Jeder Morgen spricht über den Tod sein Urteil.
Ich habe des Morgenrots Körner aufgelesen
Und singe gegen den Frühwind:

Tot ist der Tod!

Jan Skácel

Trauern
(vor 1969)

Drei große trauern gibt's auf dieser welt
drei trauern groß und niemand weiß
wie diesen großen trauern aus dem weg gehn

Die erste trauer Ich weiß nicht wo ich sterben werde
Die zweite trauer Ich weiß nicht wann das sein wird
Und die letzte Ich weiß nicht wo ich mich in jener welt befinden werde

So hörte ich's im lied Lassen wir es so
lassen wir es wie das lied es singt Haben wir den mut
nach der angst zu fassen wie nach einer klinke und einzutreten

Ingeborg Bachmann

(1953)

Die Welt ist weit und die Wege von Land zu Land,
und der Orte sind viele, ich habe alle gekannt,
ich habe von allen Türmen Städte gesehen,
die Menschen, die kommen werden und die schon gehen.
Weit waren die Felder von Sonne und Schnee,
zwischen Schienen und Straßen, zwischen Berg und See.
Und der Mund der Welt war weit und voll Stimmen an meinem Ohr
und schrieb, noch des Nachts, die Gesänge der Vielfalt vor.
Den Wein aus fünf Bechern trank ich in einem Zuge aus,
mein nasses Haar trocknen vier Winde in ihrem wechselnden Haus.

Die Fahrt ist zu Ende,
doch ich bin mit nichts zu Ende gekommen,
jeder Ort hat ein Stück von meinem Lieben genommen,
jedes Licht hat mir ein Aug verbrannt,
in jedem Schatten zerriß mein Gewand.

Die Fahrt ist zu Ende.
Noch bin ich mit jeder Ferne verkettet,
doch kein Vogel hat mich über die Grenzen gerettet,
kein Wasser, das in die Mündung zieht,
treibt mein Gesicht, das nach unten sieht,
treibt meinen Schlaf, der nicht wandern will ...
Ich weiß die Welt näher und still.

– Hinter der Welt wird ein Baum stehen
mit Blättern aus Wolken
und einer Krone aus Blau.
In seine Rinde aus rotem Sonnenband
schneidet der Wind unser Herz
und kühlt es mit Tau.

Hinter der Welt wird ein Baum stehen,
eine Frucht in den Wipfeln,
mit einer Schale aus Gold.
Laß uns hinübersehen,
wenn sie im Herbst der Zeit
in Gottes Hände rollt!

Friedo Lampe

Alkestis

(1956*)

Im Leben schrittest du schon wie auf Wiesen des Hades
Schwebenden Fußes. Abenddämmer wob immer
Dir um das Haupt. Drum als der heftige Mann so gerne
Wollte noch bleiben und den Göttern das Opfer genehm war,
Legtest du leicht ihm die Hand auf die Schulter,
Und dann schwandest du hin wie ein Wind in den Abend.

Und es kam die Fahrt in dem Kahn mit viel Frauen in grauen
Gewanden, Fahrt auf Trauergewässern, moorigen, braunen,
Milde im abendrötlichen Schein, und der Fährmann,
Ruhig rudert er, und die Frauen, sie sangen
Herzdurchdringend und scharf das Lied von dem letzten Abschied.
Du aber saßest dabei, stumm, und mit Augen, so klaren,
Schautest du weit in das Offne hinein.

Still auch tratest du hin vor den Thronsitz der Göttin,
Die hoch ragte in weißem Gewande, bleich das Gesicht in dem
    Dämmer,
Mit den Augen leer und in Haaren den schweren Seerosenkranz,
Und sprach: »Ach, Alkestis, warum kommst du so früh,
War's denn nicht schön auf der Erde?« Aber du sagtest:
»Wohl war es schön; aber überall schön ist's, wo ich hingeh,
Und traurig«, und lächeltest leicht unter Tränen
Und sprachest: »Wir dürfen ja nirgends so lange verweilen.«
Aber da aufklagte die Göttin: »Ich, ich wär nimmer gegangen.
Sommer habt ihr doch jetzt dort droben, blühendste Zeit,
Oh, die Wolken, die Bäume und Rosen, oh, nur noch einmal –«

Aber du schon nahmest ihr sanft aus der Hand die Schale mit Lethe
Und trankest von dem klaren und bitteren Quell,
Und dann, o Schatten, schwebtest du hin auf elysischer Halde
Unter Flötengetön – wie du geschwebt einst auf den Halden der Erde,
Und um weniges nur leichter und leerer.

Marie Luise Kaschnitz

Requiem
(um 1958)

I

Mit dem Tod muß ich umgehn
Dem schwarzen Hengst,
Der sprengt mit der Schulter
Die sicheren Wände,
Der zerstampft mit dem Huf
Die geglätteten Dielen.
Sein Drahthaar zerriß meinen Vorhang,
Sein Eisatem blies mir die Scheiben blind,
Meine Gebete durchschoß er mit Verwünschung,
Aus meiner Sanftmut schlug er roten Zorn.
Nachts drehte er sich kreischend auf dem Dache,
Ließ durch die Sparren mich dein Zimmer sehen,
Deinen Tisch nicht darinnen
Deine Bettstatt verschwunden
Um Deine Bücher Spinnenkränze
Auf dem Teppich Schnee.

Da er dich entrückte flußüber,
Was wußte die Brücke,
Was wußte der Strom?
Und da er dich bettete drüben im Sommergarten
Was wußten die Pappeln, der Mond?
Die Wände strahlten Kobalt,
Auf den feuchten
Kieswegen gingen tapfere Sterbende
Und winkten Abstand. Junge Hasen jagten
Vom Rosenbeet zum goldgefleckten Rasen.

Was wußten die Rosen,
Was wußtest Du?
Fliehen wir doch, bat ich,

Zurück in die Arme der Linden.
Fliehen wir doch, bat ich,
Zurück an die Efeuwand.
Die Bienentrommel dröhnt,
Die Äpfel springen
Der Brunnen Lebenswasser
Sprüht und tönt
Ist alles bereit
Für Gutmann und Gutweib.

Und ich zerrte an deinen Fingern,
Und ich rüttelte deine Schulter,
Aber du rührtest dich nicht.
Du schliefst. Du schliefst,
Ein Mann allein im Boot –
Dein Fischerlicht
Auf grünem Nachtwasser entfernte sich lautlos.
Einer stand hinter mir,
Preßte mir seine
Unmenschliche Hand auf die Lippen,
Stampfte den Felsgrund
Und die erschütterte Erde,
Murmelte: Schweig.
Laß ihn ziehen.

Und während du schliefst,
Bauten sie drüben das Haus,
Ihre Flüche riefen sie,
Ihre Späße herunter vom Dachfirst.
Der Preßluftbohrer stieß mein Eingeweide,
Die Kiesel sprangen in der Schüttelreibe,
Du hörtest nichts. Es stieg ein Haus aus Luft
Und Lächeln dir vom Munde mir zur Bleibe.

Die Züge auf dem Bahndamm
Führten ihre Waldschneisen mit,
Ihre unbegangenen Wege.

Den Salzhauch ihrer Meere warfen sie
Dir durchs Gebüsch.
Ihre Städte Genua und Amsterdam

Beugten sich aus den Fenstern
Mit funkelnden Mauerkronen,
Und ich winkte und schrie
Hinauf zu den rollenden Wagen
Wartet nicht,
Wir haben Wurzeln in den Tod geschlagen,
Wartet nicht.

Kein Nesselhemd bekamst Du übergestreift,
Kein Becher ward dir randvoll von den Lippen gezogen,
Du mußtest nicht hungern, nicht auf Dornen liegen.
Nur sterben.

Ein roter Korallenbaum
Erklärten sie mir
Durchwüchse dein Haupt,
Ersticke deine Gedanken.
Indes die Wolken zogen königlich
Dir übers Bett.
Die ersten goldenen Pfennigblätter sanken
Liebkosend auf des Schläfers Angesicht.

Und hinter dem furchtbaren Ernst
Deiner sich trübenden Augen
Sah ich noch immer die Liebe,
Das Bräutigamslicht.

Bis überm Bahndamm die gefleckten Hunde
Aufheulten wie ein Wurf verdammter Seelen
Zurückgetrieben in die Unterwelt
Bis in dein Sterbezimmer Sommergarten
Mit überblühten Rosen auf den Tischen
Einfiel die Schiffssirene Nebelhorn
Vom nahen Fluß am gläsern klaren Abend
Und zog den Dunststreif ins Septembergras.

Mit Asche bedeckten sie da
Das Feuer deines Herzens,
Zusehen mußte ich, wie es erlosch
Funke um Funke.

II

Streck ich meine Hände aus im Schlaf,
Rühr ich ein Ding aus Bein, das Erde wird,
Heimlocke ich wie meine wilde Taube
Den Fetzen Wolke, den das Licht verzehrt,
Sag ich dir Dank verspätet ungeschickt
Hör ich das Rinnsal unterm Wurzelgrund
Wen will ich küssen
Einen Maskenmund –

Hinhocken noch und sammeln dir ins Grab
Zwei Kiefernnadeln, drei Tropfen Honig,
Zwei Handvoll Brandungsschaum,
Einen Kuß, von den Lippen genommen,
Eine Muschel voll Brackwasser,
Eine rotfigurige Scherbe,
Drei Worte Abschied Bahnhof Termini,
Eine Kornähre Samland, eine Weinbeere Kaiserstuhl,
Eine Mütze Fahrwind. Wie kurz, wie kurz,
Wie kurz ist des Menschen Leben.
Und Trost ist nicht, da du mein Trost gewesen
Und Rat ist nicht, da du mein Rat gewesen
Und Schutz ist nicht, da du mein Schutz gewesen
Und Liebe nicht, da ich um deinetwillen
Die Welt geliebt.

Nur Klage um den Baum, der nicht mehr altert,
Der seine Blätter nicht mehr fallen läßt,
Und steht im Schwarzherbst
Und steht im Schneefeld
Und steht im Märzregen noch
Und seine Blätter sind Metall geworden
Und klirren geisterhaft im Frühlingswind.

Und Wunsch, vergeblicher, daß von dir wiche
Die Majestät der düsteren Vollendung.
Daß deine zugedrückten Lider sprängen
Und Hand von Hand gefaltete sich löste
Daß du mir innewohntest wieder, du
Ein Glücklicher.

Daß deine Stimme, die mich lang verließ,
Zurück mir kehrte.
Niemand hat dein Lachen
Auf eine schwarze Platte eingeritzt
Die ich mir spielen könnte mitternachts
Mit einer feinen Nadel Diamant.

Nur dein Schatten mein Schatten
Sitzen beisammen
Trinken Rezina
Bei den Sieben Brüdern
Am Fuße der Burg.
Nur dein Schatten mein Schatten
Fahren am Abend
Über das finstere
Tigergestreifte
Marmarameer.
Deine Augen meine Augen
Stehen offen für immer
Schauen und schauen
Gnade uns Gott.

III

Dies aber ist dein anderes Begräbnis
Schritte der Fischerknaben
Leichte auf Sohlen von Bast
Geleiten treppab dich
Deine Sonne zerspringt auf dem Wasser
Der Brautpuppen schönste
Aus dem Fenster von Capodimonte
Gibt dir die Hand
Die jungen Stare sind deine letzten Begleiter
Auf deinem Leibe tanzt das Volk von Rom.

Einst werd ich aufstehen
Wie alle Geschlagenen
Und das blanke Wasser
Rinnen lassen vom Hahn.

Mein Haar werd ich kämmen
Und die Fensterflügel aufstoßen.
Du springst mir auf die Hände mit dem Wasser
Du reißt mir das Haar mit den weißen Zähnen des Kammes
Du wirfst dich heißer Wind an meine Brust.

Dir zum Gedächtnis dann
Mein wiegendes Sommergras
Dir zum Dank
Meine blutende Rose
Dir zur Ehre
Mein fliegendes Abendrot
Dir zuliebe
Meine Tränen.

Denn es gab eine Zeit
Da ich dich nicht kannte
Es gibt eine Zeit,
Da du nicht mehr bei mir bist
Diese sind nicht zu verwechseln.
Ob ich gleich hingehe wieder
Ein Schüler mit wehendem Haar
Bei der Heimkehr am Abend
Von keinem begrüßt:
Der Speise Sakrament
Ist nicht verzehrt.
Nie mehr werde ich diesen Hunger leiden
Auch nicht wenn ich sterbe
Sein ohne dich.

Ich wünschte zu sagen
Daß dein Wesen Gerechtigkeit war
Deine Bewegung Anmut

Dein Auge Feuer.
Ich wünschte zu sagen
Daß du die sterbenden Landhäuser liebtest
Und die verblichenen Königsmäntel
Und wie große Achtung du hattest
Vor den Armen.
Ich wünschte zu sagen

Daß du deine Gedanken verfolgtest mit Leidenschaft
Wie den Hirsch der Jäger. Auch
daß sie dir viele Wunden beibrachten
Tödliche endlich.

Ich wünschte zu sagen
Daß du jedem die Würde zurückgabst
Die jedermann hatte
Und ihn hochhieltest in der Ehre
Die jedermann zukommt.
Aber schweigen möchte ich über das
Was nur uns beide anging.
Über die Namen, die wir uns gaben
Täglich neue
Und wie wir beieinander ruhten ohne Furcht.

Denn du hast mich gebettet
Im Schoße Geheimnis
Zwischen Wände die sich auftun
Unter Sterne die schwanken
Im Nichtsmehrwichtig
Im Ohnedauer
Im Baldbeidir.

IV (Abgesang)

Fährfrau mit dem runden Hut
Hast du ihn gesehen?

Ja, sagt die Fährfrau.
Hirte mit dem toten Lamm
Hast du ihn gesehen?
Ja, sagt der Hirte.

Bergmann mit dem weißen Licht
Hast du ihn gesehen?
Ja, sagt der Bergmann.

Welchen Weges ging er, Fährfrau?
Übers Wasser trockenen Fußes.

Welchen Weges ging er, Hirte?
Berghinüber leichten Atems.

Welchen Weges ging er, Bergmann?
In der Erde lag er still.

Was stand auf seinem Gesicht geschrieben?
Frieden, sagten alle. Frieden.

Hilde Domin

Rückkehr der Schiffe
(um 1960)

Du hast alles fortgehen lassen
was dir gehörte.
Auch die Erwartung.
Abgewandt stieg sie aufs Schiff,
ehe sich's löste
aus deiner Bucht.

Du vergißt dein Gesicht.
Ein Toter fast
der sich noch regt
und der sich noch die Nägel schneiden kann,
dem auch die Wangen oft naß sind,
ohne daß er merkt daß er weint.

Aber nichts stirbt ganz.
Schläft nur in dir, dem fast Toten.
Alles kann wiederkommen.
Nicht so.
Aber doch, auf seine Art,
wieder-kommen.

Auch das Schiff.
Alle deine Schiffe zugleich.
Ein sanftes Licht.
Du weißt es selber nicht,
sind dir die Schiffe heimgekehrt,
heben hohe Bäume sich aus dir?

Nur daß Weite und Licht ist
in deiner unendlichen Brust
und sich alles versöhnt, bei seiner
Einfahrt in diese große Wunde
ohne Ränder, die
vollsteht mit einem süßen Wasser.

C. G. Jung

Erinnerungen Träume Gedanken
(1961)

Zu Beginn des Jahres 1944 brach ich mir den Fuß, und es folgte ein Herzinfarkt. Im Zustand von Bewußtlosigkeit erlebte ich Delirien und Visionen, die angefangen haben müssen, als ich in unmittelbarer Todesgefahr schwebte und man mir Sauerstoff und Kampfer gab. Die Bilder waren so gewaltig, daß ich selber schloß, ich sei dem Tode nahe. Meine Pflegerin sagte mir später: »Sie waren wie von einem hellen Schein umgeben!« Das sei eine Erscheinung, die sie bei Sterbenden manchmal beobachtet habe. Ich war an der äußersten Grenze und weiß nicht, befand ich mich in einem Traum oder in Ekstase. Jedenfalls begannen sich höchst eindrucksvolle Dinge für mich abzuspielen.
Es schien mir, als befände ich mich hoch oben im Weltraum. Weit unter mir sah ich die Erdkugel in herrlich blaues Licht getaucht. Ich sah das tiefblaue Meer und die Kontinente. Tief unter meinen Füßen lag Ceylon, und vor mir lag der Subkontinent von Indien. Mein Blickfeld umfaßte nicht die ganze Erde, aber ihre Kugelgestalt war deutlich erkennbar, und ihre Konturen schimmerten silbern durch das wunderbare blaue Licht. An manchen Stellen schien die Erdkugel farbig oder dunkelgrün gefleckt wie oxydiertes Silber. »Links« lag in der Ferne eine weite Ausdehnung – die rotgelbe Wüste Arabiens. Es war, wie wenn dort das Silber der Erde eine rotgelbe Tönung angenommen hätte. Dann kam das Rote Meer, und ganz weit hinten, gleichsam »links oben«, konnte ich gerade noch einen Zipfel des Mittelmeers erblicken. Mein Blick war vor allem dorthin gerichtet. Alles andere erschien nur undeutlich. Zwar sah ich auch die Schneeberge des Himalaya, aber dort war es dunstig oder wolkig. Nach »rechts« blickte ich nicht. Ich wußte, daß ich im Begriff war, von der Erde wegzugehen …

… Nach einer Weile des Schauens wandte ich mich um. Ich hatte sozusagen mit dem Rücken zum Indischen Ozean gestanden, mit dem Gesicht nach Norden. Dann schien es mir, als machte ich eine Wendung nach Süden. Etwas Neues trat in mein Gesichtsfeld. In geringer Entfernung erblickte ich im Raume einen gewaltigen dunkeln Steinklotz, wie ein Meteorit – etwa in der Größe meines Hauses, vielleicht noch größer. Im Weltall schwebte der Stein, und ich selber schwebte im Weltall. Ähnliche Steine habe ich an der Küste des Bengalischen Meerbusens gesehen. Es sind Blöcke aus schwarz-braunem Granit, in welche bisweilen Tempel gehauen wurden. Solch ein riesiger dunkler Block war auch mein Stein. Ein Eingang führte in eine kleine Vorhalle. …

… Als ich mich den Stufen zum Eingang in den Felsen näherte, geschah mir etwas Seltsames: ich hatte das Gefühl, als ob alles Bisherige von mir abgestreift würde. Alles, was ich meinte, was ich wünschte oder dachte, die ganze Phantasmagorie irdischen Daseins fiel von mir ab, oder wurde mir geraubt – ein äußerst schmerzlicher Prozeß. Aber etwas blieb; denn es war, als ob ich alles, was ich je gelebt oder getan hätte, alles, was um mich geschehen war, nun bei mir hätte. Ich könnte auch sagen: es war bei mir, und das war Ich. Ich bestand sozusagen daraus. Ich bestand aus meiner Geschichte und hatte durchaus das Gefühl, das sei nun Ich. »Ich bin dieses Bündel von Vollbrachtem und Gewesenem.« – Dieses Erlebnis brachte mir das Gefühl äußerster Armut, aber zugleich großer Befriedigung. Es gab nichts mehr, das ich verlangte oder wünschte; sondern ich bestand sozusagen objektiv: ich war das, was ich gelebt hatte. Zuerst herrschte zwar das Gefühl der Vernichtung, des Beraubtseins oder Geplündertseins vor, aber plötzlich wurde auch das hinfällig. Alles schien vergangen, es blieb ein fait accompli, ohne irgendwelche Rückbeziehung auf das Frühere. Es gab kein Bedauern mehr, daß etwas weggefallen oder fortgenommen war. Im Gegenteil: ich hatte alles, was ich war, und ich hatte nur das.

Noch etwas anderes beschäftigte mich: ich hatte, während ich mich dem Tempel näherte, die Gewißheit, daß ich in einen erhellten Raum kommen und alle diejenigen Menschen antreffen würde, zu denen ich in Wirklichkeit gehöre. Dort würde ich – auch das war Gewißheit – endlich verstehen, in was für einen geschichtlichen Zusammenhang ich oder mein Leben gehörten. Ich würde wissen, was vor mir war, warum ich geworden bin, und wohin mein Leben weiterfließen würde. Mein gelebtes Leben war mir oft wie eine Geschichte vorgekommen, die keinen Anfang und kein Ende hat. Ich hatte das Gefühl, eine geschichtliche Perikope zu sein, ein Ausschnitt, zu dem der vorausgehende und nachfolgende Text fehlten. Wie mit der Schere schien mein Leben aus einer langen Kette herausgeschnitten, und viele Fragen waren unbeantwortet geblieben. Warum ist es so verlaufen? Warum habe ich diese Voraussetzungen mitgebracht? Was habe ich damit gemacht? Was wird daraus erfolgen? Auf all das würde ich – dessen war ich sicher – eine Antwort erhalten, sobald ich in den Steintempel eingetreten war. Dort würde ich erkennen, warum alles so und nicht anders gewesen war. Ich würde dort zu den Menschen kommen, welche die Antwort auf meine Frage nach dem Vorher und Nachher wissen.

Paul Celan

(1963)

Dein
Hinübersein heute Nacht.
Mit Worten holt ich dich wieder, da bist du,
alles ist wahr und ein Warten
auf Wahres.

Es klettert die Bohne vor
unserm Fenster: denk
wer neben uns aufwächst und
ihr zusieht.

Gott, das lasen wir, ist
ein Teil und ein zweiter, zerstreuter:
im Tod
all der Gemähten
wächst er sich zu.

Dorthin
führt uns der Blick,
mit dieser
Hälfte
haben wir Umgang.

Erich Fried

Letzter guter Rat
(1964)

Hinter der Hecke sitzen sie
Leben und Tod
Beide rufen mich
beide wollen mir raten

Hinter der Hecke
höre ich ihre Stimmen
Durch die Hecke darf ich nicht durch
darf sie nicht sehen

»Hör auf dein Unglück zu lieben
und liebe dein Glück!
Noch heut! Du hast nicht mehr viel Zeit!«
ruft die eine Stimme

Die andere sagt:
»Behalte lieb was du liebhast
Auch sein Unglück lieben kann Glück sein
und die Liebe wechseln bringt Unglück«

Dann sagen sie beide: »Geh!«
und ich gehe und weiß
eine davon ist mein Tod
und eine mein Leben

Ilse Aichinger

Widmung
(1978*)

Ich schreibe euch keine Briefe,
aber es wäre mir leicht, mit euch zu sterben.
Wir ließen uns sacht die Monde hinunter
und läge die erste Rast noch bei den wollenen Herzen,
die zweite fände uns schon mit Wölfen und Himbeergrün
und dem nichts lindernden Feuer, die dritte, da wär ich
durch das fallende dünne Gewölk mit seinen spärlichen Moosen
und das arme Gewimmel der Sterne, das wir so leicht überschritten,
in eurem Himmel bei euch.

III Zeitlichkeit und Wort

Die Liebe hat einen Triumph
 und der Tod hat einen,
die Zeit und die Zeit danach.
Wir haben keinen.
Nur Sinken um uns von Gestirnen.
 Abglanz und Schweigen.
Doch das Lied überm Staub danach
wird uns übersteigen

Ingeborg Bachmann,
Lieder auf der Flucht, XV

Wilfried Barner

›Zeitlichkeit und Wort‹

Zur Einführung

Was vermag das Wort gegenüber Sterben und Tod? Ob geschrieben oder gesprochen – was kann es aussagen, was gar bewirken? Über die Zeitlichkeit des Menschen, über das Begrenztsein seines Lebens können wir Gewisses sagen, das auf Erfahrung beruht. Wir können es benennen, auch wenn wir an seinem Sinn, an seiner »Gerechtigkeit« von Mal zu Mal zweifeln mögen. Das Durchleben von Krankheit, die Symptome des Alterns, aber auch das »Reißende« einer Trennung von einem geliebten Menschen sind wahrnehmbar als Anmahnungen der Zeitlichkeit, als Impulse eines Memento mori. Wir können mit Sprache darauf deuten und den Zusammenhang des Beobachteten in Modelle zu fassen versuchen: in das der konzentrischen Kreise des menschlichen Lebens, wie etwa bei Seneca, oder in den schneidenden Gegensatz zwischen »seligen Göttern« und »blindlings« fallenden Menschen, wie noch bei Hölderlin. Doch das Memento mori kennt kein Monopol des Worts. Ein schlichtes, selbstgezimmertes Kreuz an der Stelle eines tödlichen Unfalls, mit frischen Blumen oder mit schon verwelkten, ist von beredter Eindrücklichkeit. Selbst der Prachtbau eines Palastes oder einer Festung kann zum Symbol für die Hinfälligkeit auch des Mächtigsten werden. Ein zufällig begegnender Trauerzug – in unserer Welt des kanalisierten Todes immer seltener werdend – drängt uns zumindest für einen Augenblick aus der Alltäglichkeit der Lebenden heraus. Der Widerspruch wird merklich, mit dem Paul Fleming seine *Gedanken über der Zeit* beginnt: »Ihr lebet in der Zeit und kennt doch keine Zeit.« Es sind Ereignisse, Beobachtungen, die allesamt auf ihre Weise von der Zeitlichkeit des Menschen »sprechen«.

Aber vom Sterben können sie nicht sprechen: vom Moment des plötzlichen, »gewaltsamen« Todes, und vom Prozeß des »natürlichen« Todes, der am Ende eines vielleicht »erfüllten« Lebens steht – oder gar des Todes, der von allen Schrecken »das erwünschte Ende« ist, wie es Lessing postuliert. Wer kann den Vorgang des Sterbens in Worte fassen? Was ist dabei vermittelbar? Platons Bericht über das Sterben des Sokrates ist bei aller ostentativen Konkretheit und Detailgenauigkeit nicht Dokumenta-

tion, sondern verehrendes Portrait des Lebenden vom Tode her. Die bewegenden Abschiedsbriefe eines Heinrich von Kleist vor seinem Freitod oder des Widerstandskämpfers Alexis von Roenne kurz vor der Hinrichtung zeigen das Wort in der äußersten Konzentration auf das bald abgeschnittene Leben. In unserem Jahrhundert haben wir die »Interviews« mit Sterbenden und die spektakulären Erinnerungs-Schilderungen von Scheintoten. Sie alle sind, in je verschiedener Weise, angewiesen auf das Wort der Lebenden, der Noch-Lebenden. Deren Zeitlichkeits-Horizont bestimmt den Wortausdruck auch dort, wo ein Bemühen um die Unaustauschbarkeit der Situation im Vorfeld des Todes erkennbar wird. In Amérys hypothetischer Vergegenwärtigung des Freitods ist es gerade konstitutiv, daß »die Zeit als solche verspürt« wird.
Für alle diese Versuche, mit den Schilderungen und Reflexionen bis unmittelbar in die Todeszone vorzudringen, gilt: Es führt noch eine Brücke zum Wort der Lebenden. Was sich im Wort fassen läßt, gründet auf Verstehbarkeit, auf Vergleichbarkeit mit vorgängiger Erfahrung. Paveses futurischer Satz: »Wir werden stumm in den Strudel steigen« bildet das genaue Gegenstück zu dem anderen, der sich durch die Todesliteratur vor allem unseres Jahrhunderts zieht: Der Tod, über den wir *reden*, ist immer nur der des Anderen.
Damit aber stellt sich noch entschiedener die Frage nach der »Angemessenheit« des Worts. Alles, was über den Tod, über das Danach des Todes in Sprache gebracht wird, kann nicht auf Erfahrung beruhen, die vermittelbar wäre. Es ist Geahntes, Geglaubtes. Wo der Tod ist, sind wir nicht. Und wo wir sind, ist der Tod nicht. An Wittgensteins Regel: »Wovon man nicht sprechen kann, darüber muß man schweigen«, haben sich die Menschen nur selten gehalten. Das Benennenwollen auch des Nichterfahrbaren scheint ihnen eingeboren. Im Benennen aber ist das Auf-Distanz-Halten, wenn nicht gar das Beherrschenwollen potentiell immer schon eingeschlossen.
Die routinierte Schnoddrigkeit im Reden über Sterben und Tod, und sei es als professionelle Notwendigkeit, ist ihrer Funktion nach dem Euphemismus eng verwandt. Für Montaigne sind die Römer exemplarisch in der Tendenz, die Todesvokabeln »abzuschwächen oder in Umschreibungen zu verblümen. Statt zu sagen: er ist tot, sagten sie: er ist aus dem Leben gegangen, er hat ausgelebt«. Thomas Manns Hofrat Behrens wiederum, der *Zauberberg*-Chefarzt, hat seine eigene »Art und Weise, Trost zu spenden«: »Ich kenne den Tod, ich bin ein alter Angestellter von ihm, man überschätzt ihn, glauben Sie mir! Ich kann Ihnen sagen, es ist

fast gar nichts damit. (...) vom Tode wüßte Ihnen keiner, der wiederkäme, was Rechtes zu erzählen, denn man erlebt ihn nicht.«

Den Tod und das, was nach ihm kommt, können wir alle nur imaginieren – sofern nicht, wie bei Améry, die Hinneigung zur »Unsituierbarkeit des nichtigen Nicht« alles »Voraus« abschneidet. Wir nähern uns dem Nichterfahrbaren vom Erfahrbaren her. Wo immer dieses Vorausdenken über die Lebensgrenze hinaus sich im Wort artikuliert, bedarf es der Gleichnisse, der Bilder. Es bedarf der Vorstellungskraft, die durch Sprache eine eigene Wirklichkeit hervorruft, eine, die das bloß Gegenwärtige überschreitet.

Auf dieser Fähigkeit aber beruht zugleich alle »schöne« Literatur. Sie schafft, sei es im Gedicht, in der Erzählung oder im Theaterstück, eine stets andere Realität. Selbst zur kunstgemäßen Prosarede – außerhalb der »eigentlichen« Poesie – gehört nach antiker Normauffassung die Fähigkeit, etwas Abwesendes gegenwärtig zu machen, es in die »anschauliche Deutlichkeit« zu bringen.

Jedes gelingende Stück Literatur ist Annäherung an ein so noch nicht Existierendes von der Sprache her. Die »poetische« Sprache entwickelt sich stets neu aus der »praktischen« Sprache und bleibt doch in ihrem literarischen Charakter auf sie notwendig bezogen. Das Sterben als der letzte »Akt« des sichtbaren menschlichen Lebens, als der Übergang vom individuellen, gar heldischen »Handeln« zum Nicht-mehr-Individuellen des Totseins hat die Vorstellungskraft immer wieder als äußerste, auch poetische Aufgabe herausgefordert: vom Sterben (und Bestattetwerden) Achills in der *Ilias* bis hin zu Tolstois *Tod des Ivan Ilijtsch*, vom *Wallenstein* bis zur *Kassandra* Christa Wolfs.

Die »Szene«, auch die erzählte oder berichtete, ist die eine große Grundform des gedichteten Sterbens, das *als* theatralisches Sterben in die Realität des Alltäglichen zurückverweist. Noch im Extrem des Pacuvius, der laut Seneca seinen eigenen Tod und sein Begräbnis täglich neu begehen ließ, manifestiert sich nicht nur das Anmahnen der Zeitlichkeit. Es ist das Bewußtsein vom Schauspiel-Charakter des menschlichen Lebens, in dem man seine Rolle zu spielen und aus dem man mit Würde und in ›Freiheit‹ abzutreten habe. Die Entschiedenheit dieses Sich-frei-Fühlens verbindet den platonischen Sokrates mit Seneca, der seinen von Nero erzwungenen Selbstmord – wie ihn Tacitus schildert – als souveränes Schauspiel inszenierte, und noch mit Jean Améry in unserem Jahrzehnt.

Die Texte, die solches erzählen oder in Theaterspiel umzusetzen suchen,

mögen durch ihre Drastik schockieren oder durch ihre Heroik heute skeptisch stimmen. Sie sind Versuche, gerade in der äußersten Anspannung des menschlichen Worts etwas von dessen »Freiheit« zu realisieren. Sie stehen damit, anders als das Erinnern an die Zeitlichkeit, von vornherein in der Gefahr der Hybris. Selbst vor der Benennung des letzten Augenblicks, und seines Überschreitens, schrecken sie nicht zurück.
Die spezifische Fähigkeit der Dichtung, auch das nicht mehr Erfahrbare vor-zustellen, in Bildern zu formulieren, hat namentlich in der modernen Literatur einen eigentümlichen Typus des Todesgedichts hervorgerufen: das Sichannähern an den eigenen Tod von der »anderen« Seite her. So bei Else Lasker-Schüler:

»Mein Herz ruht müde
Auf dem Samt der Nacht
Und Sterne legen sich auf meine Augenlide ...
(...)
Ich habe meines Lebens Schlußakkord vollbracht –
Bin still verschieden. – (...)«

Der verhaltene Tempuswechsel spiegelt den leisen Übergang, so wie ihn Nietzsche in das alte Bild vom Todesboot faßt:

»Silbern, leicht, ein Fisch
Schwimmt nun mein Nachen hinaus ...«

Eingefaßt ist das so Vorgestellte in den präsentischen Vorgang des Sinkens der Sonne. Beschwörungen des kosmischen, des naturhaften Zusammenhangs sind für diesen Typus konstitutiv. Pablo Neruda führt in einem ›Prosagedicht‹ sein Vorgangsbild gar durch alle drei Hauptstufen der Zeit und hebt es so aus der Zeit heraus: »Aus der Ewigkeit kommen unsichtbare Seefahrer und führen mich durch unbekannte Meere, durch seltsame Atmosphären. (...) Ich kam an auf der Erde, sie verankerten mich in einem Meer (...) Aber eines Tages, dem unerwartetsten, kommen meine unsichtbaren Seefahrer wieder (...). Und wieder das weglose Unendliche (...)«.
Das Urbild aller dieser Todesfahrten, das die poetische Phantasie bis hin etwa zu Gottfried Benn immer wieder inspiriert hat, ist die Unterweltsfahrt des Odysseus: das Hinübersetzen über die Grenzen des bisher »Erfahrenen«, die opfernde Besänftigung der Toten, die Wiederbegegnung mit den halbbewußt dahindämmernden Schatten Achills, der Mutter, des Freundes, und die endliche Rückkehr unter die Lebenden.

Unsere Gegenwart hat einen neuen, problematischen Geschmack entwickelt an imaginierten »Exkursionen«, auch an den künstlich produzierten. Der Leser, der sich auf Texte wie diejenige der Lasker-Schüler, Nietzsches oder Nerudas einläßt, oder etwa auf Rilkes erste Duineser Elegie mit ihrer Meditation über das »Totsein« und über die »ewige Strömung«, die Lebende und Tote mitreißt, ist einer nicht ungefährlichen Ambivalenz ausgesetzt. Die Texte vermögen dem prickelnden ästhetischen Trip ebenso zu dienen wie dem, was Hermann Brochs Vergil die schmerzhafte »Erkenntnis« des Lebens vom Tode her und das immer wieder scheiternde Umstellen des Todes »mit Gleichnissen« nennt. Ist nicht jedes dichterische Sprechen von Sterben, Tod und Jenseits notwendig »schönendes« Sprechen? Bleiben nicht gerade hier Vorstellungsinhalt und Redeweise untrennbar? Der euphemistische Trieb, wie ihn Montaigne geißelt, ist in vielen Kulturen und Gesellschaften – jedenfalls der unseren – schon ohnehin mächtig genug, außerhalb alles Literarischen.

Die anklagende Härte, mit der Christa Wolfs Kassandra von der Grausamkeit und von den Qualen des gewaltsamen Sterbens spricht, ist nicht die des alltäglichen Redens. Selbst die »naturalistische« Pathographie des sterbenden Sokrates enthält noch das Symbol des schließlich »verhüllenden« Mantels.

Ins uneingeschränkt Schöne aber erscheint der Tod dort gewendet, wo er als befreiender Durchgang zum seligen Jenseitsdasein gedacht wird. Hier ist die Jenseitsvorstellung selbst bereits von hoher »ästhetischer« Qualität – unübertrefflich schon im Altägyptischen:

»Der Tod steht mir heute so verlockend vor Augen
Wie die Genesung von einer Krankheit.
Wie der erste Gang ins Freie nach dem Siechtum.

Der Tod steht mir heute so vor Augen
Wie der Duft von Myrrhen,
Wie wenn man unter dem Sonnensegel sitzt an einem windigen Tag.
(...)«

Bei solchen Texten scheint die Frage nach der Ästhetizität des dichterischen Redens vom Tod gegenstandslos zu werden. Doch wie ist es mit jener Todessprache, die vor dem Jenseits als dem Nichtwißbaren sozusagen haltmacht? Lessing hat mit vehementer Polemik gegen eine »mißverstandene« christliche Religion darauf insistiert: »Tot sein, hat nichts

Schreckliches; und in so fern Sterben nichts als der Schritt zum Totsein ist, kann auch das Sterben nichts Schreckliches haben.«
Das Definitorische, Festsetzende dieses Argumentierens, das für die einzelnen Sterbensarten nur wenig eingeschränkt wird, vermag zu irritieren. Das »Menschliche«, das Moralische und das Schöne *müssen* im Kern eins sein. In der Pocsie, in ihrer Sprache wird für Lessing auch das Schreckliche – anders als in der Bildenden Kunst – ins Schöne verwandelt.
Diese in der neueren Literatur überaus folgenreiche aufklärerische These betrifft das Fundament der vorliegenden Textsammlung, insofern sie weit überwiegend aus der ›schönen‹ Literatur schöpft. Reden diese Texte von Zeitlichkeit, Sterben und Tod nur »schön« – wenn auch in einer das bloß Euphemistische transzendierenden Weise? Die von dem »Aufklärer« Simonides verfaßte Grabschrift, die den dritten Teil dieser Sammlung eröffnet, gilt jenem griechischen Lyriker, der für Mitwelt und Nachwelt wie kein anderer das Komplementäre von »carpe diem« und »memento mori« verkörperte: Anakreon. Das Gedicht endet in einem kaum überbietbaren »lebenden« Bild von der Macht seiner Poesie:

»Lethes Becher raubten dem Dichter die lieblichen Lieder nicht,
und der Tartaros horcht seiner Leier Gesang.«

Noch im Tod vermag er, der dem Tod vorausdachte, mit seinen Liedern zu bannen. »Lieblich« sind seine Lieder, insofern sie »Kunst« darstellen, insofern sie menschliches Erfahren, Denken, Vorstellen (auch des Sterbens, des Todes) in vollendete Dichtung verwandeln.
Der Tod als die äußerste Herausforderung an das menschliche Selbstbewußtsein *kann* ins poetische Wort gebannt werden – dies ist auch Lessings Überzeugung. Als höchste schöpferische Fähigkeit des Menschen vermag Poesie dem schlechthin Zerstörerischen, dem Tod, standzuhalten. Sie vermag zwar das Individuum, als endliches Wesen, nicht zu retten, aber dessen geprägtes Wort. Paul Flemming versteht es nicht nur, die Zeitlichkeit des Menschen in ihrer tiefen Paradoxie mit wenigen Zeilen meditierend »vorzustellen«. Er dichtet sich selbst, drei Tage vor seinem Tod, die eigene Grabschrift: voll beherrschter Kürze, voll Dichterstolz, voll Bewußtheit des Nachruhms.
Die Gefahr der Selbstüberhebung zeigt sich erneut. Für Elizabeth Barrett-Browning hat der Dichter mit seinem Wort »alle Macht zu rühren an Gottes äußersten und letzten Kreis«, ja mit seiner »Heilkunst« eine

»Kraft«, die »selbst Aufgegebene noch rätselhaft zu retten scheint«. Dies ist nicht lediglich die romantische Übersteigerung einer von Jugend an durch schwere Krankheiten Gezeichneten. Schon im Mythos ist es Orpheus, der Sänger, Ahnherr der Dichter, der es wagt, seine geliebte Gattin dem Tod entreißen zu wollen. Daß auch »das Schöne«, die überwältigend schöne Gestalt sterben muß, ist seit der Antike und dann von Shakespeare bis hin zu Schiller wieder und wieder klagend bedichtet worden. Hofmannswaldau treibt mit dem Gedanken sogar sein frivoles Spiel.

Aber das »liebliche Lied«, das vollendete Gedicht – so der Dichterglaube seit Homer – überdauert. Nicht nur dem »Ruhm« des Bedichteten wird ein Monument gesetzt, das, nach der berühmten Prägung des Horaz, dauerhafter ist als (ein Standbild aus) Erz. Der Dichter schafft das Fundament seines Andenkens selbst. In seinen Gedichten verwirklicht sich der Wunsch nach dem Überdauern, den die Humanwissenschaften in so vielen Dimensionen und Erscheinungsformen beschrieben haben: als Weiterleben in den Kindern und den Freunden, in den Taten und Monumenten, nicht zuletzt: in den Reinkarnationen. Noch im Abschiedsbrief, einem in unmittelbarer Nähe des Todes, aber auch einem nur ahnungsvollen wie dem der jungen Meta Klopstock, ist das Moment der »Stellvertretung«, des Nicht-Abbrechens gegenwärtig. Als von Gott gegeben, ist das Wort für Jeremias Gotthelf sogar »unendlich mächtiger als das Schwert«. Über das Wort »hat der Tod keine Macht, ins Grab kann es nicht verschlossen werden«. Selbst in der äußersten Negativität des *Psalms* von Paul Celan wird das »Purpurwort« noch »*über* dem Dorn« gesungen. Es steht auch noch über dem Todeszeichen der Dornenkrone. Kassandra im Anblick der »schrecklichen« Klytaimnestra, die sie töten wird, äußert bei Christa Wolf den letzten Wunsch: »Gib mir knapp zum Leben. Aber, ich fleh dich an: Schick mir einen Schreiber, oder, besser noch, eine junge Sklavin mit scharfem Gedächtnis und kraftvoller Stimme. Verfüge, daß sie, was sie von mir hört, ihrer Tochter weitersagen darf. Die wieder ihrer Tochter, und so fort. So daß neben dem Strom der Heldenlieder dies winzige Rinnsal, mühsam, jene fernen, vielleicht glücklicheren Menschen, die einst leben werden, auch erreichte.«

Worauf zuletzt gründet sich dieser Glaube an das Überdauern des Worts? Es ist nicht irgendein Wort, sondern Sprache, die im Angesicht des Todes etwas Erfahrenes, etwas Erkanntes festhält. Es ist geprägte Sprache, die sich durch ihre konzentrierende Formkraft, durch die Konstellation ihrer Bilder, durch das Spiel der vorstellenden Phantasie vom puren Augenblick gelöst hat. Wo immer Texte dieser Sammlung in einem Leser eine Bewegung des Überdenkens, des Sichvorstellens oder auch der skeptischen Abwehr auslösen, erweist sich schon ein Moment dieses lebendigen Überdauerns.

Also ein imaginäres Museum von allerlei Vorstellungen über Zeitlichkeit, Sterben und Tod? Die Pluralität, ja Unvereinbarkeit dessen, was hier an Bildern, Haltungen, Glaubensüberzeugungen präsentiert wird, vermag zu irritieren. Schon das »triumphale« Bild des im Tartaros die Leier spielenden Anakreon und das Fragment der Sappho, das den Zustand der erwartbaren Vergessenheit und der fahlen Unterweltsexistenz beschwört, sind durch keine historische Rekonstruktion »auszugleichen«. Noch innerhalb der Literatur unserer Jahrzehnte scheinen Welten zu liegen zwischen einem Gedicht wie »Fall ab, Herz« von Ingeborg Bachmann und dem trotzigen Stolz eines Lev Druskin:

»Gestützt auf mein Gedicht
Werd' ich den Tod bestehn.«

Was sich hier in programmatischer Ausdrücklichkeit artikuliert, wirft noch einmal ein Doppelproblem auf, von dem hier wiederholt zu sprechen war. Gerade das geprägte, überdauernde Wort, das gegen den Tod angeschrieben wird, steht in der Gefahr, als »schöne« Rede seine Leser zu verführen, abzulenken. Und gerade mit seiner Fähigkeit, das bloß Zeitliche und Erfahrbare durch Imagination auf den Tod hin zu durchstoßen, nähert sich das Wort im Vorgang des Benennens allzu leicht der Selbstüberhebung, ja setzt sich ihr willentlich aus.

Keine Reflexion auf das »Literarische« sollte versuchen, diese Tendenz hinwegzudiskutieren. Sie gilt für nicht wenige der hier versammelten Texte. Sie ist der potentielle Preis der Freiheit, die der Mensch sich nimmt, wenn er sich dem Nichterfahrbaren mit dem Wort zu nähern sucht. Aber ebenso entschieden gilt: Nur wenn auch dem Tod gegenüber diese Spielfreiheit des Imaginierens und des Benennens im sprachlichen Bild zugestanden wird, können diese Texte ihren »Ernst« entfalten. Dichter sind nicht »kompetenter« als andere, sofern es lediglich um die Vermittlung von Gewußtem oder Geglaubtem zu tun ist. Ob die hier zusammengestellten Texte etwas in Bewegung zu bringen, gar zu »helfen« vermögen, ist von der Situation, in der sie aufgenommen werden, unablösbar. Einem Schwerkranken gegenüber kann das Wort eines Angehörigen, eines Freundes, eines Pflegers, eines Arztes, eines Seelsor-

gers noch das einzige sein, das durchdringt und stützt – oder auch das wortlose, erleichternde Helfen, die Anwesenheit, der Blick.
Literarische Texte, wie sie diese Anthologie bietet, setzen voraus, daß man sich konzentriert auf sie einläßt. Das Thema, dem sie gelten, bedeutet vielleicht die größte Herausforderung, der sich Literatur stellen kann: gegen die Grenze, an der Leben zerstört wird, das Eigenleben des »bannenden« Wortes zu setzen.

Veda

Die Zeit

(vor 8. Jh. v. Chr.)

Es fährt die Zeit, ein Roß mit sieben Zügeln,
Mit tausend Augen, ewig, reich an Samen.
Dies Roß besteigen gottesvolle Sänger,
Die Räder, die es zieht, sind alle Welten.

Mit sieben Rädern, sieben Naben fährt sie,
Und die Unsterblichkeit ist ihre Achse.
Die Zeit führt herwärts diese Wesen alle
Und eilt dahin als allererste Gottheit.

Ein voller Krug wird von der Zeit getragen,
Wir sehen vielfach ihn und reich gestaltet.
Die Zeit, sie führt hinweg die Wesen alle;
Man nennt sie Schicksal in dem höchsten Himmel.

Die Zeit, sie hat die Himmel dort erschaffen,
Die Zeit, sie hat die Erden hier geboren.
Alles was ist, und alles was da sein wird,
Entfaltet sich, von ihr nur angetrieben.

Den Erdgrund hat die Zeit aus sich entlassen,
In ihr, der Zeit, glüht dort das Sonnenfeuer.
In ihr, der Zeit, nur kann das Auge sehen,
Ja, alle Wesen sind der Zeit verhaftet.

Simonides von Keos

Anakreons Grabschrift
(ca. 500 v. Chr.)

Dieses Grabmal decket Anakreon, ihn dem die Musen
Unvergänglichen Ruhm gaben, und süßen Gesang:
Seine Lieder atmeten Liebe, die Grazien lehrten
Und Aphrodita sie ihn und ihr geflügelter Sohn.
Nun ist er in Elisiums Tale! Mit Blicken der Ruhe
Sah er den Acheron, sah wie ihm die Sonne verlosch.
Dennoch netz ihm die Wange der Sehnsucht Träne, Likoris,
Auch in Elisiums Tal ist sie des Liebenden Wunsch.
Lethes Becher raubten dem Dichter die lieblichen Lieder
Nicht, und der Tartaros horcht seiner Leier Gesang.

Seneca

Epistulae morales ad Lucilium
(ca. 62 n. Chr.)

Am angenehmsten ist das sich zum Untergang neigende und dennoch nicht jäh absinkende Lebensalter; und selbst jenes, das an der Schwelle des Todes steht, hat, so meine ich, seine eigenen Freuden; oder es tritt gerade das an die Stelle der Freuden, sich nach keinen zu sehnen. Wie angenehm ist es, die Leidenschaften müde gemacht und hinter sich gelassen zu haben! »Peinlich ist es«, sagst Du, »den Tod vor Augen zu haben.« Erstens muß dieser dem Greis so wie dem Jüngling vor Augen sein – denn nicht nach Altersklassen werden wir aufgerufen; ferner ist niemand so alt, daß seine Hoffnung auf einen weiteren Tag unmäßig wäre. Ein Tag aber ist eine Stufe des Lebens. Das ganze Leben besteht aus Abschnitten in Form von größeren und kleineren konzentrischen Kreisen: Einer ist es, der alle übrigen umfaßt und umringt; dieser reicht vom Geburts- bis zum Todestag; es gibt einen zweiten, der die Jugendjahre einschließt; ein weiterer umspannt mit seinem Umfang die ganze Kindheit; hierauf folgt das Jahr als solches, welches alle Zeitabschnitte beinhaltet, aus deren Vervielfachung sich das Leben zusammensetzt; der Monat wird von einem engeren Kreis umgeben; den engsten Zirkel hat der Tag, doch auch dieser kommt vom Anfang zum Ende, vom Aufgang zum Untergang. Daher sagt Heraklit, dem die Dunkelheit seiner Sprache den Beinamen gegeben hat: »Ein Tag ist jedem gleich.« Das hat der eine so, der andere anders aufgefaßt. Der eine sagte nämlich, er sei gleich an Stunden, und er behauptet keine Unwahrheit; denn wenn der Tag die Zeit von 24 Stunden ist, sind alle Tage notwendigerweise einander gleich, da ja die Nacht das enthält, was der Tag verloren hat. Ein anderer sagt, ein Tag gleiche allen auf Grund der Ähnlichkeit; denn nichts enthält die längste Zeitspanne, was man nicht auch in einem Tag finden könnte, (d. h.) Licht und Dunkel; und auch für die einander abwechselnden Weltperioden macht der Tag, der bald kürzer ist, bald länger, dieses gleich, nicht anders.

Daher ist jeder Tag so einzurichten, als würde er die Reihe der Tage beschließen und das Leben vollenden und erfüllen. Pacuvius, der sich Syrien in der Ausübung seines Amtes zu eigen gemacht hat, wurde jedesmal, wenn er sich selbst mit Wein und Leichenschmaus ein Totenopfer dargebracht hatte, von der Tafel auf die Weise in sein Schlafgemach getragen, daß unter dem Beifall von Lustknaben folgendes zur Musikbegleitung gesungen wurde: βεβίωται, βεβίωται (»Das Leben ist zu Ende, das Leben ist zu Ende«). Es gab keinen Tag, an dem er sich nicht zu Grabe tragen ließ. Das, was jener aus schlechtem Gewissen tat, wollen wir aus gutem tun und vor dem Schlafengehen fröhlich und heiter sagen:

Ich hab gelebt und den Lauf, den das Schicksal gegeben, vollendet.

Den morgigen Tag, wenn Gott ihn hinzufügt, wollen wir freudig annehmen. Derjenige ist ein überglücklicher und sorgloser Besitzer seiner selbst, der das Morgen ohne ängstliche Unruhe erwartet; jeder, der abends gesagt hat, »ich habe gelebt«, steht täglich zu seinem Gewinn auf.

Michel de Montaigne

Philosophieren heißt sterben lernen (1571/1572)

Cicero sagt, Philosophieren sei nichts anderes, als sich auf den Tod vorbereiten. Zumal das Sinnen und Betrachten unsere Seele gleichsam von uns abwendet und ihr eine Tätigkeit jenseits unseres Körpers anweist, was gewissermaßen eine Vorübung und Abbild des Todes ist, oder weil alle Weisheit und alle Vernunft dieser Welt endlich in das eine Ziel ausmündet, uns den Tod nicht fürchten zu lehren. In der Tat, entweder treibt die Vernunft mit uns Spott, oder sie muß auf nichts als auf unsere Zufriedenheit trachten, und all ihr Streben muß am Ende darauf ausgehen, uns gütlich und fröhlich leben zu lassen, wie die Heilige Schrift sagt.[1] Alle Meinungen der Welt sind darin einstimmig, daß das Vergnügen unser Ziel sei, ob sie gleich verschiedene Wege dahin gehen; andernfalls würde man sie unbesehen verwerfen, denn wer würde wohl den anhören, der unsere Mühsal und Mißvergnügen zu seinem Ziel erhöbe?

... Nun ist aber eine der größten Wohltaten der Tugend die Verachtung des Todes, eine Gabe, die unser Leben mit einer sanften Ruhe beschert und uns seinen reinen und freundlichen Genuß gewährt, ohne den jede andere Wollust vergällt ist.

Dies ist es, warum alle Lehren sich in diesem Punkt treffen und übereinkommen. Und obgleich sie uns ebenfalls allesamt anleiten, den Schmerz, die Armut und andere Widerwärtigkeiten zu verachten, denen das menschliche Leben ausgesetzt ist: so tun sie es doch nicht mit gleichem Nachdruck, teils weil diese Unfälle nicht im gleichen Maße unausweichlich sind (die meisten Menschen bringen ihr Leben hin, ohne die Armut zu schmecken, und manche auch, ohne Schmerz und Krankheit zu leiden, wie Xenophilus der Musiker, der hundert und sechs Jahre in vollkommener Gesundheit lebte), teils auch, weil, wenn das Ärgste zum Argen kommt, der Tod alles enden und, wann es uns gefällt, allem andern Ungemach ein Ende setzen kann. Aber der Tod selbst, der ist unvermeidlich.

---

1 Prediger Salomo, III, 12.

Omnes eodem cogimur, omnium
Versatur urna: serius ocius
Sors exitura, et nos in aeternum
Exilium impositura cymbae.[2]

Und folglich, wenn er uns ängstet, ist er ein beständiger Gegenstand der Qual, die sich durch nichts lindern läßt. Da ist kein Ort, wo er uns nicht lauert; wir mögen den Blick ohne Unterlaß hierhin und dorthin wenden, wie in Feindesland: quae quasi saxum Tantalo semper impendet.[3] ...

Das Ziel unserer Laufbahn ist der Tod: er steht uns vor Augen, ob wir wollen oder nicht; wenn er uns erschreckt, wie ist es möglich, ohne Schaudern einen Schritt vorwärts zu tun? Der Ausweg des gemeinen Haufens ist, nicht an ihn zu denken. Aber aus welch viehischem Stumpfsinn kann ihm eine so sture Verblendung kommen? Er muß dazu den Esel am Schwanz aufzäumen.

Qui capite ipse suo instituit vestigia retro.[4]

Es ist kein Wunder, wenn er so oft in die eigene Falle geht. Man jagt unseren Leutchen Angst ein, wenn man den Tod nur nennt, und die meisten bekreuzigen sich davor, wie beim Namen des Leibhaftigen. Und weil in den Vermächtnissen seiner Erwähnung getan wird, so erwarte man nur nicht, daß sie Hand daran legen; ehe ihnen der Arzt das letzte Urteil gesprochen hat, und dann weiß Gott, wie durchdacht sie ihren letzten Willen zwischen Schmerzen und Entsetzen zusammenstümpern. Weil dieser Laut ihnen zu schroff an die Ohren schlug und das Wort ihnen unheilbringend klang, hatten sich die Römer darauf verlegt, es abzuschwächen oder in Umschreibungen zu verblümen. Statt zu sagen: er ist tot, sagten sie: er ist aus dem Leben gegangen, er hat ausgelebt. Wenn es nur Leben heißt, ob es gleich dahin sei, sie sind es zufrieden. ...

Man wird mir sagen, die Wirklichkeit lasse die Vorstellung so weit hinter sich zurück, daß auch die beste Fechtkunst versage, wenn es einmal so weit ist. Laßt sie reden: die Vorbesinnung gereicht ohne Zweifel zu

---

2 Wir alle werden zum selben Ende getrieben. Allen neigt sich die Urne; bald früher, bald später fällt uns das Los und führt uns der Nachen in die ewige Verbannung. (Horaz, Oden, II, III, 25)

3 Es hängt stets über uns wie des Tantalus Felsen. (Cicero, De finibus, I, 18)

4 Der sich in den Kopf gesetzt hat, rücklings zu schreiten. (Lukrez, IV, 472)

großem Vorteil. Und dann, ist es nichts, wenigstens bis dahin ohne Verstörung und Fieber zu gelangen? Doch mehr als das: die Natur selbst reicht uns die Hand und gibt uns Herz. Ist es ein schneller und gewaltsamer Tod, so haben wir keine Zeit, ihn zu fürchten; ist es ein anderer, so merke ich, daß ich, je tiefer ich in die Krankheit versinke, von selbst auch in eine gewisse Verachtung des Lebens eingehe. Ich finde, daß es mir ein weit härteres Unterfangen ist, diesen Entschluß, zu sterben, in voller Gesundheit zu verdauen, als wenn mich das Fieber schüttelt. Da ich um so weniger an den Gütern des Lebens hange, je mehr ich ihren Gebrauch und Genuß zu verlieren beginne, blicke ich seinem Verlust mit weit weniger entsetzten Augen entgegen. Das läßt mich hoffen, daß ich, je mehr ich mich vom Leben entferne und dem Tode nähere, um so viel leichter in den Tausch des einen gegen den anderen einwilligen werde. Ebenso, wie ich bei manchen andern Gelegenheiten erprobt habe, was Caesar sagt, daß die Dinge oft von fern viel größer aussehen als aus der Nähe: so habe ich auch gefunden, daß ich in gesunden Tagen die Krankheit in viel größerem Abscheu hielt, als wenn ich sie fühlte; mein Wohlbefinden, die Lebenslust und Kraft lassen mir den entgegengesetzten Zustand so maßlos dem gegenwärtigen zuwider erscheinen, daß meine Einbildung mir seine Unannehmlichkeiten um die Hälfte übertreibt und ich sie für lästiger halte, als ich sie finde, wenn ich sie einmal auf den Schultern habe. Mit dem Tode, hoffe ich, soll es mir ebenso ergehen.

Es ist ungewiß, wo der Tod unser wartet; erwarten wir ihn überall. Die Besinnung auf den Tod ist Besinnung auf die Freiheit. Wer sterben gelernt hat, der hat das Dienen verlernt. Sterben zu wissen, befreit uns von aller Unterwerfung und allem Zwang. Das Leben hat keine Übel mehr für den, der recht begriffen hat, daß der Verlust des Lebens kein Übel ist. . . .

Was kümmert es uns, wann das Ende kommt, da es nicht zu vermeiden ist? Als man zu Sokrates sagte: die dreißig Tyrannen haben dich zum Tode verurteilt; – und die Natur sie, erwiderte er. Welche Torheit, uns über den Zeitpunkt unserer Befreiung von aller Qual zu quälen.
Wie unsere Geburt für uns die Geburt aller Dinge war, so wird unser Tod uns der Tod aller Dinge sein. Darum ist es dieselbe Narrheit, darüber zu klagen, daß wir in hundert Jahren nicht mehr leben werden, wie darüber, daß wir vor hundert Jahren noch nicht lebten. Der Tod ist Be-

ginn eines andern Lebens. So weinten wir: so beschwerlich war es uns, in dieses einzutreten: so legten wir unsere alte Hülle ab, als wir eintraten. Nichts kann so arg sein, was nur einmal ist. Schickt es sich, eine so kurze Sache so lange zu fürchten? Langes Leben, kurzes Leben wird durch den Tod ganz einerlei ....

Niemand stirbt vor seiner Stunde. Was ihr an Zeit hinter euch laßt, kam euch ebensowenig zu wie die Zeit, die vor eurer Geburt verstrich, und berührt euch ebensowenig.
Wo immer euer Leben endet, da ist es ganz vollendet. Die Nützlichkeit des Lebens ist nicht in der Länge, sie ist im Gebrauch: mancher hat lange gelebt, der doch wenig gelebt hat; achtet darauf, so lange ihr da seid. Es liegt an eurem Willen, nicht an der Zahl der Jahre, daß ihr genug gelebt habet. Dachtet ihr denn nie da anzulangen, wohin ihr ohne Unterlaß unterwegs wart? und doch ist kein Weg, der nicht seinen Ausgang hätte. Und wenn Gesellschaft euch aufmuntern kann: geht nicht alle Welt denselben Gang, den ihr geht?

Omnia te vita perfuncta sequentur.[5]

Reist nicht alles eure Reise? Gibt es ein Ding, das nicht verwittert so gut wie ihr? Tausend Menschen, tausend Tiere und tausend andere Geschöpfe verenden im gleichen Augenblick, in dem ihr sterbt.

Nam nox nulla diem, neque noctem aurora sequuta est,
Quae non audierit mistos vagitibus aegris
Ploratus, mortis comites et funeris atri.[6]

Was frommt es euch, euch zu sperren, da ihr nicht zurückweichen könnt? Ihr habt deren genug gesehen, denen es wohl bekam, zu sterben, daß sie dadurch großem Elend entrannen. Aber habt ihr schon jemand gesehen, dem es übel bekam? Und doch ist es gar einfältig, etwas zu verdammen, das ihr weder durch eigene noch fremde Erfahrung kennt. Warum beschwerst du dich über mich und über dein Los? Tun wir dir unrecht? Ist es an dir, uns, oder an uns, dich zu leiten? Wenn auch dein Alter noch nicht vollendet wäre, dein Leben ist es. Ein kleiner Mensch ist ganzer Mensch, wie ein großer.

---

5 Alles schwindet, wenn dein Leben endet, dir nach. (Lukrez, III, 968)

6 Denn keine Nacht folgte dem Tag und kein Morgen der Nacht, der nicht vermischt mit kläglichem Kindergewimmer das Geheul der Totenklagen und der Leichenbegängnisse hörte. (Lukrez, II, 578)

Weder der Mensch noch sein Leben wird nach Ellen gemessen. Chiron schlug die Unsterblichkeit aus, da er vom Gott der Zeit und der Dauer, Saturn, seinem Vater, erfuhr, welche Bewandtnis es mit ihr habe. Stellt euch wahrhaft vor, wieviel unerträglicher und lästiger ein immerwährendes Leben dem Menschen wäre, als das Leben, das ich ihm gab. Hättet ihr nicht den Tod, ihr würdet mich unablässig verfluchen, ihn euch vorenthalten zu haben. Mit gutem Bedacht habe ich ein wenig Bitternis hinzugemischt, um zu verhindern, daß ihr, wenn ihr die Annehmlichkeit seines Gebrauchs bemerktet, zu gierig und ungestüm danach greifet. Um euch bei dieser Mäßigung zu halten, weder das Leben zu fliehen noch vor dem Tod zurückzuweichen, wie ich es von euch fordere, habe ich in sie beide Süße und Bitterkeit gemischt.
Ich lehrte den Thales, den ersten eurer Weisen, daß Leben und Sterben gleichviel sind: daher er dem, der ihn fragte, warum er denn nicht sterbe, mit großer Weisheit antwortete: Weil es gleichviel ist. Das Wasser, die Erde, die Luft und das Feuer und die andern Teile dieses meines Baues sind ebensogut Werkzeuge deines Todes wie deines Lebens. Warum fürchtest du deinen letzten Tag? Er trägt nicht mehr zu deinem Tode bei als jeder andere. Der letzte Schritt macht nicht die Müdigkeit: er tut sie nur kund. Alle Tage gehen zum Tode, der letzte langt an.

William Shakespeare

XIII. Sonett

(1594)

Wärst du doch wirklich dein! Doch was du bist,
Bist du so lang du lebst, dann ist's vorbei:
Denk an den Abschluß dieser kurzen Frist
Und gib dein Bild dem nächsten in der Reih!

Dann kann die Schönheit, dir nur dargeliehn,
Niemals zu Ende gehn: auf neue Art
Bleibst du du selbst, weil, mag dein Ich entfliehn,
ein holder Sproß dein holdes Bild bewahrt.

Verfallen lassen ein so schönes Haus,
Wenn man's bewahren kann und aufrecht halten
Vor Winters Wut, vor rauhem Sturmgebraus
Und vor dem dürren Tod, dem ewig kalten?

Du hattest einen Vater! – denk daran:
Sorg, daß dein Sohn das gleiche sagen kann!

Paul Fleming

Gedanken über der Zeit

(1642*)

Ihr lebet in der Zeit und kennt doch keine Zeit;
So wißt ihr Menschen nicht, von und in was ihr seid.
Dies wißt ihr, daß ihr seid in einer Zeit geboren
Und daß ihr werdet auch in einer Zeit verloren.
Was aber war die Zeit, die euch in sich gebracht?

Und was wird diese sein, die euch zu nichts mehr macht?
Die Zeit ist was und nichts, der Mensch in gleichem Falle.
Doch was dasselbe was und nichts sei, zweifeln alle.
Die Zeit, die stirbt in sich und zeugt sich auch aus sich.
Dies kömmt aus mir und dir, von dem du bist und ich.
Der Mensch ist in der Zeit; sie ist in ihm ingleichen,
Doch aber muß der Mensch, wenn sie noch bleibet, weichen.
Die Zeit ist, was ihr seid, und ihr seid, was die Zeit,
Nur daß ihr wenger noch, als was die Zeit ist, seid.
Ach daß doch jene Zeit, die ohne Zeit ist, käme
Und uns aus dieser Zeit in ihre Zeiten nähme,
Und aus uns selbsten uns, daß wir gleich könnten sein
Wie *der* itzt jener Zeit, die keine Zeit geht ein!

Christian Hofmann von Hofmannswaldau

Vergänglichkeit der Schönheit
(1695*)

Es wird der bleiche Tod mit seiner kalten Hand
Dir endlich mit der Zeit um deine Brüste streichen,
Der liebliche Korall der Lippen wird verbleichen;
Der Schultern warmer Schnee wird werden kalter Sand,

Der Augen süßer Blitz, die Kräfte deiner Hand,
Für welchen solches fällt, die werden zeitlich weichen:
Das Haar das itzund kann des Goldes Glanz erreichen,
Tilgt endlich Tag und Jahr als ein gemeines Band.

Der wohlgesetzte Fuß, die lieblichen Gebärden,
Die werden teils zu Staub, teils nichts und nichtig werden.
Dann opfert keiner mehr der Gottheit deiner Pracht.

Dies und noch mehr als dies muß endlich untergehen,
Dein Herze kann allein zu aller Zeit bestehen,
Dieweil es die Natur aus Diamant gemacht.

Gotthold Ephraim Lessing

Wie die Alten den Tod gebildet
(1769)

Wenn die Kunst also uns den personifizierten Begriff des Todes kenntlich machen will: durch was muß sie, durch was kann sie es anders tun, als dadurch, was dem Tode in allen möglichen Fällen zukömmt? Und was ist dieses sonst, als der Zustand der Ruhe und Unempfindlichkeit? Je mehr Zufälligkeiten sie ausdrücken wollte, die in einem einzeln Falle die Idee dieser Ruhe und Unempfindlichkeit entfernten, desto unkenntlicher müßte notwendig ihr Bild werden; falls sie nicht ihre Zuflucht zu einem beigesetzten Worte, oder sonst zu einem conventionalen Zeichen, welches nicht besser als ein Wort ist, nehmen, und sonach, bildende Kunst zu sein, aufhören will. Das hat der Dichter nicht zu fürchten. Für ihn hat die Sprache bereits selbst die abstrakten Begriffe zu selbständigen Wesen erhoben; und das nemliche Wort hört nie auf, die nemliche Idee zu erwecken, so viel mit ihm streitende Zufälligkeiten er auch immer damit verbindet. Er kann den Tod noch so schmerzlich, noch so fürchterlich und grausam schildern, wir vergessen darum doch nicht, daß es nur der Tod ist, und daß ihm eine so gräßliche Gestalt nicht vor sich, sondern bloß unter dergleichen Umständen zukömmt.
Tot sein, hat nichts Schreckliches, und in so fern Sterben nichts als der Schritt zum Totsein ist, kann auch das Sterben nichts Schreckliches haben. Nur so und so sterben, eben itzt, in dieser Verfassung, nach dieses oder jenes Willen, mit Schimpf und Marter sterben: kann schrecklich werden, und wird schrecklich. Aber ist es sodann das Sterben, ist es der Tod, welcher das Schrecken verursachte? Nichts weniger: der Tod ist von allen diesen Schrecken das erwünschte Ende, und es ist nur der Armut der Sprache zuzurechnen, wenn sie beide diese Zustände, den Zustand, welcher unvermeidlich in den Tod führet, und den Zustand des Todes selbst, mit einem und eben demselben Worte benennet. Ich weiß, daß diese Armut oft eine Quelle des Pathetischen werden kann, und der Dichter daher seine Rechnung bei ihr findet: aber dennoch verdienet diejenige Sprache ohnstreitig den Vorzug, die ein Pathetisches, das sich auf die Verwirrung so verschiedener Dinge gründet, verschmähet, indem sie dieser Verwirrung selbst durch verschiedene Benennungen vorbauet...

Gleichwohl ist es gewiß, daß diejenige Religion, welche dem Menschen zuerst entdeckte, daß auch der natürliche Tod die Frucht und der Sold der Sünde sei, die Schrecken des Todes unendlich vermehren mußte. Es hat Weltweise gegeben, welche das Leben für eine Strafe hielten; aber den Tod für eine Strafe zu halten, das konnte, ohne Offenbarung, schlechterdings in keines Menschen Gedanken kommen, der nur seine Vernunft brauchte.

Von dieser Seite wäre es also zwar vermutlich unsere Religion, welche das alte heitere Bild des Todes aus den Grenzen der Kunst verdrungen hätte! Da jedoch eben dieselbe Religion uns nicht jene schreckliche Wahrheit zu unserer Verzweiflung offenbaren wollen; da auch sie uns versichert, daß der Tod der Frommen nicht anders als sanft und erquikkend sein könne: so sehe ich nicht, was unsere Künstler abhalten sollte, das scheußliche Gerippe wiederum aufzugeben, und sich wiederum in den Besitz jenes bessern Bildes zu setzen. Die Schrift redet selbst von einem Engel des Todes: und welcher Künstler sollte nicht lieber einen Engel, als ein Gerippe bilden wollen?
Nur die mißverstandene Religion kann uns von dem Schönen entfernen: und es ist ein Beweis für die wahre, für die richtig verstandene wahre Religion, wenn sie uns überall auf das Schöne zurückbringt.

Friedrich Hölderlin

Hyperions Schicksalslied
(1796–1798)

Ihr wandelt droben im Licht
  Auf weichem Boden, selige Genien!
    Glänzende Götterlüfte
      Rühren euch leicht,
        Wie die Finger der Künstlerin
          Heilige Saiten.

Schicksallos, wie der schlafende
  Säugling, atmen die Himmlischen;
    Keusch bewahrt
      In bescheidener Knospe,
        Blühet ewig
          Ihnen der Geist,
            Und die seligen Augen
              Blicken in stiller
                Ewiger Klarheit.

Doch uns ist gegeben
  Auf keiner Stätte zu ruhn,
    Es schwinden, es fallen
      Die leidenden Menschen
        Blindlings von einer
          Stunde zur andern,
            Wie Wasser von Klippe
              Zu Klippe geworfen,
                Jahr lang ins Ungewisse hinab.

Johann Wolfgang von Goethe

Hermann und Dorothea
(1797)

Lächelnd sagte der Pfarrer: Des Todes rührendes Bild steht,
Nicht als Schrecken dem Weisen, und nicht als Ende dem Frommen.
Jenen drängt er ins Leben zurück, und lehret ihn handeln;
Diesem stärkt es, zu künftigem Heil, im Trübsal die Hoffnung;
Beiden wird zum Leben der Tod. Der Vater mit Unrecht
Hat dem empfindlichen Knaben den Tod im Tode gewiesen.
Zeige man doch dem Jüngling des edel reifenden Alters
Wert, und dem Alter die Jugend, daß beide des ewigen Kreises
Sich erfreuen und so sich Leben im Leben vollende!

Friedrich Schiller

Nänie

(1799)

Auch das Schöne muß sterben! Das Menschen und Götter bezwinget,
   Nicht die eherne Brust rührt es des stygischen Zeus.
Einmal nur erweichte die Liebe den Schattenbeherrscher,
   Und an der Schwelle noch, streng, rief er zurück sein Geschenk.
Nicht stillt Aphrodite dem schönen Knaben die Wunde,
   Die in den zierlichen Leib grausam der Eber geritzt.
Nicht errettet den göttlichen Held die unsterbliche Mutter,
   Wann er, am skäischen Tor fallend, sein Schicksal erfüllt.
Aber sie steigt aus dem Meer mit allen Töchtern des Nereus,
   Und die Klage hebt an um den verherrlichten Sohn.
Siehe! Da weinen die Götter, es weinen die Göttinnen alle,
   Daß das Schöne vergeht, daß das Vollkommene stirbt.
Auch ein Klagelied zu sein im Mund der Geliebten, ist herrlich.
   Denn das Gemeine geht klanglos zum Orkus hinab.

Jeremias Gotthelf

Uli der Pächter
(1847)

Das Wort ist unendlich mächtiger als das Schwert, und wer es zu führen weiß in starker, weiser Hand, ist mächtiger als der mächtigste aller Könige. Wenn die Hand erstirbt, die das Schwert geführt, wird das Schwert mit der Hand begraben, und wie die Hand in Staub zerfällt, so wird vom Rost das Schwert verzehrt. Aber wenn im Tode der Mund sich schließt, aus dem das Wort gegangen, bleibt frei und lebendig das Wort; über dasselbe hat der Tod keine Macht, ins Grab kann es nicht verschlossen werden, und wie man die Knechte Gottes schlagen mag in Banden und Ketten, frei bleibt das Wort Gottes, welches aus ihrem Munde gegangen.

Elizabeth Barrett-Browning

(1847)

Du hast, mein Dichter, alle Macht zu rühren
An Gottes äußersten und letzten Kreis
Und aus des Weltalls breitem Brausen leis
Ein Lied zu lösen und es hinzuführen

Durch klare Stille. Deine Heilkunst weiß
Ein Gegengift zu finden, dessen Kraft
Selbst Aufgegebene noch rätselhaft
Zu retten scheint. Gott gab dir das Geheiß

Dieses zu tun, so wie er mir befahl
Zu tun nach deinem Wort. Was soll ich sein:
Vergangnes oder Kommendes, daß dein
Gesang es grüße oder es beweine?
Ein Schatten, der dich mahnt an Palmenhaine?
Ein Grab, dabei du ruhst? – Du hast die Wahl.

Übertragen von Rainer Maria Rilke

Arthur Schopenhauer

Parerga und Paralipomena
(1851)

§ 139

Die *Gegenwart* hat zwei Hälften: eine *objektive* und eine *subjektive*. Die objektive allein hat die Anschauung der *Zeit* zur Form und rollt daher unaufhaltsam fort: die subjektive steht fest und ist daher immer die selbe. Hieraus entspringt unsere lebhafte Erinnerung des längst Vergangenen und das Bewußtseyn unserer Unvergänglichkeit, trotz der Erkenntniß der Flüchtigkeit unseres Daseyns.
Aus meinem Anfangs-Satz »die Welt ist meine Vorstellung« folgt zunächst: »erst bin ich und dann die Welt.« Dies sollte man wohl festhalten, als Antidoton gegen Verwechselung des Todes mit der Vernichtung. Jeder denke, daß sein innerster Kern etwas ist, das die *Gegenwart* enthält und mit sich herumträgt.
Wann immer wir auch leben mögen; stets stehn wir, mit unserm Bewußtseyn, im Centro der Zeit, nie an ihren Endpunkten, und können daraus abnehmen, daß Jeder den unbeweglichen Mittelpunkt der ganzen unendlichen Zeit in sich selbst trägt. Dies ist es auch im Grunde, was ihm die Zuversicht giebt, mit der er ohne beständige Todesschauer dahinlebt. Wer nun aber, vermöge der Stärke seiner Erinnerung und Phantasie, sich das längst Vergangene seines eigenen Lebenslaufs am lebhaftesten vergegenwärtigen kann, der wird sich der *Identität des jetzt in aller Zeit* deutlicher, als die Andern, bewußt. Vielleicht sogar gilt dieser Satz richtiger umgekehrt. Jedenfalls aber ist ein solches deutlicheres Bewußtseyn der Identität alles Jetzt ein wesentliches Erforderniß zur philosophischen Anlage. Mittelst seiner faßt man das Allerflüchtigste, das Jetzt, als das allein Beharrende auf. Wer nun auf solche intuitive Weise inne wird, daß die *Gegenwart*, welche doch die alleinige Form aller Realitat, im engsten Sinne, ist, ihre Quelle *in uns* hat, also von innen, nicht von außen quillt, der kann an der Unzerstörbarkeit seines eigenen Wesens nicht zweifeln. Vielmehr wird er begreifen, daß bei seinem Tode zwar die objektive Welt, mit dem Medio ihrer Darstellung, dem Intellekt, für ihn untergeht, Dies aber sein Daseyn nicht anficht: denn es war

eben so viel Realität innerhalb, wie außerhalb. Er wird mit vollem Verständniß sagen: εγο ειμι παν το γεγονος, και ον, και εσομενον [Ich bin alles, was war und ist und sein wird: Inschrift des Isistempels zu Sais.] …

Hugo von Hofmannsthal

Manche freilich …

(1895)

Manche freilich müssen drunten sterben,
Wo die schweren Ruder der Schiffe streifen,
Andre wohnen bei dem Steuer droben,
Kennen Vogelflug und die Länder der Sterne.

Manche liegen immer mit schweren Gliedern
Bei den Wurzeln des verworrenen Lebens,
Andern sind die Stühle gerichtet
Bei den Sibyllen, den Königinnen,
Und da sitzen sie wie zu Hause,
Leichten Hauptes und leichter Hände.

Doch ein Schatten fällt von jenen Leben
In die anderen Leben hinüber,

Und die leichten sind an die schweren
Wie an Luft und Erde gebunden:

Ganz vergessener Völker Müdigkeiten
Kann ich nicht abtun von meinen Lidern,
Noch weghalten von der erschrockenen Seele
Stummes Niederfallen ferner Sterne.

Viele Geschicke weben neben dem meinen,
Durcheinander spielt sie alle das Dasein,
Und mein Teil ist mehr als dieses Lebens
Schlanke Flamme oder schmale Leier.

Marcel Proust

Die wiedergefundene Zeit
(1908–1913)

Die Idee des Todes nistete sich endgültig in mir ein wie eine Liebe. Nicht daß ich den Tod etwa liebte, ich haßte ihn vielmehr. Aber nachdem ich zweifellos von Zeit zu Zeit an ihn gedacht hatte wie an eine Frau, die man noch nicht liebt, haftete das Denken an ihn jetzt so vollständig in der tiefsten Schicht meines Gehirns, daß ich mich mit keiner Sache beschäftigen konnte, ohne daß diese erst durch die Idee des Todes hindurchgegangen wäre, und selbst wenn ich mich mit nichts beschäftigte und mich völliger Ruhe hingab, leistete mir die Idee des Todes so unaufhörlich Gesellschaft wie die Vorstellung von meinem Ich ...

Wenn dieser Begriff der entschwundenen Zeit, der vorübergegangenen und doch nicht von uns getrennten Jahre das war, was ich jetzt so deutlich herauszuarbeiten gedachte, so lag es daran, daß ich in diesem Augenblick im Palais des Prinzen von Guermantes das Geräusch der Schritte meiner Eltern, die Monsieur Swann hinausgeleiteten, das aufschnellende, scheppernde, rastlose, schrille, muntere Läuten der kleinen Glocke, das mir den endlich erfolgten Aufbruch Monsieur Swanns und das baldige Eintreten Mamas in mein Zimmer verkündete, noch im Ohr hatte, diese Geräusche selbst, obwohl sie schon so weit in der Vergangenheit lagen. Da aber fühlte ich mich bei dem Gedanken an alle Ereignisse, die sich unabweislich zwischen den Augenblick, in dem ich jene vernommen hatte, und die Matinee bei den Guermantes schoben, dadurch erschreckt, daß dieses Glöckchen immer noch in mir ertönte, ohne daß ich irgend etwas an seiner grellen Stimme hätte ändern können, da ich in Ermangelung einer unmittelbaren Erinnerung daran, wie diese Stimme früher schließlich verklungen war, es erst von neuem lernen und, um es recht zu hören, mich bemühen mußte, den Ton der Unterhaltungen, die die Masken rings um mich her führten, aus meinem Ohr zu verbannen. Um diese Stimme möglichst aus größerer Nähe zu hören, war ich gezwungen, tiefer in mich selbst hinabzusteigen. Also lag dieses Klingen immer noch in mir und zudem zwischen ihm und dem gegenwärtigen Augenblick die ganze, unendlich breit entfaltete Vergan-

genheit, von der ich gar nicht wußte, daß ich sie in mir trug. Als das Glöckchen geläutet hatte, existierte ich schon, seither aber durfte, wenn ich seinen Klang noch vernehmen sollte, keine Zerstörung der Kontinuität eintreten, ich durfte nicht einen Augenblick lang aufhören zu existieren, zu denken, meiner selbst mir bewußt zu sein, da dieser Moment von einst noch an mir festhaftete und ich noch wieder in ihn zurückkehren konnte allein dadurch, daß ich mich tiefer in mich hinabbegab. Weil aber die Menschen in dieser Weise noch alle Stunden der Vergangenheit enthalten, können sie denen, die sie lieben, so viel Leid antun, denn damit hegen sie in ihrem Innern auch viele Erinnerungen an Freuden und Wünsche, die für sie schon ausgelöscht sind, aber so grausam noch für den, der den geliebten Leib, um dessentwillen er an Eifersucht krankt – an einer solchen Eifersucht, daß er seine Zerstörung wünscht – betrachtet und in seiner gesamten Erstreckung über die Ebene der Zeit erblickt. Denn nach dem Tode zieht die Zeit sich aus dem Körper zurück, und die schon so gleichgültig gewordenen, blassen Erinnerungen sind nun von der, die nicht mehr ist, fortgewischt und werden es bald auch von dem sein, den sie noch immer quälen, in dem aber endlich auch sie einmal sterben werden, wenn das Verlangen nach einem lebendigen Leib sie nicht mehr unterhält.
Ein Gefühl der Ermüdung und des Grauens befiel mich bei dem Gedanken, daß diese ganze so lange Zeit nicht nur ohne Unterbrechung von mir gelebt, gedacht und wie ein körperliches Sekret abgelagert worden, und daß sie mein Leben, daß sie ich selber war, sondern, daß ich sie auch noch jede Minute bei mir festhalten mußte, daß sie mich, der ich auf ihrem schwindelnden Gipfel hockte und mich nicht rühren konnte, ohne sie ins Gleiten zu bringen, gewissermaßen trug. Das Datum, zu dem ich das Geräusch des Glöckchens an der Gartentür in Combray gehört hatte, jenen Klang, der jetzt so fern und dennoch in mich eingebettet war, bildete einen Markstein in dieser unendlichen Weite, von deren Vorhandensein in mir ich im Grunde nichts geahnt. Es schwindelte mir, wenn ich unter mir und trotz allem in mir, als sei ich viele Meilen hoch, so viele Jahre erblickte.
Ich begriff jetzt, weshalb der Herzog von Guermantes – an dem ich, als ich ihn auf seinem Stuhl sitzen sah, bewundert hatte, wie wenig er, obwohl er mehr Jahre als ich unter sich hatte, gealtert schien – als er sich erhob und stehenbleiben wollte, schwankend und nur mit Mühe sich auf versagenden Beinen hielt (wie einer jener alten Erzbischöfe, an denen nichts mehr festen Bestand zu haben scheint als das metallene Kreuz,

um die aber muntere junge Seminaristen sich drängen) und nur zitternd wie ein Blatt sich noch vorwärtsbewegte auf dem unwegsamen Gipfel seiner dreiundachtzig Jahre, als ob die Menschen alle auf lebendigen, unaufhörlich wachsenden, manchmal mehr als kirchturmhohen Stelzen hockten, die schließlich das Gehen für sie beschwerlich und gefahrvoll machten, bis sie plötzlich von ihnen herunterfielen.[1] Ich erschrak, weil die meinen bereits so lang waren unter meinen Schritten; es kam mir nicht so vor, als werde ich stark genug sein, noch lange die Vergangenheit bei mir festzuhalten, die nun schon unter mir so weit hinunterreichte. Wenigstens würde ich, wenn mir noch Kraft genug bliebe, um mein Werk zu vollenden, in ihm die Menschen (und wenn sie daraufhin auch wahren Monstren glichen) als Wesen beschreiben, die neben dem so beschränkten Anteil an Raum, der für sie ausgespart ist, einen im Gegensatz dazu unermeßlich ausgedehnten Platz – da sie ja gleichzeitig wie Riesen, die, in die Tiefe der Jahre getaucht, ganz weit auseinanderliegende Epochen streifen, zwischen die unendlich viele Tage geschoben sind – einnehmen in der ZEIT.

1 Kommt es wohl daher, daß das Antlitz der Menschen, die ein gewisses Alter erreicht haben, selbst in den Augen des Ahnungslosesten so unmöglich mit dem eines jungen Mannes zu verwechseln ist und nur durch einen wie Bewölkung darüber gebreiteten Ernst hindurch sichtbar wird?

Rainer Maria Rilke

Erste Duineser Elegie
(1912)

...
Freilich ist es seltsam, die Erde nicht mehr zu bewohnen,
kaum erlernte Gebräuche nicht mehr zu üben,
Rosen, und andern eigens versprechenden Dingen
nicht die Bedeutung menschlicher Zukunft zu geben;
das, was man war in unendlich ängstlichen Händen,
nicht mehr zu sein, und selbst den eigenen Namen
wegzulassen wie ein zerbrochenes Spielzeug.
Seltsam, die Wünsche nicht weiterzuwünschen. Seltsam,
alles, was sich bezog, so lose im Raume
flattern zu sehen. Und das Totsein ist mühsam
und voller Nachholn, daß man allmählich ein wenig
Ewigkeit spürt. – Aber Lebendige machen
alle den Fehler, daß sie zu stark unterscheiden.
Engel (sagt man) wüßten oft nicht, ob sie unter
Lebenden gehn oder Toten. Die ewige Strömung
reißt durch beide Bereiche alle Alter
immer mit sich und übertönt sie in beiden.
...

Juan Ramón Jiménez

Die endgültige Reise
(zw. 1913 und 1923)

Und ich werde gehen. Und die Vögel werden bleiben
und singen;
und bleiben wird mein Garten, mit seinem grünen Baum
und seinem weißen Brunnen.

Jeden Abend wird der Himmel blau und friedlich sein,
und läuten werden, wie heute abend,
die Glocken vom Kirchturm.

Sterben werden jene, die mich liebten;
und das Dorf wird neu jedes Jahr;
und in jener Ecke meines weißblühenden Gartens
wird mein Geist heimwehtrunken umherirren ...

Und ich werde gehen; und ich werde allein sein, ohne Heim,
ohne grünen Baum, ohne weißen Brunnen,
ohne blauen und friedlichen Himmel ...
Und die Vögel werden bleiben und singen.

Robert Walser

Denke dran
(1914)

Denke dran, wie du dich freutest über das süße, junge Grün im Frühjahr, wie du über den silberweißen und himmelblauen See entzückt warst, wie du die Berge grüßtest, wie du alles so schön fandest, was dir begegnete und dem du begegnetest, wie eine herrliche ungestörte Freiheit dich umschlang und wie du glücklich warst in der Umarmung, wie du heiter in den Tag hineinlebtest, den schönen lieben, hellen Tag genossest, wie in den warmen Nächten dich der Mond wie ein Bruder anschaute, auf den du alles Vertrauen und allen Glauben warfest, wie die vielen Stunden so unmerklich dahinglitten, wie die Lustboote auf dem Wasser schaukelten, als sei das Wasser verliebt ins Tragen und empfinde eine unsägliche Wonne am Heben und am Stillsein dabei; wie der alte treue Berg sich so still verhielt und wie die weißen Wolken wie lodernde Flammen hinten aus dem Gebirge in den Himmel stiegen, wie die Leute auf der bald taghellen bald nächtlich dunklen Straße dich so freundlich grüßten, als seiest du ihr Freund, der du ihnen doch gänzlich unbekannt sein mußtest, wie die Dörfer mit ihren behaglichen Häusern und mit ihren üppigen, in süßer, reicher Unordnung prangenden Gärten dalagen, als wenn sie von uralten Zeiten träumten, wie das Gras und das Korn so gutmütig und so reizend reiften; wie der Hügel sich krümmte, und wie die Niederung zart verlief, wie im Walde dich eine unnennbare klostergleiche Ruhe und Stille empfing, als solltest du meinen, im Reiche der Größe und der Vergessenheit umherzuwandeln, und wie die lieben zarten Vögel im Walde sangen, daß du sogleich, wenn du den Gesang hörtest, stillstehen und horchen mußtest, daß es dich betroffen machte, wie wenn du die Stimme der Ewigkeit vernähmst; wie dich das Kind auf dem Arm seiner Mutter rührte, wie du einen alten Mann auf dem Totenbett sahst, und wie es dein Vater war, der tot dalag, der zu den schweigenden Toten gegangen war – denke dran, denke dran. Vergiß, vergiß es nicht. Vergiß nicht das Süße und vergiß nicht das Schwere. Wenn dich eine Gleichgültigkeit und Lieblosigkeit ankommen will, so spanne dein Gedächtnis an und denke an all das Schöne, denke an all das Schwere. Denke, daß es ein Leben gibt, und daß es einen Tod gibt, denke, daß es Seligkeiten gibt, und daß es Gräber gibt. Sei nicht vergeßlich, sondern denke dran!

Pablo Neruda

Schiff der Abschiede
(1922)

Aus der Ewigkeit kommen unsichtbare Seefahrer und führen mich durch unbekannte Meere, durch seltsame Atmosphären. Der tiefe Raum hat meine Reisen aufgenommen, die nie enden. Mein Kiel hat die bewegliche Masse schimmernder Eisberge durchbrochen, die mit ihren bestäubten Körpern die Wege verstellen wollten. Danach fuhr ich durch Nebelmeere, die ihren Dunst ausbreiteten zwischen Sternen, anderen, klareren als die Erde. Danach durch weiße Meere, durch rote Meere, die meinen Helm färbten mit ihren Farben und ihren Nebeln. Bisweilen kreuzten wir die reine Atmosphäre, eine dichte, leuchtende Atmosphäre, die mein Segel benetzte und es strahlend machte wie eine Sonne. Lange Zeit hielten wir in Ländern, beherrscht von Wasser oder vom Wind. Und eines immer unerwarteten Tages lichteten meine unsichtbaren Seefahrer die Anker, und der Wind blähte meine strahlenden Segel. Und wieder das weglose Unendliche, die Sternatmosphären, offen über unermeßlich einsamen Ebenen.

Ich kam an auf der Erde, sie verankerten mich in einem Meer, dem grünsten unter einem blauen Himmel, den ich nicht kannte. An den grünen Kuß der Wellen gewöhnt, ruhen meine Anker auf dem goldenen Sand des Meergrunds, spielen mit der verzwickten Flora seiner Tiefe, tragen die weißen Sirenen, die an langen Tagen auf ihnen reiten.

Meine hohen, geraden Masten sind der Sonne befreundet, dem Mond und der liebenden Luft, die sie erprobt. Vögel, die nie gesehen haben, verweilen auf ihnen nach einem Pfeilflug, ziehen Linien in den Himmel, entfernen sich für immer. Ich begann diesen Himmel, dieses Meer zu lieben. Ich begann diese Menschen zu lieben ...

Aber eines Tages, dem unerwartetsten, kommen meine unsichtbaren Seefahrer wieder. Sie werden meine Anker lichten, die sich zwischen den Algen des tiefen Wassers langweilen, sie werden meine strahlenden Segel füllen mit Wind ...

Und wieder das weglose Unendliche, die roten und die weißen Meere, die sich ausbreiten zwischen anderen, ewig einsamen Sternen.

Thomas Mann

Der Zauberberg
(1924)

Die Zeit, die nicht von der Art der Bahnhofsuhren ist, deren großer Zeiger ruckweise, von fünf zu fünf Minuten fällt, sondern eher von der jener ganz kleinen Uhren, deren Zeigerbewegung überhaupt untersichtig bleibt, oder wie das Gras, das kein Auge wachsen sieht, ob es gleich heimlich wächst, was denn auch eines Tages nicht mehr zu verkennen ist; die Zeit, eine Linie, die sich aus lauter ausdehnungslosen Punkten zusammensetzt (wobei der unselig verstorbene Naphta wahrscheinlich fragen würde, wie lauter Ausdehnungslosigkeiten es anfangen, eine Linie hervorzubringen): die Zeit also hatte in ihrer schleichend untersichtlichen, geheimen und dennoch betriebsamen Art fortgefahren, Veränderungen zu zeitigen. ...

Du gehst und gehst ... du wirst von solchem Gange niemals zu rechter Zeit nach Hause zurückkehren, denn du bist der Zeit und sie ist dir abhanden gekommen. O Meer, wir sitzen erzählend fern von dir, wir wenden dir unsere Gedanken, unsre Liebe zu, ausdrücklich und laut anrufungsweise sollst du in unserer Erzählung gegenwärtig sein, wie du es im stillen immer warst und bist und sein wirst ... Sausende Öde, blaß hellgrau überspannt, voll herber Feuchte, von der ein Salzgeschmack auf unseren Lippen haftet. Wir gehen, gehen auf leicht federndem, mit Tang und kleinen Muscheln bestreutem Grunde, die Ohren eingehüllt vom Wind, von diesem großen, weiten und milden Winde, der frei und ungehemmt und ohne Tücke den Raum durchfährt und eine sanfte Betäubung in unserem Kopfe erzeugt, – wir wandern, wandern und sehen die Schaumzungen der vorgetriebenen und wieder rückwärts wallenden See nach unseren Füßen lecken. Die Brandung siedet, hell-dumpf, aufprallend rauscht Welle auf Welle seidig auf den flachen Strand, – so dort wie hier und an den Bänken draußen, und dieses wirre und allgemeine, sanft brausende Getöse sperrt unser Ohr für jede Stimme der Welt. Tiefes Genügen, wissentlich Vergessen ... Schließen wir doch die Augen, geborgen von Ewigkeit! Nein, sieh, dort in der schaumig grau-grünen Weite, die sich in ungeheueren Verkürzungen zum Horizont verliert,

dort steht ein Segel. Dort? Was ist das für ein Dort? Wie weit? Wie nah? Das weißt du nicht. Auf schwindelige Weise entzieht es sich deinem Urteil. Um zu sagen, wie weit dies Schiff vom Ufer entfernt ist, müßtest du wissen, wie groß es an sich selber als Körper ist. Klein und nahe oder groß und fern? In Unwissenheit bricht sich dein Blick, – denn aus dir selber sagt kein Organ und Sinn dir über den Raum Bescheid ... Wir gehen, gehen, – wie lange schon? Wie weit? Das steht dahin. Nichts ändert sich bei unserem Schritt, dort ist wie hier, vorhin wie jetzt und dann; in ungemessener Monotonie des Raumes ertrinkt die Zeit, Bewegung von Punkt zu Punkt ist keine Bewegung mehr, wenn Einerleiheit regiert, und wo Bewegung nicht Bewegung ist, ist keine Zeit.
Die Lehrer des Mittelalters wollten wissen, die Zeit sei eine Illusion, ihr Ablauf in Ursächlichkeit und Folge nur das Ergebnis einer Vorrichtung unsrer Sinne und das wahre Sein der Dinge ein stehendes Jetzt. War er am Meere spaziert, der Doktor, der diesen Gedanken zuerst empfing, – die schwache Bitternis der Ewigkeit auf seinen Lippen? Wir wiederholen jedenfalls, daß es Ferienlizenzen sind, von denen wir da sprechen, Phantasien der Lebensmuße, von denen der sittliche Geist so rasch gesättigt ist, wie ein rüstiger Mann vom Ruhen im warmen Sand. An den menschlichen Erkenntnismitteln und -formen Kritik zu üben, ihre reine Gültigkeit fraglich zu machen, wäre absurd, ehrlos, widersacherisch, wenn je ein anderer Sinn damit verbunden wäre als derjenige, der Vernunft Grenzen anzuweisen, die sie nicht überschreitet, ohne sich der Vernachlässigung ihrer eigentlichen Aufgaben schuldig zu machen.

Klabund

Wenn ich gehe zu Gott
(1926*)

Wenn ich gehe zu Gott,
Trag ich in Händen das Wort.
Nimm es zurück! Ich tat,
Was du erwähltest, mit ihm:
Tötete mit dem Wort,
Zeugete mit dem Wort,
Nimm es zurück! Und schaff
Leicht mir die Hände und leer.
Müde werd ich der Macht.
Kränze klingen zur Stirn.
Um meine Schläfen der Schlaf
Rührt die Flügel bereits.
War am Anfang das Wort,
Ist es am Ende nun:
Logos lebt. Er erhellt
Wunder, Wesen und Welt.

Joachim Ringelnatz

Was dann?

(ca. 1930)

Wo wird es bleiben,
Was mit dem letzten Hauch entweicht?
Wie Winde werden wir treiben –
Vielleicht!

Werden wir reinigend wehen?
Und kennen jedes Menschen Gesicht.
Und jeder darf durch uns gehen,
Erkennt aber uns nicht.

Wir werden drohen und mahnen
Als Sturm,
Und lenken die Wetterfahnen
Auf jedem Turm.

Ach, sehen wir die dann wieder,
Die vor uns gestorben sind?
Wir, dann ungreifbarer Wind?
Richten wir auf und nieder
Die andern, die nach uns leben?

Wie weit wohl Gottes Gnade reicht.
Uns alles zu vergeben?
Vielleicht? – Vielleicht!

Josef Weinheber

Als ich noch lebte ...

(1941*)

Als ich noch lebte, lag mir das Gewand
des Körpers um wie eine Last, nicht schön
genug erschien mein Wandel, jeder Narr
vermaß sich des Gerichts, der Schwächste noch,
scheeläugiger Bezichtigung nie gram,
erheuchelte an meinem Tun zuletzt
sich seine Tugend, rettete sein Nichts
vor meinem All mit Hinweis auf mein Herz,
das schwach war und geneigt verstehendem Gift ..

Wie zitterte, als ich noch lebte, dies
beklommne Etwas in der Brust, von Furcht
zu Furcht gepeitscht, und tiefer Jahr um Jahr
in Trauer fallend, mitvererbter Schuld
in gleichem Maß anheimgegeben wie
gehäufter Unbill, Menschennot und Krieg,
anheim dem Kummer um die Sprache, die
geschlagen floh, als ich noch lebte, ganz
geschlagen, so, daß keine Zuflucht mehr
sich bot, den Schmerz zu messen, keine Wahl
gestattet war und in das Tier hinab,
das röchelnde, der edle Ruf verfiel ..

Ist von des Sterbens letztem Krampf, der Qual,
die ihm vorausging (allem Menschsein gleich
nahm ich das Kreuz auf mich), ist von dem Tod
noch ein Erinnern? Was so wichtig schien,
als ich noch lebte, bloß ein Augenblick
im Rauschen der Äone, farblos steht
und fern dies Ungefähr im Nachgefühl
des Spätgebornen, der mit meinem Geist
hier Zwiesprach hält, als wäre nichts geschehn
inzwischen: millionenfacher Tod

nach meinem, millionenmal das Leid,
entzündet und verlöscht, und fortgesetzt
menschlicher Würde Kränkung, fortgesetzt
der Täter wilder Irrtum nicht geschehn . .

Wie lange bin ich tot? Wie lange schon
zu kränken nicht in jenem Reich, vor dem
die Brust, als ich noch lebte, Bangen trug?
Ich weiß es nicht. Die mörderische Zeit,
so furchtbar dem, der selbst noch zeitlich ist,
erstarb dem Geist. Der Toten schwebend Maß
ist meins und unzerstörbar hier wie dort.

Von gottgeweihtem Port ist mir erlaubt
zu reden, und es bleibt die Sprache nun
mein ein- und alles. Wie die Toten ja
erst rein die Sprache haben und in ihr
verherrlicht sind. Ich sehne mich nicht mehr
nach andrem. Hier ist Dauer. Hier erst bin
ich sicher mein. Kein klobiger Pirat
verrückt mir mehr den Satz von seinem Ort,
Blut ward Rubin und Träne Diamant,
und aus dem armen Erdenangesicht
wuchs ein Gestirn, verklärend Tag und Traum.

Wer lebte so wie ich? Und pochte so
mit hartem Knöchel an die Wand der Welt
und hätte gegen jede Zeit wie ich
sein randvoll Recht? Als ich noch lebte, mußt'
ich zu den Blumen gehn. Vorüber jetzt.
Von höherer Macht zur Herrschaft eingesetzt,
besteh ich auf der Macht:
Ich lebe fort.
Dort war es Nacht. Hier nicht. Hier ist das Wort.

Else Lasker-Schüler

Mein Herz ruht müde
(1943*)

Mein Herz ruht müde
Auf dem Samt der Nacht
Und Sterne legen sich auf meine Augenlide .....

Ich fließe Silbertöne der Etüde ---
Und bin nicht mehr und doch vertausendfacht.
Und breite über unsere Erde: Friede.

Ich habe meines Lebens Schlußakkord vollbracht –
bin still verschieden – wie es Gott in mir erdacht:
Ein Psalm erlösender – damit die Welt ihn übe.

Herman Broch

Der Tod des Vergil
(1943/1944)

»Festgehalten? festhalten ... oh, festhalten ... ja, alles habe ich festhalten wollen, alles was geschehen ist, alles was geschieht ... und so hat es nicht gelingen können.«
»Es ist dir gelungen, mein Vergil.«
»Ungeduldig war ich nach Erkenntnis ... und darum wollte ich alles aufschreiben ... denn das ist Dichtung; ach, Ungeduld nach Erkenntnis ist sie, dies ist ihr Wunsch, und darüber hinaus vermag sie nicht zu dringen ...«
»Ich stimme dir bei, Vergil, das ist Dichtung; sie umfaßt alles Leben, und darum ist sie göttlich.«
Der Cäsar begriff nicht, niemand begriff die Wahrheit, niemand wußte um die Schein-Göttlichkeit der Schönheit, um das Vor-Göttliche göttlichen Anscheins.
»Zur Erkenntnis des Lebens bedarf es nicht der Dichtung, o Cäsar ... für den römischen Raum, für die römische Zeit, wie du es nanntest, sind mir Sallust und Livius maßgebender als meine Gesänge, und mag ich auch ein Bauer sein, oder richtiger, hätte ich auch einer sein können, ein Werk wie das des verehrungswürdigen Varro ist für die Erkenntnis des Landbaues unendlich wichtiger als meine Georgica ... was bedeuten wir Dichter daneben! ich will keinen meiner Berufskollegen herabsetzen, doch mit bloßen Verherrlichungen ist nichts getan, am allerwenigsten für die Erkenntnis.«
»Jeder trägt das Seine zur Erkenntnis des Lebens bei, jedes geschaffene Werk tut dies, auch das meine; allein, es ist die Größe der dichterischen Erkenntnis und darum auch deine Größe, Vergil, alles Leben in einer, wie ich sagte, einzigen Schau, in einem einzigen Werk, in einem einzigen Blick zusammenfassen zu können.«
Aufschreiben, alles aufschreiben, was innen und außen geschieht, und trotzdem hat es zu nichts geführt: »Ach, Augustus, auch ich habe einstens gemeint, daß dies, gerade dies die Erkenntnisaufgabe des Dichters sei ... und so wurde mein Werk kein Suchen nach Erkenntnis, ohne Erkenntnis zu werden, ohne Erkenntnis zu sein ...«

»So muß ich doch nochmals fragen, Vergil, zu welchem Ziel du mit deiner Dichtung gestrebt hast, nachdem es die Erkenntnis des Lebens nicht sein sollte.«
»Die Erkenntnis des Todes.« – Es war wie ein Wiederfinden, wie ein Wiedererkennen, wie eine heimkehrende Erleuchtung, und rasch, wie aus einer Erleuchtung heraus, war es gesagt gewesen.
Es entstand eine Pause; das leise erdbebenhafte Pendeln des Seins hielt an, indes der Cäsar achtete noch immer nicht darauf, vielmehr schien er von dem Gehörten nun doch betroffen. Und es dauerte eine gute Weile, bis er antwortete: »Der Tod gehört zum Leben; wer das Leben erkennt, der erkennt auch den Tod.«
War dies richtig? Es klang wie Wahrheit, und war doch nicht wahr oder war nicht mehr wahr: »Es hat keinen Augenblick meines Lebens gegeben, Octavian, den ich nicht hätte festhalten wollen, aber auch keinen, in dem ich nicht zu sterben gewünscht hätte.«
Die Betroffenheit des Cäsars bemühte sich, ins Liebenswürdige zurückzufinden: »Es ist nur ein Glück, mein Vergil, daß dir der Sterbenswunsch bisher noch nichts genützt hat; auch diesmal wird er dir bloß bis zur Krankheit verholfen haben. Dein Wunsch zum Leben wird sich mit Hilfe der Götter aufs neue als der stärkere erweisen.«
»Mag sein ... sicherlich hänge ich am Leben, ja, ich hänge daran, ich muß es zugeben; ich bin des Lebens unersättlich, eben weil mich so sehr nach dem Tode hungert ... noch weiß ich nichts vom Tode ...«
»Der Tod ist nichts; es ist überflüssig, von ihm zu sprechen.«
»Du hast viel Tod gesehen, Octavian; vielleicht weißt du darum mehr vom Leben als jeder andere.«
»Möglicherweise war es sogar zu viel Tod, den ich zu sehen bekam, aber wahrlich mein Freund, das Leben ist so wenig wie der Tod; es führt zu ihm hin, und beide sind Nichts.« ...

Nur derjenige nämlich, der vermöge seines Wissens um den Tod sich des Unendlichen bewußt ist, nur der vermag die Schöpfung festzuhalten, das Einzelding in der Schöpfung, wie die Schöpfung in jedem Einzelding. Denn in sich selber läßt das Einzelne sich nicht festhalten; erst in seinem Zusammenhang, erst in seinem Gesetzeszusammenhang wird es haltbar, und das Unendliche ist es, von dem aller Zusammenhang im Seienden getragen wird, von dem das Gesetz getragen wird und die Form des Gesetzes, ja ebendarum auch das Schicksal selber: das unendliche Verborgensein der Unendlichkeit, dennoch die Menschenseele.

Der Augustus saß unverändert da; er zerrieb das Lorbeerblatt zwischen den Fingern und schien auf eine Zustimmung oder zumindest eine Entgegnung zu warten.
»O Augustus, du sprachst vom Wesentlichen ... du wärest wohl nicht du, wüßtest du nicht, daß weder das Leben noch der Tod als Nichts gelten kann oder gar als Nichts gelten dürfte, und du wärest nicht du, wüßtest du nicht, daß es sich eben deshalb auch mit der Erkenntnis gerade umgekehrt verhält als wie du es zu sagen beliebtest ... wahrlich, nur wer den Tod erkennt, der erkennt auch das Leben ...«
Ein etwas abwesendes Lächeln zeigte gleichgültig beiläufige Verträglichkeit an: »Es mag immerhin so sein ...«
»Doch, gewiß, so ist es, und nur aus des Todes Sinnvollkommenheit entspringt der unermeßliche Sinn des Lebens.«
»So also ist das Ziel deiner Dichtung zu verstehen, so setztest du es?«
»Insoweit mein Tun echte Dichtung war, ist ihr dies zum Ziel gesteckt gewesen, denn es ist das Ziel aller echten Dichtung; wäre dem nicht so, wäre es nicht so überaus zwingend sich an den Tod heranzutasten mit jedem Gedanken, mit jeder Vorstellung, wäre nicht dieser ungeheure Zwang hiezu vorhanden, dieser Zwang zur Todesannäherung, es gäbe nicht den tragischen Dichter, es gäbe nicht den Äschylos!« ...

Äneas ist dem Tod zu den Unterweltschatten nachgefolgt und ist mit leeren Händen zurückgekehrt, er selber ein leeres Gleichnis, ohne Heil, ohne Wahrheit, ohne Wirklichkeitswahrheit, so daß sein Wagnis kaum weniger vergeblich gewesen war als das des unglückseligen Orpheus, obwohl er nicht wie dieser der Geliebten halber hinabgestiegen war, sondern um des gesetzesstiftenden Ur-Ahns willen –; nein, die Kräfte hatten nicht ausgereicht zu noch tieferem Einstieg, und nun hieß es das Opfer vollziehen, nun hieß es selber mitsamt dem Gedicht das Nichts erreichen, auf daß die Todeswirklichkeit entstehe, sprengend das leere Gleichnis: »Bloß mit Gleichnissen habe ich den Tod umstellt, Augustus; doch der Tod ist listiger als die Sinnbilder der Dichtung, und er entkommt ihnen ... Gleichnis ist keine Erkenntnis, nein, das Gleichnis folgt der Erkenntnis, doch manchmal läuft es ihr voraus, wie eine unerlaubte und unvollkommene Ahnung, die bloß von den Worten gebraucht wird, und dann wird das Gleichnis, anstatt in der Erkenntnis zu stehen, vor der Erkenntnis stehen, wie ein dunkler Schirm sie verdeckend ...«
»Mich dünkt, daß das Gleichnishafte für alle Kunst, also auch für die des Äschylos gilt; alle Kunst ist Sinnbild ... ist es nicht so, Vergil?«

Freilich war dies ein richtiger Einwand: »Wir haben ja kein anderes Mittel, um uns auszudrücken; die Kunst hat bloß das Gleichnis ...«
»Und der Tod entwischt dem Gleichnis, sagtest du.«
»Wie denn nicht ... alle Sprache ist Gleichnis, alle Kunst ist es, und sogar die Tat ist Gleichnis ... erkennendes Gleichnis, oder soll es sein, will es sein ...«

Gottfried Benn

Quartär
(1946)

I

Die Welten trinken und tränken
sich Rausch zu neuem Raum
und die letzten Quartäre versenken
den ptolemäischen Traum.
Verfall, Verflammen, Verfehlen –
in toxischen Sphären, kalt,
noch einige stygische Seelen,
einsame, hoch und alt.

II

Komm – laß sie sinken und steigen,
die Zyklen brechen hervor:
uralte Sphinxe, Geigen
und von Babylon ein Tor,
ein Jazz vom Rio del Grande,
ein Swing und ein Gebet –
an sinkenden Feuern, vom Rande,
wo alles zu Asche verweht.

Ich schnitt die Gurgel den Schafen
und füllte die Grube mit Blut,
die Schatten kamen und trafen
sich hier – ich horchte gut –,
ein Jeglicher trank, erzählte
von Schwert und Fall und frug,
auch stier- und schwanenvermählte
Frauen weinten im Zug.

Quartäre Zyklen – Szenen,
doch keine macht dir bewußt,
ist nun das Letzte die Tränen
oder ist das Letzte die Lust
oder beides ein Regenbogen,
der einige Farben bricht,
gespiegelt oder gelogen –
du weißt, du weißt es nicht.

III

Riesige Hirne biegen
sich über ihr Dann und Wann
und sehen die Fäden fliegen,
die die alte Spinne spann,
mit Rüsseln in jede Ferne
und an alles, was verfällt,
züchten sich ihre Kerne
die sich erkennende Welt.

Einer der Träume Gottes
blickte sich selber an,
Blicke des Spiels, des Spottes
vom alten Spinnenmann,
dann pflückt er sich Asphodelen
und wandert den Styxen zu –,
laß sich die Letzten quälen,
laß sie Geschichte erzählen –
Allerseelen –
Fini du Tout.

Ivan Goll

Stunden

(ca. 1948/1949)

Wasserträgerinnen
hochgeschürzte Töchter
schreiten schwer herab die Totenstraße
auf den Köpfen wiegend
einen Krug voll Zeit
eine Ernte ungepflückter Tropfen
die schon reifen auf dem Weg hinab
Wasserfälle Flüsse Tränen Nebel Dampf
immer geheimere Tropfen immer kargere Zeit
Schattenträgerinnen
schon vergangen schon verhangen
Ewigkeit

Hermann Broch

Die Erzählung der Magd Zerline
(1949)

»Der Mensch ist billig, und sein Gedächtnis ist voller Löcher, die er niemals mehr flicken kann. Wie viel von dem, was man für immer vergißt, muß getan werden, damit das Getane imstand wird, das wenige zu tragen, das man für immer behält. Ein jeder vergißt seinen Alltag. Bei mir waren's die vielen Möbel, die ich abgestaubt hab, täglich und täglich, die vielen Teller, die gewischt werden mußten, und wie jeder Mensch hab ich mich täglich zum Essen niedergesetzt, aber wie bei jedem Menschen ist's ein bloßes Wissen ohne wirkliches Erinnern, als wär's ohne Wetter, weder mit gutem noch mit schlechtem geschehen. Selbst die Lust, die ich genossen hab, ist ein Raum ohne Wetter geworden, und obwohl mir die Dankbarkeit für das Lebendige geblieben ist, es schwinden mir die Namen und die Gesichtszüge, die mir einstens Lust und sogar Liebe bedeutet haben, mehr und mehr davon schwindet in eine Glasdankbarkeit hinein, die keinen Inhalt mehr hat. Leere Gläser, leere Gläser. Und trotzdem wär nicht die Leerheit und wär nicht das Vergessene, es hätt das Unvergeßbare nicht wachsen können. Das Vergessene leerhändig trägt das Unvergeßbare, und vom Unvergeßbaren werden wir getragen. Mit dem Vergessenen füttern wir die Zeit, füttern wir den Tod, aber das Unvergeßbare ist ein Geschenk des Todes an uns, und in dem Augenblick, da wir es empfangen, da sind wir zwar noch hier, wo wir gerade stehen, und sind doch schon zugleich dort, wo die Welt ins Dunkle stürzt. Denn das Unvergeßbare ist das Zukunftsstück, ist das uns im voraus geschenkte Stück Zeitlosigkeit, die uns trägt und unsern Sturz ins Dunkle sanft macht, so daß er wie ein Schweben wird. Und so ein dunkel-sanftes und zeitloses Todesgeschenk war alles, was zwischen mir und dem Herrn von Juna vor sich gegangen ist, und einstens wird es helfen, mich leise hinabzutragen, selber getragen von der vollzähligen Erinnerung. Jedermann wird sagen, daß das Liebe gewesen ist, Liebe bis in den Tod. Nein, mit Liebe hat das nichts zu tun, geschweige denn mit Seelenlärm. Vieles kann zum Unvergeßbaren werden, kann begleitend uns tragen, tragend uns begleiten, ohne je Liebe gewesen zu sein, ohne je Liebe werden zu können. Das Unvergeßbare ist ein Augenblick der Reife, hervorgegangen aus unendlich vielen Vor-Augenblicken, Vor-Ähnlichkeiten, und von ihnen getragen, der Augenblick, in dem wir spüren, daß wir formend geformt werden, geformt worden sind. Es ist gefährlich, das mit Liebe zu verwechseln.«

Ingeborg Bachmann

Fall ab, Herz

(1953)

Fall ab, Herz vom Baum der Zeit,
fallt, ihr Blätter, aus den erkalteten Ästen,
die einst die Sonne umarmt',
fallt, wie Tränen fallen aus dem geweiteten Aug!

Fliegt noch die Locke taglang im Wind
um des Landgotts gebräunte Stirn,
unter dem Hemd preßt die Faust
schon die klaffende Wunde.

Drum sei hart, wenn der zarte Rücken der Wolken
sich dir einmal noch beugt,
nimm es für nichts, wenn der Hymettos die Waben
noch einmal dir füllt.

Denn wenig gilt dem Landmann ein Halm in der Dürre,
wenig ein Sommer vor unserem großen Geschlecht.

Und was bezeugt schon dein Herz?
Zwischen gestern und morgen schwingt es,
lautlos und fremd,
und was es schlägt,
ist schon sein Fall aus der Zeit.

Thomas Bernhard

(vor 1958)

Die Zeit ist ausgelöscht
o Herr
mein Wort das bitter kam
und finster
Herr
zu finster für die Erde
ausgelöscht ist meine Qual
mein Hunger ausgetrunken
und mein Herz in Nächten
die zerpflügt sind
mit dem Pflug der Lieder
die Zeit ist ohne End'
doch voll der Träume Not
die mich nicht will
auf meinem Stein des Sterbens.

Werner Bergengruen

Die Tropfen fallen aus der Uhr

(ca. 1962)

Die Tropfen fallen aus der Uhr.
Was gräbst du Zeichen und Figur
in Staub und Sand?
Aufs Ufer, schräge abgeböscht,
wo schon die nächste Welle löscht,
was eben stand?

Und ritztest du aus fester Hand
ins Fensterglas mit Diamant,
es dauert nicht.
Ach, kaum daß du dich abgewandt,
jagt wohl ein Windstoß übers Land.
Die Scheibe bricht.

Die Tropfen fallen aus der Uhr.
Fällt jede Perle aus der Schnur?
Hat nichts Bestand?
Bleibt keine Spur?

Grab ein, ritz ein, schreib immer nur
in Staub und Sand,
was dich durchfuhr, was dich verbrannt.
Verborgnes Auge hats erkannt.
So bleibt der Dinge Signatur,
Flut und Kontur
in Dauer eingebannt.
In allem schläft ein stummer Schwur,
der Gottheit Unterpfand,
getreu und pur.

Die Tropfen fallen aus der Uhr.

Paul Celan

Psalm

(1963)

Niemand knetet uns wieder aus Erde und Lehm,
niemand bespricht unsern Staub.
Niemand.

Gelobt seist du, Niemand.
Dir zulieb wollen
wir blühn.
Dir
entgegen.

Ein Nichts
waren wir, sind wir, werden
wir bleiben, blühend:
die Nichts-, die
Niemandsrose.

Mit
dem Griffel seelenhell,
dem Staubfaden himmelswüst,
der Krone rot
vom Purpurwort, das wir sangen
über, o über
dem Dorn.

Jewgenij Jewtuschenko

So ging die Piaf fort
(1963)

Es war in Paris, ein Saal, und auf der Bühne,
schwenkend ihr Hinterteil, Karikatur
jedweden Tanzes, eine Ballerine.
Vorbotin der Piaf? Ein Abklatsch nur –

Dann kam sie selbst, ein Götzenbild, geschnitten
in rauhes Holz, sie kam, als wollte sie
verloren, zaghaft, um Verzeihung bitten,
weil sie gestört die Scharlatanerie.

Und kraftlos hob sich über dem Gegaffe
und dem Geschwätz der Menge blaß ihr Bild.
Ein Eulenjunges ohne Krallenwaffe,
für das es flügelschwach zu fliegen gilt.

Geschminkt stand sie, ein Zwerg, auf magren Beinen,
dem Husten wehrend, der im Hals ihr saß..
Bereit, vor dir, Epoche, zu erscheinen,
und sah doch aus, als sei der Tod ihr Maß.

Wie auf die Seine, so schaute sie ins Tiefe.
Selbstmörderin, die von der Brücke springt.
Gleich wird sie fallen, schnell, es ist, als riefe
sie in den Saal, daß er ihr Hilfe bringt.

Doch dann ein Wink der Hand, der faltig-schmalen.
Einsetzte das Orchester. Sie trat vor
und stellte sich der Rampenlichter Strahlen,
der drängenden Musik an ihrem Ohr.

Und die Gestalt, von der Chirurgen Hände
gezeichnet noch, ward leicht, drang klar und rein
durch Blicke voller Vorbehalt, durch Wände
der Skepsis, überschlagend in uns ein.

Ihr Körper flog im Fieber, weinte, lachte,
ein Gräserschauern vom Boulogner Wald,
Aus Saint-Germain ein Karrn, der knarrte, krachte,
Sirenenschrei, der durch die Straßen hallt.

So die Piaf, Geläut im Sturm, Kanonen-
und Donnerschläge, Stöhnen, Schattenlied.
Wir, grad noch Riesen, die bereit zu schonen
das Weib aus Liliput, das scheu uns flieht,

wir wurden Gullivers, klägliche Zwerge,
Riesin sie selbst – durch ihre Kehle ging
der Ruf der Glocken, Sterne, Hall der Berge,
das Leid, die Hoffnung, die den Saal umfing.

Doch mehr noch, wichtiger: in ihr – der wahre
Künstler – gebar, obwohl dem Tod schon nah,
ganz neue Künstler, junge, wunderbare.
Ein schluchzend Lied, das die Erfüllung sah.

Und als das Eulenjunge ging, da tönte
warnend vor künftgem mörderischem Zwist
ihr Sang, als ob eine Schimäre stöhnte,
die von der Notre-Dame gefallen ist.

Eugène Ionesco

Tagebuch
(1967)

Wann ist mir zum ersten Mal bewußt geworden, daß die Zeit »vergeht«? Das Gefühl der Zeit war sogleich mit dem Gedanken an den Tod verbunden. Gewiß erkannte ich mit vier oder fünf Jahren, daß ich älter und älter wurde und sterben würde. Mit ungefähr sieben, acht Jahren sagte ich mir, eines Tages würde meine Mutter sterben, und dieser Gedanke erschreckte mich. Ich wußte, sie würde vor mir sterben. Das erschien mir wie ein definitiver Bruch mit der Gegenwart, denn alles war Gegenwart. Ein Tag, eine Stunde erschienen mir lang, grenzenlos. Ich sah kein Ende ab. Wenn man mir vom nächsten Jahr sprach, hatte ich das Gefühl, das nächste Jahr käme nie. Wenn ich in La Chapelle-Anthenaise war, befand ich mich außerhalb der Zeit, also in einer Art Paradies. Mit zehn oder zwölf Jahren, nicht vorher, begann die Ahnung vom Ende ...

Mit sieben Jahren war ich in Paris, mit acht auf dem Lande. Ich fragte mich, ob ich, solange ich auf dem Lande lebte, an den Tod dachte. Natürlich wünschte ich, meine Mutter zu sehen, die in Paris arbeitete, um mein Internat bezahlen zu können. Trotzdem war ich glücklicher, wenn ich von ihr entfernt war. Denn solange ich bei ihr war, dachte ich an den Tod, an ihren, an meinen. Allein, d.h. ohne sie, inmitten anderer Leute und anderer Kinder, hatte ich diese Angst nicht mehr, nie mehr oder fast nie. Ich muß sagen, der Gedanke an den Tod war, glaube ich, nicht an den Gedanken der Zeit gebunden. Denn die Leute, die starben, waren eben Leute, die »fortgingen«, die ihren Tod nicht erwarteten, sondern sich entfernten. Man entfernt sich. Das geschieht im Raum, nicht in der Zeit. Und doch ist dies nicht ganz wahr. Denn als ich erfuhr, was der Tod ist, begriff ich auch, daß meine Mutter eines Tages sterben würde, und daß wir alle mit Gewißheit, unausweichlich diesem Tage entgegengehen. Demnach war es dieser Gedanke, daß meine Mutter sterben würde, nicht heute, aber eines Tages, eines ganz bestimmten Tages, der mir den Begriff von der Zeit gab ...

Seit meinem 15. Lebensjahr, ich glaube, ich war damals 15 Jahre alt, das heißt, seit dem Augenblick, da von mir abfiel, was von der Kindheit übriggeblieben war, das heißt auch seit dem Augenblick, da es keine Gegenwart mehr gab, nur eine Vergangenheit, die sich in die Zukunft, das heißt in den Abgrund stürzte, von dem Augenblick an, da die Gegenwart gestorben und durch die Zeit ersetzt worden war, seitdem ich mir ganz und gar der Zeit bewußt wurde, fühlte ich mich alt und wollte leben. Ich lief dem Leben nach, wie um die Zeit einzuholen, ich wollte leben. Ich bin dem Leben so sehr nachgelaufen, daß es mir immer entschlüpft ist, ich lief, ich kam weder zu spät noch zu früh, und trotzdem habe ich es nie einholen können: Es ist, als wäre ich neben ihm hergelaufen.

Was ist das Leben? Für mich ist es nicht die Zeit. Auch nicht die Existenz, die flieht, die uns zwischen den Fingern zerrinnt, die sich wie ein Phantom auflöst, sobald man sie fassen will. Für mich ist das Leben Gegenwart, Dasein, Fülle. Ich bin ihm so sehr nachgelaufen, daß ich es verloren habe.

Ich bin in einem Alter, da man in einem Jahr um zehn Jahre altert, da eine Stunde nur wenige Minuten dauert, und da man die Viertelstunden nicht einmal mehr wahrnimmt. Und trotzdem laufe ich noch immer dem Leben nach in der Hoffnung, es im letzten Augenblick einzuholen, so wie man auf das Trittbrett eines Wagens springt, wenn der Zug schon losfährt.

Danilo Kiš

Sanduhr
(1972)

Ich habe, dank dem Leiden und dem Wahnsinn, schöner und reicher gelebt als ihr und möchte auch würdig sterben, wie es sich für diesen erhabenen Moment geziemt, nach dessen Vollendung alle Würde und Erhabenheit aufhört. Mein Leichnam wird meine Arche sein und mein Tod ein langes Treiben auf den Wellen der Ewigkeit. Ein Nichts in der Nichtigkeit. Was konnte ich der Nichtigkeit denn anderes entgegensetzen als diese Arche, in der ich alles versammeln wollte, was mir nahe war, Menschen, Vögel, wilde Tiere und Pflanzen, all das, was ich in meinem Auge und Herzen trug, im dreistöckigen Schiff meines Körpers und meiner Seele. All das wollte ich im Tod bei mir haben, wie ein Pharao seine Schätze in der erhabenen Stille seines Grabs, ich wollte, daß alles bliebe, wie es war: daß in der Ewigkeit die Vögel singen. Ich wollte die Barke Charons durch eine andere, weniger trostlose und einsame ersetzen und die unfaßbare Leere der Ewigkeit mit bitteren Erdenkräutern – jenen, die aus dem Herzen des Menschen sprießen – veredeln, wollte die taube Leere der Ewigkeit veredeln mit Kuckucksrufen und Lerchengesang. Ich habe diese bittere lyrische Metapher nur weiterentwickelt, leidenschaftlich und folgerichtig bis zu jener äußersten Konsequenz, da aus dem Traum Wirklichkeit wird (und umgekehrt), aus der Luzidität Wahnsinn (und umgekehrt), aus dem Leben Tod, als ob es keine Grenzen gäbe, und umgekehrt aus dem Tod Ewigkeit, als ob das nicht ein und dasselbe wäre. So ist meine Selbstsucht bloß die Selbstsucht der menschlichen Existenz, die Selbstsucht des Lebens, ein Gegengewicht zur Selbstsucht des Todes, und mein Bewußtsein widersetzt sich dem Tod, trotz äußerem Anschein, mit einer Selbstsucht ohnegleichen, widersetzt sich dem Skandal des Todes durch jene leidenschaftliche Metapher, die jene wenigen Menschen und jenes bißchen Liebe versammeln möchte, die das Leben ausmachen. Ich wünschte mir also und wünsche noch immer, mit Vertretern des Menschengeschlechts, der Flora und Fauna aus dem Leben zu scheiden, all dies in meinem Herzen wie in einer Arche zu bergen und unter meinen Lidern zu verschließen, wenn diese sich zum letzten Mal senken. Ich wollte diese reine Abstraktion ins Nichts schmuggeln, damit sie heimlich die Schwelle jener andern, in ihrer Unermeßlichkeit nichtigen Abstraktion überschreite: die Schwelle des Nichts. Zu diesem Zweck mußte ich versuchen, die Abstraktion zu verdichten, zu verdichten durch die Kraft des Willens, des Glaubens, des Verstandes, des Wahnsinns und der Liebe (der Selbstliebe), so stark zu verdichten, daß ihr spezifisches Gewicht sie in die Höhe treibt wie einen Ballon und der Reichweite der Finsternis und des Vergessens entzieht. In Ermangelung eines Bessern werden vielleicht mein *materielles* Herbarium, meine Notizen und Briefe überdauern, und was ist das anderes als jene verdichtete Idee in materialisierter Gestalt: materialisiertes Leben, ein kleiner, armseliger, nichtiger menschlicher Sieg über das mächtige, ewige, göttliche Nichts. Oder vielleicht wird – wenn dies alles in der großen Sintflut untergeht – wenigstens mein Wahnsinn überdauern und mein Traum – wie ein Nordlicht und ein fernes Echo. Vielleicht wird irgend jemand dieses Licht erblicken, dieses ferne Echo vernehmen, den Schatten eines früheren Lauts, und wird die Bedeutung der flimmernden Helligkeit verstehen. Vielleicht mein Sohn, wenn er eines Tages meine Notizen und die Herbarien mit den pannonischen Pflanzen (unvollendet und unvollständig wie alles Menschenwerk) herausgeben wird. Alles, was den Tod überlebt, ist ein kleiner, nichtiger Sieg über die Ewigkeit des Nichts – ein Beweis der Größe des Menschen und der Gnade Jahwes. *Non omnis moriar.*

Ernst Meister

(1976)

Lang oder kurz ist die Zeit,
und das Wahre,
das sich ereignen wird,
heißt Sterben.

Danach bist du
gleichsinnig mit
der Erde, dem Himmel,
die sich nicht wissen.
(Aber wer bist du noch?)

Was eigentlich hieß denn das:
geboren, Zeit zu gebären
im Unterfangen des Bewußtseins
wozu »ich«?

Jean Améry

Hand an sich legen
(1976)

Der Freitod ist ja viel mehr als der pure Akt der Selbstabschaffung. Es ist ein langer Prozeß des sich Hinneigens, der Annäherung an die Erde, ein Aufsummieren vieler Ziffern von Demütigungen, welche von der Dignität und Humanität des Suizidärs nicht angenommen werden, er ist – und ich verwende einmal mehr ein leider unübersetzbares französisches Wort – un cheminement, eine Art von Fortschreiten auf einem Wege, der geebnet ist, wer weiß, vom Anbeginn her. Irre ich mich nicht, dann ist die Todesneigung eine Erfahrung, die jedermann in sich machen könnte, sofern er nur entschlossen wäre, zu sterben ohn' Unterlaß. Sie ist in jeder Art von Resignation enthalten, in jeder Faulheit, jedem Sich-gehen-Lassen – denn wer sich gehen läßt, neigt sich bereits freiwillig dorthin, wo letzten Endes sein Platz ist. Dann wäre also der Freitod, entgegen all dem, was ich dreist behauptete, nicht *frei*? Wäre nur ein Neigen zur eingeborenen Neigung hin? Wäre nichts als die Aufsichnahme der ultimen Unfreiheit, die das Nichtsein ist, und in deren Fesseln wir uns schlagen lassen? Nicht doch. Die Neigung, sage ich, ist da: aber der Lebenstrieb ist auch da, und wer den Freitod wählt, erkürt etwas, das dem Lebenstrieb gegenüber das Schwächere ist. Er sagt gleichsam: Dem Starken Trutz! – indem er gegen den Lebenstrieb der Todesneigung nachgibt. Und wenn ich sagte, es sei der Weg zum Freitod geebnet vom Anbeginn her, so kann und will das doch nicht heißen, daß nicht auch der Suizidant dem Seins- und Lebenswillen unterläge, von ihm bedingt werde. Einer ißt noch zu Abend, ehe er die gehorteten Tabletten nimmt. Er gibt der tumben biologischen Triebkraft, was sie fordert. Droben aber, im Hotelzimmer, wo auf seinem Tisch die Abschiedsbriefe liegen samt dem Geld für die Hotelrechnung und den aufgesammelten Barbituraten, neigt er sich hin und läßt sich nicht mehr treiben. Die Erde wird ihn haben, nur anders, als der Dichter es meinte. Der Gedanke, Staub zu sein, ist ebenso schreckhaft wie wohltuend. In diese Wohltat des Sterbens Ausdruck eines nach Freud aus dem allgemeinen Wiederholungszwang von Kindern und Neurotikern erschlossenen Verlangens, »zurückzukehren«, zu folgen, wie es wörtlich heißt, »dem belebten Organischen innewohnenden Drang zur Wiederherstellung eines früheren Zustands«? Aber welch eines denn? Das Anorganische, aus dem wir dank eines »Zufallstreffers«, wie Jacques Monod sagt, zu Organismen wurden – dieses Anorganische war kein »Zustand«, den wir auf uns beziehen können. Die nichtbelebte Materie kennt und erfährt keinerlei Art von Zuständlichkeit. Unsere Todesneigung, sofern wir den spekulativen Begriff anwenden dürfen, ist also kein Zurück. Noch weniger ein Voraus. Sie geht nach der Unsituierbarkeit des nichtigen Nicht. – Womit wir wieder hart uns stoßen an den Grenzen der Sprache, die Ausdruck sind der Grenzen des Seins.

... Nach den letzten Selbstgesprächen, die vielleicht vor dem Spiegel stattfinden, wo er seinem schon abgeurteilten Ich nachjagt, ohne es einzufangen, nur um es noch zu erlegen, kommt unerbittlich der Augenblick, der frei gewählte, an dem er Hand an sich legt. Etwas noch Unheimlicheres als die Hatz nach dem Ich tritt hier in vielerlei Gestalt ihn an: *die Zeit*. Um neun Uhr abends soll es geschehen – (die meisten Suizide ereignen sich nach der Statistik in den Abend- und frühen Nachtstunden). Um neun Uhr, jetzt ist es sieben, zweimal sechzig Minuten zu je sechzig Sekunden also, der Sekundenzeiger trottet unermüdlich, schon ist eine Minute vergangen, zwei, drei, fünf, fünfzehn gingen dahin, man kann die Uhr zerschlagen, nicht aber das leise Ticken der reinen Zeit abstellen. Und in der Zeit, die noch verbleibt – es kann sich um Stunden handeln, aber auch nur um Minuten, die einer sich noch gönnt – wird die Zeit als solche verspürt. Man trägt sie in sich, es ist ja nur bedingt wahr, was Freud sagt, es kenne das Unbewußte keine Zeit, reihe Ereignisse auf ohne chronologische Ordnung, mische sie, kehre sie um. Das Zeitvergehen ist immer präsent: im Bewußtsein ohnedies, in einem metaphorischen Innenraum, der tiefer gelagert ist als alles Unbewußte, tickt sie gleichfalls. Denn wenn es wahr ist, daß das Ich Welt ist und Raum, in die es sich wirft und entwirft, so ist nicht weniger wahr, daß es auch Zeit ist: diese ist unablöslicher verklammert mit dem Subjekt als der Raum, in den es schreitet, um zugleich Ich und Welt zu werden. Es ist der Körper, der sie verspürt. Sie war, diese Körper-Zeit, stets zugleich relativ und absolut irreversibel. Relativ: der Herzschlag wiederholte sich unermüdlich, ein Atemzug folgte auf den anderen, Schlaf und Erwachen lösten einander ab, immer wieder – da konnte man meinen, es würde in alle Ewigkeit so weitergehen. Durch Jahre hindurch ging jemand sommers an den gleichen Kurort, ein Juli glich dem anderen, ein September sah aus wie derselbe Monat im Vorjahr, das Hotelzimmer, vorsorglich gebucht zur rechten Zeit, war das nämliche. Die *relativ* irreversible Zeit stellte sich hin, als sei sie keine, als sei sie umkehrbar: 1966 besuchte ich den gleichen Ort an der Nordseeküste wie 1972, die Daten besagen nichts. Und 1978, wenn ich über die gleiche Autobahn nach dem gleichen Ort fahre, wird gewesen sein wie 1966. Ich wiederhole, es weiß der Körper es besser. Er verzeichnet, ein böse verläßlicher Registrierapparat, nicht nur die Jahre, die Monate und Tage, sondern jeden Herzschlag, keiner ist identisch mit dem voraufgegangenen. Das Herz nützt mit jedem Pumpenzug sich ab, die Adern, Nieren, Augen verbrauchen sich. In Momenten jähen, unerwarteten Gewahrwerdens der Hin-Fälligkeit, wie jederman sie erlebt, weiß der Mensch, daß er ein Geschöpf der Zeit ist – da braucht er gar nichts zu kennen von der Entropie. Irgendwann einmal wird die relativ irreversible Zeit, die wir aus dem Alltag kennen – ach, morgen muß ich wieder das gleiche tun, dieselben Wege gehen, die bekannten Gesichter sehen, und noch übers Jahr wird es so sein – vom Sterbenden als absolut unumkehrbar erfahren. Zeit: Anschauungsform des tiefinneren Sinnes! Aber nun ist das Tiefinnerliche heraufgetaucht, an die Höhe meines Ich. Noch eineinhalb Stunden, eine kleine Ewigkeit. Ein Nichts. Es reden jetzt der Leib und der Geist zugleich, ihr Stimmenrauschen ist hörbar im Raume. Der Körper weiß, er wird in 90 Minuten, Zeit, in der ein Spielfilm normalerweise abrollt, nicht mehr er selber sein ...

... Neuere Forschungen auf dem Gebiete der theoretischen Physik haben über das objektive Raum-Zeit-Kontinuum hinaus, sogar jenseits der Thermodynamik einen Zeitbegriff definiert, nach welchem die Zeit einmal *begann* – ein Ding, das keiner voll aussinnt. Und viel zu fremd, als daß man klage und sage. Wer Hand an sich legt, ist auf mörderische Weise – »Selbstmord« gut, es komme das widrige Wort für einmal hier zu stehen – Herr sowohl wie Knecht der Zeit, seiner, der einzigen, von der er noch wissen will, denn jetzt befindet er sich schon im Zustand totaler Ipseität. Was schert mich Weib, was schert mich Kind; was scheren mich Physik und objektive Erkenntnis, was schert mich das Geschick einer Welt, die mit mir versinken wird. Die Zeit drängt und preßt sich zusammen in einem Ich, das sich nicht hat. Die Welt als Zeitlichkeit stößt die Welt des Raumes aus der Grube, in der das Ich verborgen ist. Der Hand an sich legt, hat keine Chance mehr, noch anderes zu ergreifen als gestorbene Zeit, anderswo hinzugelangen als zum Trümmerfeld der Eigengeschichtlichkeit, die desto gegenstandsloser ist, je mehr Gegenstände, Ruinen von Gegenständen sich aufhäufen. Diese bilden keinen Widerstand mehr für das Subjekt; es ist nicht mehr gedrängt, sie zu bewältigen. – Und wie viele Minuten noch?

Rose Ausländer

Das Weißeste
(1978)

Nicht Schnee

Weißer die Zeichen
die der Einsiedler
auf die Tafel der Einsamkeit
schreibt

Das Weißeste
Zeit

Lew Druskin

Ich werde weinen über meinen Unglauben
(1983)

I

In unsrer schlimmen Zeit,
In all dem Grau'n und Graus:
Was er auch tut, der Mensch –
Er kommt nicht heil heraus.

Pyrrhus, was soll dein Fest?
Dein Sieg ist Untergang!
Da draussen rast die Pest –
Wozu noch Gläserklang?

Und wenn es Gott auch gibt,
Was schert ihn unsre Not?
Er prostet froh sich zu
Mit Teufel und mit Tod.

Und wenn im lieben Gott
Ein böser Dämon wohnt,
So glaub nicht, dass er dich,
Wenn du nur betest, schont.

Doch wenn der Tank aufheult,
Der Schmerz das Hirn zerfetzt,
Dann schreit das Fleisch trotzdem
»Erbarm dich, Herr!« zuletzt.

Ja, Asche bin ich, Staub,
Und bin doch Licht vom Licht,
Ich bin des Todes Raub,
Doch sterblich bin ich nicht.

Vor Gottes Majestät –
Was bin ich Menschlein schon?!
Doch kriech ich nicht als Wurm
Vor seinem Richterthron.

Mag im Atomtod auch
Die Welt zugrunde gehn:
Gestützt auf mein Gedicht
Werd' ich den Tod bestehn.

Christa Wolf

Kassandra
(1983)

Todesangst.
Wie wird es sein. Wird die Schwäche übermächtig. Wird der Körper die Herrschaft über mein Denken übernehmen. Wird, in einem gewaltigen Schub, die Todesangst einfach wieder alle Positionen besetzen, die ich meiner Unwissenheit, meiner Bequemlichkeit, meinem Hochmut, meiner Feigheit, Faulheit, Scham abgerungen habe. Wird sie es fertigbringen, auch den Vorsatz einfach wegzuschwemmen, für den ich auf dem Weg hierher die Formel suchte und fand: Ich will die Bewußtheit nicht verlieren, bis zuletzt.
Als unsere – Dummheit! ihre Schiffe bei Windstille und spiegelglattem Wasser in der Bucht von Nauplion angelegt hatten und die Sonne, prall und schwer von Blut, hinter dem Bergzug versank; als meine Troerinnen, so als wären sie erst jetzt, beim Betreten des fremden Landes, wirklich in Gefangenschaft gekommen, Trost in trostlosem Weinen suchten; in den Tagen danach, auf dem staubigen, heißen mühevollen Weg durch die Festung Tiryns und den schmutzigen Flecken Argos, empfangen und begleitet von den Schmähreden der zusammenlaufenden Greise und Frauen; besonders aber auf der letzten ansteigenden Strecke durch dürres Land, über welchem unheilvoll, aber immer noch weit entfernt dieser schreckliche Steinhaufen auftauchte, Mykenae, die Burg, unser Ziel; als sogar Marpessa aufstöhnte; als, merkwürdig genug, der König selbst, der unentschlossene Agamemnon, anstatt zur Eile zu treiben, eine Rast nach der anderen anordnete und sich jedesmal schweigend, Wein trinkend und mir Wein anbietend, in den Schatten eines Olivenbaumes zu mir setzte, woran niemand aus seinem Gefolge Anstoß nahm (Olive, zärtlichster Baum ...); als mein Herz, das ich lange nicht mehr gespürt hatte, von Station zu Station, kleiner, fester, härter wurde, ein schmerzender Stein, dem ich nichts mehr abpressen konnte: da war der Vorsatz fertig, geschmolzen, ausgeglüht, gehämmert und geformt wie eine Lanze. Ich will Zeugin bleiben, auch wenn es keinen einzigen Menschen mehr geben wird, der mir mein Zeugnis abverlangt.
...

… Ich war so ruhig. Jetzt ist alles in mir aufgerührt. Die schreckliche Frau werde ich um mein Leben bitten. Vor ihr niederwerfen werd ich mich. Klytaimnestra, sperr mich ein, auf ewig, in dein finsterstes Verlies. Gib mir knapp zum Leben. Aber, ich fleh dich an: Schick mir einen Schreiber, oder, besser noch, eine junge Sklavin mit scharfem Gedächtnis und kraftvoller Stimme. Verfüge, daß sie, was sie von mir hört, ihrer Tochter weitersagen darf. Die wieder ihrer Tochter, und so fort. So daß neben dem Strom der Heldenlieder dies winzge Rinnsal, mühsam, jene fernen, vielleicht glücklicheren Menschen, die einst leben werden, auch erreichte.

Hans Sahl

Strophen

(1991)

Ich gehe langsam aus der Welt heraus
in eine Landschaft jenseits aller Ferne,
und was ich war und bin und was ich bleibe
geht mit mir ohne Ungeduld und Eile
in ein bisher noch nicht betretenes Land.

Ich gehe langsam aus der Zeit heraus
in eine Zukunft jenseits aller Sterne,
und was ich war und bin und immer bleiben werde
geht mit mir ohne Ungeduld und Eile,
als wär ich nie gewesen oder kaum.

Ingeborg Bachmann

Das Spiel ist aus
(1954)

Mein lieber Bruder, wann bauen wir uns ein Floß
und fahren den Himmel hinunter?
Mein lieber Bruder, bald ist die Fracht zu groß
und wir gehen unter.

Mein lieber Bruder, wir zeichnen aufs Papier
viele Länder und Schienen.
Gib acht, vor den schwarzen Linien hier
fliegst du hoch mit den Minen.

Mein lieber Bruder, dann will ich an den Pfahl
gebunden sein und schreien.
Doch du reitest schon aus dem Totental
und wir fliehen zu zweien.

Wach im Zigeunerlager und wach im Wüstenzelt,
es rinnt uns der Sand aus den Haaren,
dein und mein Alter und das Alter der Welt
mißt man nicht mit den Jahren.

Laß dich von listigen Raben, von klebriger Spinnenhand
und der Feder im Strauch nicht betrügen,
iß und trink auch nicht im Schlaraffenland,
es schäumt Schein in den Pfannen und Krügen.

Nur wer an der goldenen Brücke für die Karfunkelfee
das Wort noch weiß, hat gewonnen.
Ich muß dir sagen, es ist mit dem letzten Schnee
im Garten zerronnen.

Von vielen, vielen Steinen sind unsre Füße so wund.
Einer heilt. Mit dem wollen wir springen,
bis der Kinderkönig, mit dem Schlüssel zu seinem Reich im Mund,
uns holt, und wir werden singen:

Es ist eine schöne Zeit, wenn der Dattelkern keimt!
Jeder, der fällt, hat Flügel.
Roter Fingerhut ist's, der den Armen das Leichentuch säumt,
und dein Herzblatt sinkt auf mein Siegel.

Wir müssen schlafen gehn, Liebster, das Spiel ist aus.
Auf Zehenspitzen. Die weißen Hemden bauschen.
Vater und Mutter sagen, es geistert im Haus,
wenn wir den Atem tauschen.

IV Neue Funde

Leonie Ossowski

Gedanken für Valentine Godé-Darel
(1980)

Deine Fassungslosigkeit verwirrt mich, ich hatte Gelassenheit erwartet. Dein ständiges Reden von der Furchtlosigkeit ist ins Lächerliche geraten, und du schämst dich nicht einmal. Halb aufgerichtet in den Kissen deines Bettes, die Hände über dem Leib gefaltet, starrst du zornig vor dich hin, taub für die Wahrheit, nur mit der Frage beschäftigt, warum ausgerechnet du es bist, die den Tod zu erwarten hat.
Ich kenne dich nicht wieder, nenne dich beim Namen und sage, daß ich deine Einsamkeit so nicht aushalten kann. Du hörst nicht zu, spürst nur deinen kranken Körper, von dem du dich verraten fühlst und den du jetzt haßt. Ich wünsche dir, du könntest weinen, aber dein Gesicht bleibt unverändert, bis in die Nacht hinein entsetzt.

Heute geht es dir besser, du siehst mich an. Ärzte und Schwestern sind mit deinem Wohlverhalten zufrieden. Du machtest mit, sagen sie erfreut und reden von Chancen. Ich weiß, daß du nur um Aufschub feilschst. Aber das sage ich nicht, sondern füge den Lügen der anderen meine hinzu. Meine Schwäche deinem Tod gegenüber bedrückt mich.
Draußen scheint die Sonne, scheint in das Zimmer, auf dich und ein sekundenlanges Lächeln, das du mir für meine Lüge schenkst, bevor du in Tränen ausbrichst. Ich lasse sie nicht zu und versuche, dich um meiner eigenen Lüge willen aufzuheitern und zu ermuntern, bis du mein Schweigen verlangst. Ich gebe auf, hilflos von deinem Blick, mit dem du mich durchschaust und gleichzeitig in unbegreifliche Entfernung von mir rückst. Dein Schmerz um den drohenden Verlust macht mich stumm. Ich kann ihn nicht mit dir teilen, auch wenn ich es möchte. Du weißt es, und das tröstet mich.
In der letzten Zeit schläfst du mehr als sonst. Deine Haltung ist stets die gleiche. Du liegst auf dem Rücken, den Kopf seitlich nach rechts geneigt, die Bettdecke bis unter das Kinn gezogen, als fürchtetest du die Kälte mehr als das Sterben. Deine Lippen, vom Schlaf überrascht noch geöffnet, sind zu lauten Worten nicht mehr fähig. Alles an dir ist sanft und in Erwartung auf den Tod, für den du dich auszuruhen scheinst. Dein Neid

auf die Lebenden, dein Zorn und deine Verzweiflung, die ich so gut verstanden habe, sind verschwunden. Dagegen macht mich deine Ergebenheit unruhig und unfähig, Gemeinsames für dich und mich zu finden. Ich weiß nicht, wie du es fertigbringst, so friedlich vor deinem letzten Atemzug zu schlafen. Ich bewundere dich.

Gestern konnte ich mit deinen Schmerzen leiden, zusammen mit dir über eine neue Therapie reden und Hoffnung auf sie setzen. Heute läßt du mich damit allein, ohne darunter zu leiden. Nun bist du selbst für mich kaum noch wiederzuerkennen. Dein vogelartiges Profil mit der zu lang gewordenen Nase erschreckt mich. Deine offenen Lippen sind nicht mehr vom Schlaf überrascht worden, sondern ringen um jeden Atemzug. Ich wage kaum noch, dich zu berühren. Fragen hast du schon lange keine mehr an mich. Alles scheint für dich sinnlos zu sein, und du ziehst dich in eine Welt zurück, die ich nicht kenne. Zurück bleibt dein Körper, der mehr und mehr verfällt und vor dem ich mich zu fürchten beginne. Du trennst dich von mir, trotz meiner Bemühung, bis zum letzten Augenblick bei dir zu sein.

Du überschreitest eine Grenze, die mir das Erleben deines Sterbens unmöglich macht, und raubst mir eine Illusion, deinen Tod zu begreifen. Ich kann deinen Anblick kaum noch ertragen. So, wie du jetzt aussiehst, in deiner hageren Entrücktheit, so fremd, hast du nichts mehr mit mir zu tun. Ich habe deinen Abschied versäumt, und es bleibt mir nichts, als deinem Sterben, weit weg von dir, zuzuschauen oder zu gehen.

Sie haben dich für dein Begräbnis zurechtgemacht. Sie haben dir den Schmutz des Todes abgewaschen, dich sauber gekleidet und gekämmt. Sie haben dich hingelegt, als schliefest du mit ausgestreckten Beinen und gefalteten Händen. Ich habe das Bedürfnis, dir die Schuhe wieder auszuziehen und dich mit einer Decke zuzudecken. Wie mager du bist, und deine Lippen sind immer noch geöffnet. Ob du im Tod geschrien hast? Ich frage nicht. Ich ordne an, was anzuordnen ist. Ich will, daß du ein schönes Begräbnis hast, um dir damit meine Liebe zu beweisen. Endlich habe ich begriffen, daß der Tod immer nur der Tod des anderen ist, und ich finde keine Zeit, an meinen eigenen zu denken.

Gottfried Benn

Epilog
(1949)

V

Die vielen Dinge, die du tief versiegelt
durch deine Tage trägst in dir allein,
die du auch im Gespräche nie entriegelt,
in keinen Brief und Blick sie ließest ein,

die schweigenden, die guten und die bösen,
die so erlittenen, darin du gehst,
die kannst du erst in jener Sphäre lösen,
in der du stirbst und endend auferstehst.

Norberto Bobbio

Nach dem Tod
(1997*)

… Das Leben kann nicht ohne den Tod gedacht werden. Die Menschen werden nicht zufällig die »Sterblichen« genannt: auch die größten Zyniker, die skrupellosesten und sorglosesten Menschen, die Hochmütigsten und Gleichgültigsten nehmen wenigstens einmal im Leben den Tod ernst, und wenn nicht den der anderen, so doch den eigenen. Die einzig mögliche Weise, den Tod ernst zu nehmen, ist, ihn so zu vergegenwärtigen, wie er dir erscheint, wenn du vor der Unbeweglichkeit eines zum Leichnam gewordenen menschlichen Körpers stehst: Das Gegenteil des Lebens, das Bewegung ist. Wird der Tod ernst genommen, bedeutet er das Ende des Lebens, das definitive Ende, ein Ende, nach dem es keinen neuen Anfang gibt. Das Leben achtet, wer den Tod achtet. Wer den Tod ernst nimmt, nimmt auch das Leben ernst, dieses Leben, mein Leben, das einzige Leben, das mir gewährt wurde, auch wenn ich nicht weiß, von wem, und den Grund nicht kenne. Das Leben ernst nehmen bedeutet, uneingeschränkt, ausdrücklich und so gelassen wie möglich zu akzeptieren, daß es endlich ist. Es bedeutet, ganz sicher, mit absoluter Gewißheit zu wissen, daß du sterben mußt, daß dieses Leben sich ganz und gar innerhalb der Zeit abspielt, in keinem seiner Teile außerhalb der Zeit steht und daß es deshalb wie alles, was in der Zeit existiert, dazu bestimmt ist zu vergehen. *Canetti* schrieb: »Wie viele Menschen würden noch entdecken, daß es sich lohnt zu leben, wenn wir einmal nicht mehr sterben müßten?« Das stärkste Argument für die Behauptung, der Tod sei das definitive Ende, der Tod sei wirklich der Tod, ist die Tatsache, daß man nur einmal stirbt. Das Ende des Lebens ist gleichzeitig das erste und das letzte Ende. Auch wer ein zweites Leben nach dem Tod annimmt, schließt einen zweiten Tod aus, denn das zweite Leben ist, wenn es existiert, ewig, es ist ein Leben ohne Tod.

… Mit dem Tod geht man in die Welt des Nichtseins ein, in dieselbe Welt, in der ich war, bevor ich geboren wurde. Das Nichts, das ich einmal war, wußte nichts von meiner Geburt, von meinem Zur-Welt-Kommen und von dem, was ich werden sollte; das Nichts, das ich einmal sein werde, wird nichts von dem wissen, was ich gewesen bin, nichts vom Leben und vom Tod der Menschen, die mir nahegestanden haben und deren Gegenwart meine Tage mit Leben erfüllt hat, es wird nichts von den Ereignissen wissen, an denen ich Anteil genommen habe, indem ich jeden Tag die Zeitung gelesen, Radio gehört oder mit Freunden gesprochen habe. Wenn ich vor meiner Frau sterbe, mit der ich mein Leben mehr als ein halbes Jahrhundert lang geteilt habe, werde ich nichts von ihrem Tod wissen. Sie wird nicht nur ohne mich sterben, sondern auch ohne daß ich es weiß. Ebenso werde ich nichts von dem wissen, was meinen Kindern geschieht, und den Kindern meiner Kinder, deren Leben sich nach dem Jahr 2000 abspielen wird, nichts von dem, was auf dieser Erde noch geschehen wird, über deren wechselvolle Ereignisse ich unzählige Male nachgedacht habe, im vergeblichen Versuch, daraus mehr oder weniger ungewisse Voraussagen für die Zukunft abzuleiten, nichts von Kriegen und Friedenszeiten, nichts von den zukünftigen Wandlungen der Gesellschaft, in der ich gelebt und deren Entwicklung ich mit intensiver Anteilnahme verfolgt habe. Alles, was einen Anfang hatte, hat ein Ende. Warum soll nicht auch mein Leben eines haben? Warum soll das Ende meines Lebens im Unterschied zu allen anderen Vorgängen, den natürlichen wie den geschichtlichen, in einen neuen Anfang übergehen? Nur das, was keinen Anfang hatte, hat kein Ende. Was jedoch weder Anfang noch Ende hat, ist die Ewigkeit.

Marie Luise Kaschnitz

Ein Leben nach dem Tode
(1985*)

Glauben Sie fragte man mich
An ein Leben nach dem Tode
Und ich antwortete: ja
Aber dann wußte ich
Keine Auskunft zu geben
Wie das aussehen sollte
Wie ich selber
Aussehen sollte
Dort

Ich wußte nur eines
Keine Hierarchie
Von Heiligen auf goldnen Stühlen sitzend
Kein Niedersturz
Verdammter Seelen
Nur

Nur Liebe frei gewordne
Niemals aufgezehrte
Mich überflutend

Kein Schutzmantel starr aus Gold
Mit Edelsteinen besetzt
Ein spinnwebenleichtes Gewand
Ein Hauch
Mir um die Schultern
Liebkosung schöne Bewegung
Wie einst von tyrrhenischen Wellen
Wie von Worten die hin und her
Wortfetzen
Komm du komm

Schmerzweb mit Tränen besetzt
Berg- und Tal-Fahrt
Und deine Hand
Wieder in meiner

So lagen wir lasest du vor
Schlief ich ein
Wachte auf
Schlief ein
Wache auf
Deine Stimme empfängt mich
Entläßt mich und immer
So fort

Mehr also fragen die Frager
Erwarten Sie nicht nach dem Tode?
Und ich antworte
Weniger nicht.

Carl Zuckmayer

Mein Tod
(Ein frommer Wunsch)
(1977*)

Ich werde einmal plötzlich auf die Nase fallen
Allein im tiefen Wald. Vom Schlag gestreckt.
In kurzem Kampf noch zuckend mit den Beinen
Dieweil das Auge staunend schon erlischt.
Die kleine Schramme hört bald auf zu tropfen.
Der letzte Schnapper Luft schmeckt einen Mund voll Harz.
Die letzte Faust umklammert Moos und Erde.
Der letzte Schmerz gleicht dem des Wildes das der Blattschuß traf.
Dann braust es in den Wipfeln.
Dann rieselts von den Zweigen.
Dann
Wirds still.
Kann sein daß mir ein Hund
Die Wache hält. Ich kenns nicht mehr. Kann sein
Daß man mich findet und zu Grabe trägt
Eh noch die Starre weicht. Und mit des Waldes Frieden im Gesicht.
Vielleicht auch schneits mich zu! Dann finden sie
Im Frühling mein Gebein, und ein paar Büschel Haare:
Schlehdornblütenweiß.

Denn so
So lieb ich meinen Tod. So such ich ihn:
Auf meines Lebens ungeräumter Walstatt.
Inmitten all der Kinder, meiner Träume.
In meines Vaters Haus. In meiner Mutter Armen.
Hochbetagt –!

Tina Stroheker

Über eine Gestorbene
(1987*)

Sie wollte den Kopf nicht senken.

Aber sie stritt mit der Leere,
also trostlos.

Sie verweigerte uns weise Worte,
keine Gelassenheit, fort mit den Sterbebüchlein.

Immer behandelte sie uns höflich,
mit der gründlichen Diskretion der Todkranken.

Auf Unsterblichkeit hatte sie doch verzichtet –
Stünde ihr dafür nicht zu ein durchschnittliches Todesalter?
(»Hiob starb alt und lebenssatt.«)

Nur aus Ermüdung
war ihr der Tod
vielleicht denkbar.

Aber dafür war es noch zu früh;
»ich geh' erst wieder heim, wenn ich essen kann.«

Sie behielt den Kopf lange hoch,
überm kurzen Haar blieben die Tüchlein,
ohne Zahnprothese empfing sie uns nie,
am Sterbetag noch kontrollierte sie ihre Armbanduhr.

Es gab keinen Grund,
sich gehen zu lassen.

Elisabeth Borchers

Am 22. April 2005
für Jón Philipp und Nora
(2006*)

Aber die Seele fliegt auf
leiser als das Zittern des Palmblatts
höher als das Hohelied
Mit der Bitte um Einlaß
in ein schreckenloses Land
Wo Apfel-, Granat- und
Palmbäume wohnen, wo sie grünen
ohne Getöse, ohne die Schmerzen der Welt.

Robert Gernhardt

Ach
(1997*)

Ach, noch in der letzten Stunde
werde ich verbindlich sein.
Klopft der Tod an meine Türe,
rufe ich geschwind: Herein!

Woran soll es gehn? Ans Sterben?
Hab' ich zwar noch nie gemacht,
doch wir werd'n das Kind schon schaukeln –
na, das wäre ja gelacht!

Interessant so eine Sanduhr!
Ja, die halt ich gern mal fest.
Ach – und das ist Ihre Sense?
Und die gibt mir dann den Rest?

Wohin soll ich mich jetzt wenden?
Links? Von Ihnen aus gesehn?
Ach, von mir aus! Bis zur Grube?
Und wie soll es weitergehn?

Ja, die Uhr ist abgelaufen.
Wollen Sie die jetzt zurück?
Gibt's die irgendwo zu kaufen?
Ein so ausgefall'nes Stück

Findet man nicht alle Tage,
womit ich nur sagen will
– ach! Ich soll hier nichts mehr sagen?
Geht in Ordnung! Bin schon

Jochen Kelter

An die Toten und Verschollenen
(2006*)

Ach hättet
ihr mich beizeiten
gerührt beraten mir bewiesen
dass man Pinienwälder
Alpenwiesen Schneckenhäuser
das Wasser nur liest
wenn man sie langsam schaut
ausdauernd mit Geduld

Interessenwechsel
Massaker Schläue Verrat
nur neben allen Zeilen
erkennt ach hättet ihr
mir eure Absichten angezeigt
eure Angst als ich noch lebte
Ich könnte euch früher
Verlassen als jetzt da ich sehe

Matthias Hermann

Zentralfriedhof Wien II
(2002*)

Postillon Tod
Überbringt
Unfrankierte Grabplatten,
Deren Absender
Leben waren, die
Nichts berichten
Als Namen.

Immer zahlt
Der Empfänger
Mit der Unschuld
In Raten

Charles Baudelaire

Die Uhr
(1861)

Uhr! ein finstrer Gott voll Gleichmut und voll Schrecken,
Der mit dem Finger droht und sagt: »*Du sollst bedenken!*
In dein entsetztes Herz wird bald der Schmerz sich senken
Und wird dort zitternd wie in einer Scheibe stecken;

Das flüchtige Vergnügen zum Horizont enteilt,
Wie die Sylphide in Kulissen leicht entschwindet;
Ein jeder Augenblick dir ein Stück Lust entwindet,
Die für die Lebenszeit dem Menschen zugeteilt.

Und dreitausendsechshundertmal raunt die Sekunde her:
Bedenk! in jeder Stunde. – Rasch sagt der Augenblick
Mit der Insektenstimme: Ich liege weit zurück.
Und sog dein Leben mit dem edlen Rüssel leer!

Erinnere dich, Verschwender! *Remember! Esto memor!*
(Meine metallne Kehle ist aller Sprachen mächtig.)
Wie Adern im Gestein sind die Minuten trächtig.
Du Tor, eh' man sie läßt, schürft man das Gold zuvor!

Bedenke, daß die Zeit ein gierig Spiel beginnt,
Und daß sie ohne Trug gewinnt, unweigerlich!
Der Tag nimmt ab, die Nacht nimmt zu, *erinnre dich!*
Der Abgrund dürstet stets; die Wasseruhr verrinnt.

Bald schlägt die Stunde, wo der Ruf an dich ergeht
Von der erhabnen Tugend, jungfräulich dir vereint,
Und von der Reue selbst (die letzte Zuflucht scheint!)
Vom heiligen Zufall: Feigling, stirb! es ist zu spät!«

Hans-Georg Gadamer
[Zitiert nach Jacques Derrida]

(2002)

Die Unergründlichkeit und Unheimlichkeit des Todes bleibt jedenfalls eine Mitgift allen Vorausdenkens, das den Menschen von anderen Lebewesen unterscheidet – und das ist eine gefährliche Gabe. Das Vorausdenken des Menschen führt, wie es scheint, unwiderstehlich auf das Verlangen, über den noch zu gewissen Tod hinauszudenken. So sind die Menschen die einzigen Lebewesen, die wir kennen, die ihre Gestorbenen bestatten. Das heißt doch, daß sie sie festzuhalten suchen, über den Tod hinaus – und als im Gedächtnis Festgehaltene kultisch zu verehren.

Cosmus Flam

Was mir der Tod ist?
(o.J.)

Die Tür zu dem rätselhaften Gotte, die Erlösung aller Gefangenschaft, die entriegelte Kerkertür. Man geht einfach hinaus. Der Weg ins Freie, die große Reife.

Ich bin einmal im Boote durch Schilf und Röhricht gefahren. Auf der Wolga, unten bei Astrachan. Es war ein mühevoller Weg. Sumpfblasen platzten vor meinem Kiele, an meinen Rudern hing Tang; Binsen und Unkraut stellten sich mir in die Fahrt. Die Sonne stach heiß. Der Blick war getrübt. Ich ruderte bis ich schwitzte.

Oft war ich mutlos und im Begriffe mich hinzulegen und dazubleiben. Es war gegen Abend, als sich plötzlich das Dickicht lichtete, und vor mir, ach, mein Freund, vor mir lag der gewaltige Strom, weit, majestätisch und wahrhaft göttlich. Er rollte seine purpurnen Wogen in den Abend, und ein Sonnenuntergang lag über seiner Mündung. Am Himmelsrand aber lag das Meer, unbegreiflich groß und weit und unermeßlich.

Da war alle Müdigkeit vergessen, aller Sumpf und die Hitze des Mittags.

Die Strömung faßte mein Boot, ich setzte die Segel und fuhr glückselig hinab, erfüllt vom Überschwang des Ozeans.

… So ähnlich vielleicht wird es sein.

Anhang

Editorische Notiz

Ist das Jahr der Niederschrift der Texte nicht genau zu bestimmen, so wird entweder ein annäherndes Zeitintervall oder aber das Jahr der Erstveröffentlichung angegeben. Publikationsdaten sind mit einem Sternchen (*) versehen.

Auslassungen sind generell durch drei Punkte gekennzeichnet. Erscheint ein Gedicht nicht vollständig, so ist dies durch Auslassungspunkte vor bzw. nach dem Text angezeigt. Bei Prosa- und Dramentexten erschien dieser Hinweis entbehrlich.

Biographische Notiz

Hans Heimann, geboren 1922, ist em. o. Professor für Psychiatrie in Tübingen. Seine wissenschaftliche Tätigkeit gilt vor allem der Erfoschung von Depressionen.

Dietrich Rössler, geboren 1927, promovierte in Medizin und Theologie und ist em. o. Professor für praktische Theologie und Kommissarischer Leiter des Lehrstuhls für Ethik in der Medizin in Tübingen. Ein Brennpunkt seines Interesses ist das Verhältnis von Ethik und moderner Medizin.

Wilfried Barner, geboren 1937, ist em. o. Professor für Neuere Deutsche Literaturwissenschaft in Göttingen. Zu seinen Arbeitsgebieten zählt insbesondere die Literatur des Barock.

Verzeichnis der Quellen

Aichinger, Ilse	245	*Widmung*. In: Verschenkter Rat. © S. Fischer Verlag GmbH, Frankfurt am Main 1978
Altägyptische Dichtung	145	*Der Tod steht mir heute so verlockend vor Augen …* In: Meisterwerke altägyptischer Dichtung, hrsg. von Erik Hornung. Artemis Verlag, Zürich 1978
Améry, Jean	315	*Hand an sich legen. Diskurs über den Freitod.* Hrsg. v. Monique Boussart. In: Werke in neun Bänden. Hrsg. v. Irene Heidelberger-Leonhard. Band 3: Über das Altern. Revolte und Resignation/Hand an sich legen. Diskurs über den Freitod. © Klett-Cotta, Stuttgart 2002
Anonym	159	*Schnitterlied.* In: Der ewige Brunnen, hrsg. von Ludwig Reiners, Verlag C. H. Beck, München 1955
Anonym	158	*O Welt, ich muß dich lassen …* In: Lyrik des Abendlands, hrsg. von Georg Britting. Carl Hanser Verlag, München 1963
Anton Ulrich (Herzog von Braunschweig)	162	*Sterbelied.* In: Lyrik des Abendlands, hrsg. von Georg Britting, Carl Hanser Verlag, München 1963
Augustinus	150	*Confessiones.* Kösel Verlag, München 1980
Ausländer, Rose	91	*Wandel.* In: Die Erde war ein atlasweißes Feld, Gedichte 1927–1956. © S. Fischer Verlag GmbH, Frankfurt am Main 1985
–,–	319	*Das Weißeste.* In: Ich höre das Herz des Oleanders. Gedichte 1977–1979. © S. Fischer Verlag GmbH, Frankfurt am Main 1984
Bachmann, Ingeborg	105	*Lieder von einer Insel.* In: Werke in vier Bänden, Band 1. © Piper Verlag GmbH, München 1978
–,–	228	*Die Welt ist weit …* In: Werke in vier Bänden, Band 1: Gedichte. © Piper Verlag GmbH, München 1978
–,–	247	*Lieder auf der Flucht.* In: Werke in vier Bänden, Band 1: Gedichte. © Piper Verlag GmbH, München 1978

–,–	304	*Fall ab, Herz.* In: Werke in vier Bänden, Band 1: Gedichte © Piper Verlag GmbH, München 1978
–,–	325	*Das Spiel ist aus.* In: Werke in vier Bänden, Band 1: Gedichte. © Piper Verlag GmbH, München 1978
Barrett-Browning, Elizabeth	277	*Du hast, mein Dichter …* In: Sonette aus dem Portugiesischen. © Insel Verlag, Frankfurt am Main 1950
Baudelaire, Charles	342	*Die Uhr.* In: Les Fleurs du Mal / Die Blumen des Bösen, Übersetzung von Monika Fahrenbach-Wachendorf, Philipp Reclam jun., Stuttgart 1980
Beauvoir, Simone de	116	*Ein sanfter Tod.* Deutsche Übersetzung von Paul Meyer. © Rowohlt-Verlag GmbH, Reinbek 1965
Benn, Gottfried	203	*aus Fernen, aus Reichen.* In: Sämtliche Werke, Stuttgarter Ausgabe. In Verb. m. Ilse Benn hrsg. v. Gerhard Schuster. Band I, Gedichte 1. © Klett-Cotta, Stuttgart 1986
–,–	299	*Quartär.* In: Statische Gedichte, hrsg. von Paul Raabe. © 1948, 2000, 2006 by Arche Literatur Verlag AG, Zürich–Hamburg
–,–	331	*Epilog.* In: Sämtliche Werke, Stuttgarter Ausgabe. In Verb. m. Ilse Benn hrsg. v. Gerhard Schuster. Band I, Gedichte 1. © Klett-Cotta, Stuttgart 1986
Bergengruen, Werner	306	*Die Tropfen fallen aus der Uhr.* In: Herbstlicher Aufbruch. Gedichte. Verlags AG Die Arche, Zürich 1965 © Luise Hackelsberger, Neustadt a.d.W.
Bernhard, Thomas	111	*Warum fürchte ich mein Altern …* In: In hora mortis. © Insel Verlag, Frankfurt am Main 1987
–,–	305	*Die Zeit ist ausgelöscht …* In: In hora mortis. © Insel Verlag, Frankfurt am Main 1987
Bobbio, Norberto	332	*Nach dem Tod.* In: Vom Alter – De senectute. © Verlag Klaus Wagenbach, Berlin 1997
Borchers, Elisabeth	338	*Am 22. April 2005 für Jón Philipp und Nora.* In: Zeit. Zeit. Gedichte. © Suhrkamp Verlag, Frankfurt am Main 2006
Borchert, Wolfgang	93	*Hast du ein Fenster.* In: Das Gesamtwerk. © Rowohlt Verlag GmbH, Reinbek 1949

Broch, Hermann	89	*Während wir uns umarmten*. In: Kommentierte Werkausgabe in 13 Bänden. © Suhrkamp Verlag, Frankfurt am Main 1981
–,–	295	*Der Tod des Vergil*. In: Kommentierte Werkausgabe in 13 Bänden. © Suhrkamp Verlag, Frankfurt am Main 1981
–,–	302	*Die Erzählung der Magd Zerline*. © Suhrkamp Verlag, Frankfurt am Main 1967
Busch, Wilhelm	194	*Auf Wiedersehen*. In: Ernstes und Heiteres. Verlagsanstalt Hermann Klemm, Berlin 1938
Camus, Albert	95	*Die Pest*. Deutsche Übersetzung von Uli Aumüller. © Rowohlt Verlag GmbH, Reinbek 1997
–,–	211	*Der glückliche Tod*. Deutsche Übersetzung von Eva Rechel-Mertens. © Rowohlt Verlag GmbH, Reinbek 1972
Celan, Paul	243	*Dein Hinübersein heute Nacht …* In: Die Niemandsrose. © S. Fischer Verlag GmbH, Frankfurt am Main 1963
–,–	307	*Psalm*. In: Die Niemandsrose. © S. Fischer Verlag GmbH, Frankfurt am Main 1963
Chamisso, Adalbert von	58	*Sonett*. In: Gedichte. Weidmann Verlag, Hildesheim 1985
Claudius, Matthias	53	*Der Mensch*. In: Gläubiges Herz. J. F. Steinkopf Verlag, Stuttgart 1970
–,–	54	*Der Tod*. In: Gläubiges Herz. J. F. Steinkopf Verlag, Stuttgart 1970
–,–	167	*Der Tod und das Mädchen*. In: Gläubiges Herz. J. F. Steinkopf Verlag, Stuttgart 1970
Cocteau, Jean	97	*Vom Tod*. In: Die Schwierigkeit zu sein. Kritische Poesie III. © 1963 Jean-Paul Bertrand, Éditions du Rocher, Paris. © Deutsche Übersetzung: Desch, München/Wien/Basel 1958
Döblin, Alfred	78	*Manas*. Walter Verlag 1961, © Patmos Verlag GmbH & Co. KG, Düsseldorf
Domin, Hilde	239	*Rückkehr der Schiffe*. In: Gesammelte Gedichte. © S. Fischer Verlag GmbH, Frankfurt am Main 1987
Druskin, Lew	320	*Ich werde weinen über meinen Unglauben*. In: Mein Garten ist zerstört. Ausgewählte Gedichte. © Gunter Narr Verlag, Tübingen 1983

Eichendorff, Joseph von	174	*Ergebung*. In: Trost der Welt, Gedichte. Rütten und Loening Verlag, Potsdam 1948
Eliot, T. S.	86	*Mord im Dom*. Werke in vier Bänden. © Suhrkamp Verlag, Frankfurt am Main 1995
Flam, Cosmus	344	*Was mir der Tod ist?* In: Das letzte Kleinod. Bergstadt Verlag, Wilhelm Gottlieb Korn GmbH, Würzburg o. J.
Fleming, Paul	269	*Gedanken über der Zeit*. In: Deutsche Gedichte des Barock. Edition Tiessen, Neu-Isenburg 1980
Fontane, Theodor	64	*Ausgang*. In: Gedichte. Cotta'sche Buchhandlung, Stuttgart und Berlin 1912
–,–	65	*Effi Briest*. Rainer Wunderlich Verlag, Tübingen 1975
Franziscus von Assisi	156	*Lobgesang*. Raab Verlag, Erlangen 1941
Fried, Erich	118	*Definition*. In: Warngedichte. © Carl Hanser Verlag, München–Wien 1979
–,–	244	*Letzter guter Rat*. In: Lebensschatten. © Klaus Wagenbach Verlag, Berlin 1981, NA 2001
Gadamer, Hans-Georg	343	zitiert nach Jacques Derrida, »Wie recht er hatte!« In: FAZ v. 20.3.2002, anläßlich des Todes von Hans-Georg Gadamer
García Lorca, Federico	77	*Reiterlied*. In: Werke in drei Bänden. © Insel Verlag, Frankfurt am Main 1982
Gerhardt, Paul	161	*O Haupt voll Blut und Wunden*. In: Gedichte. Fischer Taschenbuch Verlag, Frankfurt am Main 1969
Gernhardt, Robert	339	*Ach*. In: Lichte Gedichte. © Robert Gernhardt 1997. Alle Rechte vorbehalten S. Fischer Verlag GmbH, Frankfurt am Main
Gibran, Khalil	196	*Gebrochene Flügel*. Walter Verlag 1985 © Patmos Verlag GmbH & Co. KG, Düsseldorf
Gilgamesch	31	Insel Verlag, Leipzig o. J.
Goethe, Johann Wolfgang von	51	*Die Leiden des jungen Werther*. Insel Verlag, Leipzig 1909
–,–	274	*Hermann und Dorothea*. Insel Verlag, Leipzig 1909
Goll, Ivan	301	*Stunden*. In: Traumkraut. © Limes Verlag, Wiesbaden 1951 (jetzt München)
Gotthelf, Jeremias	276	*Uli der Pächter*. Eugen Rentsch Verlag, Erlenbach 1921

Gryphius, Andreas	48	*Tränen in schwerer Krankheit.* In: Deutsche Gedichte des Barock. Edition Tiessen, Neu-Isenburg 1980
Günderode, Karoline von	169	*Einstens lebt ich süßes Leben.* In: Gesammelte Werke. Herbert Lang Verlag, Bern 1970
Günther, Johann Christian	164	*Sterbegedicht.* In: Lyrik des Abendlands, hrsg. von Georg Britting. Carl Hanser Verlag, München 1963
Halem, Nikolaus von	92	*Abschiedsbrief an die Mutter.* In: Du hast mich heimgesucht bei Nacht, hrsg. von Helmut Gollwitzer, 8. Aufl. © 1994 Gütersloher Verlagshaus, Gütersloh, in der Verlagsgruppe Random House GmbH, München
Hebbel, Friedrich	59	*Sommerbild.* In: Neue Gedichte. Verlag von J. J. Weber, Leipzig 1848
–,–	176	*Dämmerempfindung.* In: Gedichte. Insel Verlag, Leipzig 1913
Heine, Heinrich	175	*Wo?* In: Sämtliche Schriften. Carl Hanser Verlag, München–Wien 1978
Hermann, Matthias	341	*Zentralfriedhof Wien II.* In: Der gebeugte Klang. Gedichte. © Klöpfer & Meyer Verlag, Tübingen 2002
Hesse, Hermann	76	*Angst in der Nacht.* In: Sämtliche Werke. Band 10: Die Gedichte. © Suhrkamp Verlag, Frankfurt am Main 2002
–,–	201	*Bruder Tod.* In: Sämtliche Werke. Band 10: Die Gedichte. © Suhrkamp Verlag, Frankfurt am Main 2002
–,–	202	*Krankheit.* In: Sämtliche Werke. Band 10: Die Gedichte. © Suhrkamp Verlag, Frankfurt am Main 2002
Heym, Georg	74	*Das Fieberspital.* In: Gesammelte Gedichte, hrsg. von Carl Seelig, Verlag Die Arche, Zürich 1947
Hölderlin, Friedrich	55	*Hyperion.* In: Werke Briefe Dokumente. Winkler Verlag, München 1963
–,–	168	*Stammbuchblatt für einen Unbekannten.* In: Sämtliche Werke, hrsg. von Friedrich Beißner, Bd. 2. Insel Verlag, Frankfurt am Main o. J.
–,–	273	*Hyperions Schicksalslied.* In: Werke Briefe Dokumente. Winkler Verlag, München 1963

Hofmann von Hofmannswaldau, Christian	270	*Vergänglichkeit der Schönheit.* In: Deutsche Gedichte des Barock. Edition Tiessen, Neu-Isenburg 1980
Hofmannsthal, Hugo von	188	*Der Tor und der Tod.* In: Der Tor und der Tod. © Insel Verlag, Frankfurt am Main 1984
–,–	280	*Manche freilich …* In: Gedichte. © Insel Verlag, Frankfurt am Main 1970
Homer	146	*Odyssee.* Propyläen Verlag, Berlin 1922
Huch, Ricarda	217	*Tief in den Himmel verklingt …* In: Herbstfeuer. © Insel Verlag, Frankfurt am Main 1980
Ionesco, Eugène	120/ 310	*Tagebuch.* Aus dem Französischen von Lore Kornell. In: Gesammelte Werke, hrsg. von François Bondy und Irene Kuhn. © Bertelsmann Verlag GmbH, München 1985
Jammes, Francis	191	*Gebet, mit den Eseln ins Himmelreich einzugehen.* In: Die Gebete der Demut. © Hyperion-Verlag, Freiburg im Breisgau 1952
Jewtuschenko, Jewgenij	308	*So ging die Piaf fort.* In: Lyrik, Prosa, Dokumente. © 1972 by nymphenburger in der F. A. Herbig Verlagsbuchhandlung GmbH, München. Übersetzung von Klaus Möckel
Jiménez, Juan Ramón	285	*Die endgültige Reise.* In: Herz, stirb oder singe. Gedichte. Mit Zeichnungen von Henri Matisse. Übers.: Hans Leopold Davi. © Diogenes Verlag, Zürich 1977
Jung, C. G.	240	*Erinnerungen Träume Gedanken.* Walter Verlag, Olten 1971 © 1972 Patmos Verlag GmbH & Co. KG, Walter Verlag, Düsseldorf
Kaléko, Mascha	88	*Ich werde fortgehn im Herbst.* In: Die paar leuchtenden Jahre. © Deutscher Taschenbuch Verlag, München 2003
Kaschnitz, Marie Luise	127	*Vielleicht.* In: Gesammelte Werke in sieben Bänden. Fünfter Band: Die Gedichte. © Insel Verlag, Frankfurt am Main 1985
–,–	231	*Requiem.* In: Überallnie. Ausgewählte Gedichte 1928–1965. © 1965 Claassen Verlag in der Ullstein Buchverlage GmbH, Berlin
–,–	334	*Ein Leben nach dem Tode.* In: Gesammelte Werke in sieben Bänden. Fünfter Band: Die Gedichte. © Insel Verlag, Frankfurt am Main 1985
Keller, Gottfried	177	*Nacht.* In: Gesammelte Werke, Band I. Kiepenheuer und Witsch Verlag, Köln 1960

Kelter, Jochen	340	*An die Toten und Verschollenen.* In: Verweilen in der Welt. Gedichte. © Klöpfer & Meyer Verlag, Tübingen 2006
Kirsch, Sarah	129	*Schloßparkklinik.* In: Sämtliche Gedichte. © 2005 Deutsche Verlags-Anstalt, München. Verlagsgruppe Random House GmbH
Kiš, Danilo	312	*Sanduhr.* Roman. Aus dem Serbokroatischen von Ilma Rakusa. © Carl Hanser Verlag, München–Wien 1988
Klabund	288	*Wenn ich gehe zu Gott.* In: Gesammelte Gedichte. Phaidon Verlag, Wien 1930. Phaidon Press Ltd., London
Kleist, Heinrich von	56	*Prinz Friedrich von Homburg.* In: Sämtliche Werke und Briefe, Band 1. Carl Hanser Verlag, München 1982
–,–	172	*Briefe an Marie von Kleist.* In: Sämtliche Werke und Briefe, Band 2. Carl Hanser Verlag, München 1982
Klopstock, Meta	165	*Brief an ihren Mann.* In: Briefwechsel mit Klopstock, ihren Verwandten und Freunden, hrsg. von H. Tiemann, Maximilian Gesellschaft, Hamburg 1956
Koeppen, Wolfgang	102	*Der Tod in Rom.* In: Gesammelte Werke in sechs Bänden. © Suhrkamp Verlag, Frankfurt am Main 1990
Kolmar, Gertrud	82	*Heimweh.* In: Das lyrische Werk. © Suhrkamp Verlag, Frankfurt am Main 1960
–,–	84	*Robespierre.* In: Das lyrische Werk. © Suhrkamp Verlag, Frankfurt am Main 1960
Koran	152	*27. Sure.* Wilhelm Goldmann Verlag, München o. J.
Kräftner, Hertha	225	*›Anna‹, sagte der Mann.* In: Das Gesamtwerk. © Edition Roetzer, Wien und Eisenstadt 1977
Kraus, Karl	21	*Nächtliche Stunde.* In: Schriften in 12 Bänden, Band 8: Gedichte. © Suhrkamp Verlag, Frankfurt am Main 1986
Krolow, Karl	226	*Gedichte gegen den Tod.* In: Gesammelte Gedichte. Vier Bände. © Suhrkamp Verlag, Frankfurt am Main 1997
Kunze, Reiner	130	*Das Haus.* In: eines jeden einziges leben. © S. Fischer Verlag GmbH, Frankfurt am Main 1986

–,–	131	*Nachts*. In: eines jeden einziges leben. © S. Fischer Verlag GmbH, Frankfurt am Main 1986
Lampe, Friedo	230	*Alkestis*. In: Das Gesamtwerk. Am Rande der Nacht. Septembergewitter. Von Tür zu Tür. Aus dem Nachlaß. © Rowohlt Verlag GmbH, Hamburg 1986
Lasker-Schüler, Else	216	*Ich weiß*. In: Gedichte 1902–1943. © Suhrkamp Verlag, Frankfurt am Main 1996
–,–	294	*Mein Herz ruht müde*. In: Gedichte 1902–1943. © Suhrkamp Verlag, Frankfurt am Main 1996
Lessing, Gotthold Ephraim	271	*Wie die Alten den Tod gebildet*. In: Werke und Briefe, Band 6. Deutscher Klassiker Verlag, Frankfurt am Main 1985
Luther, Martin	45	*Wir sind alle zum Tode gefordert …* In: Invocavit Predigt, 9.3.1522. Weimarer Ausgabe der Schriften Martin Luthers, Bd. 10, III, 1, 15–22
Mann, Thomas	67	*Buddenbrooks*. Frankfurter Ausgabe. © S. Fischer Verlag GmbH, Frankfurt am Main 1981
–,–	205	*Joseph in Ägypten*. Frankfurter Ausgabe. © S. Fischer Verlag GmbH, Frankfurt am Main 1983
–,–	288	*Der Zauberberg*. Frankfurter Ausgabe. © S. Fischer Verlag GmbH, Frankfurt am Main 1981
Marc, Franz	199	*Briefe aus dem Feld*. Helmut Rauschenbusch Verlag, Stollhamm 1967
Meister, Ernst	128	*Ach, in der eigenen …* In: Ausgewählte Gedichte. Luchterhand Verlag, Darmstadt und Neuwied 1977. © Rimbaud Presse, Aachen
–,–	314	*Lang oder kurz ist die Zeit …* In: Ausgewählte Gedichte. Luchterhand Verlag, Darmstadt und Neuwied 1977. © Rimbaud Presse, Aachen
Meyer, Conrad Ferdinand	62	*Das Todesurteil*. In: Huttens letzte Tage. Insel Verlag, Leipzig o. J.
Michelangelo	46	*Sonett*. In: Dichtungen. Insel Verlag, Frankfurt am Main 1949
Mörike, Eduard	60	*Denk es, o Seele!* In: Sämtliche Werke, Carl Hanser Verlag, München 1954
Montaigne, Michel de	263	*Philosophieren heißt sterben lernen*. In: Essais. Manesse Verlag, Zürich 1948

Neruda, Pablo	87	*Federico García Lorca*. © Pablo Neruda, Um geboren zu werden, deutschsprachige Ausgabe in der Übersetzung von Anneliese Botond, erschienen 1980 im Luchterhand Literaturverlag, München, einem Unternehmen der Verlagsgruppe Random House GmbH
–,–	287	*Schiff der Abschiede*. © Pablo Neruda, Um geboren zu werden, deutschsprachige Ausgabe in der Übersetzung von Anneliese Botond, erschienen 1980 im Luchterhand Literaturverlag, München, einem Unternehmen der Verlagsgruppe Random House GmbH
Nietzsche, Friedrich	186	*Die Sonne sinkt*. In: Dionysos-Dithyramben, Werke, hrsg. von Karl Schlechta, Band III. Carl Hanser Verlag, München–Wien 1999
Nossack, Hans Erich	222	*Ein Mädchen spricht zum Tod*. In: Gedichte. Wolfgang Krüger Verlag, Hamburg 1947. © Suhrkamp Verlag, Frankfurt am Main
Notker der Stammler	154	*Antiphon über den Tod*. In: Lyrik des Abendlands, hrsg. von Georg Britting. Carl Hanser Verlag, München 1963
Ossowski, Leonie	329	Gedanken für Valentine Godé-Darel © Leonie Ossowski
Pavese, Cesare	101	*Der Tod wird kommen*. In: Sämtliche Gedichte. © 1962 Claassen Verlag in der Ullstein Buchverlage GmbH, Berlin
Philipe, Anne	115	*Nur einen Seufzer lang*. Deutsche Übersetzung von Margarete Bormann. © Rowohlt Verlag GmbH, Reinbek 1964
Plato	36/ 147	*Phaidon*. In: Sämtliche Werke, Band 3. Rowohlt Verlag, Hamburg 1958
Proust, Marcel	281	*Die wiedergefundene Zeit*. In: Auf der Suche nach der verlorenen Zeit. Werke. Frankfurter Ausgabe. © der deutschen Ausgabe Suhrkamp Verlag, Frankfurt am Main 2002
Rilke, Rainer Maria	69	*Schlußstück*. In: Das Buch der Bilder, Werke in drei Bänden, Band I. © Insel Verlag, Frankfurt am Main 1966
–,–	70	*Die Aufzeichnungen des Malte Laurids Brigge*. In: Werke in drei Bänden, Band III. © Insel Verlag, Frankfurt am Main 1966

–,–	193	*Herbst*. In: Das Buch der Bilder, Werke in drei Bänden, Band I. © Insel Verlag, Frankfurt am Main 1966
–,–	284	*Erste Duineser Elegie*. In. Werke in drei Bänden, Band I. © Insel Verlag, Frankfurt am Main 1966
Ringelnatz, Joachim	291	*Was dann?* In: Das Gesamtwerk in sieben Bänden, erschienen im Diogenes Verlag AG, Zürich 1994
Roenne, Alexis von	219	*Abschiedsbrief an die Mutter*. In: Du hast mich heimgesucht bei Nacht, hrsg. von Helmut Gollwitzer, 8. Aufl. © 1994 Gütersloher Verlagshaus, Gütersloh, in der Verlagsgruppe Random House GmbH, München
Sachs, Nelly	114	*Wir üben heute schon den Tod von morgen*. In: Fahrt ins Staublose. Gedichte. © Suhrkamp Verlag, Frankfurt am Main 1988
Sahl, Hans	324	*Strophen*. In: Wir sind die letzten / Der Maulwurf. © Luchterhand Verlag GmbH, München 1991
Saint-Exupéry, Antoine de	209	*Wind, Sand und Sterne*. © 1939 und 1999 Karl Rauch Verlag, Düsseldorf
Sappho	34	*Gestorben wirst du liegen*. In: Gedichte. Verlag Eduard Stichnote, Potsdam 1950
Schiller, Friedrich	274	*Nänie*. In: Gedichte. Deutsches Verlagshaus Bong und Co., Berlin und Leipzig 1907
Schnurre, Wolfdietrich	106	*Elegie*. In: Kassiber. © Suhrkamp Verlag, Frankfurt am Main 1964. Alle Rechte liegen beim Autor
Schopenhauer, Arthur	178/ 278	*Parerga und Paralipomena*. Diogenes Verlag, Zürich 1977
Schröder, Rudolf Alexander	218	*Vom alten Mann*. In: Gesammelte Werke. Die Gedichte. © Suhrkamp Verlag, Frankfurt am Main 1952
Seidel, Ina	81	*Trost*. In: Gedichte. © 1955 Deutsche Verlags-Anstalt, München. Verlagsgruppe Random House GmbH
Seneca	261	*Epistulae morales ad Lucilium*. Rowohlt Verlag GmbH, Reinbek 1965
Semonides von Amorgos	33	*Das Schicksal*. In: Griechische Gedichte. Heimeran Verlag, München 1944

Shakespeare, William	47	*Hamlet*. In: Sämtliche Werke in vier Bänden, Band III. Winkler Verlag, München 1983
–,–	268	*XIII. Sonett*. In: Sonette. Kurt Desch Verlag, München, Wien und Basel 1946
Silesius, Angelus	49	*Sinnliche Beschreibung der vier letzten Dinge / Der Tod*. In: Deutsche Gedichte des Barock. Edition Tiessen, Neu-Isenburg 1980
Simonides von Keos	260	*Anakreons Grabschrift*. In: Lyrik des Abendlands, hrsg. von Georg Britting. Carl Hanser Verlag, München 1963
Skácel, Jan	227	*Trauern*. In: Wundklee, ins Deutsche übertragen von Reiner Kunze. © S. Fischer Verlag GmbH, Frankfurt am Main 1982
Sophokles	35	*Antigonae*. In: Friedrich Hölderlin, Werke Briefe Dokumente. Winkler Verlag, München 1963
Spranger, Eduard	221	*Der irdische Tod …* In: Gedanken zur Daseinsgestaltung. Piper Verlag GmbH, München 1954
Storm, Theodor	61	*Beginn des Endes*. In: Das Gesamtwerk. Aufbau Verlag, Berlin 1967
Stroheker, Tina	337	*Über eine Gestorbene*. In: Hinter der Stirn den Tod. Gedichte. Elster Verlag, Bühl–Moos 1987 © Tina Stroheker
Tepl, Johannes von	40	*Der Ackermann aus Böhmen*. Reclam Verlag, Stuttgart 1984
Tibetanisches Totenbuch	153	*Des Todes Boten*. Walter Verlag, Zürich und Düsseldorf 1971
Tolstoj, Leo N.	182	*Der Tod des Iwan Iljewitsch*. © Insel Verlag, Frankfurt am Main 1961
Tomasi di Lampedusa, Giuseppe	112	*Der Leopard*. In : Der Gattopardo. © Piper Verlag GmbH, München 2004
Trakl, Georg	75	*Klage*. In: Dichtungen und Briefe. Otto Müller Verlag, Salzburg 1969
–,–	195	*Schweigen*. In: Dichtungen und Briefe. Otto Müller Verlag, Salzburg 1969
Veda	259	*Die Zeit*. In: Lyrik des Ostens. Gedichte der Völker Asiens vom Nahen bis zum Fernen Osten, hrsg. von W. Gundert, A. Schimmel, W. Schubring. Carl Hanser Verlag, München 1965

Walser, Robert	286	*Denke dran.* In: Sämtliche Werke. Zweiter Band: Geschichten. © Suhrkamp Verlag, Frankfurt am Main 2003. Abdruck mit Genehmigung der Inhaberin der Rechte, der Carl Seelig-Stiftung Zürich
Wander, Maxie	125	*Was ich über den Tod denke.* In: Leben wär' eine prima Alternative. Tagebücher und Briefe. Deutscher Taschenbuchverlag (dtv 11877), München 1994. © Fred Wander
Weinheber, Josef	292	*Als ich noch lebte …* In: Sämtliche Werke. © Otto Müller Verlag, Salzburg 1947
Werfel, Franz	207	*Der veruntreute Himmel.* Die Geschichte einer Magd. © 1939 by Bermann-Fischer Verlag, Stockholm. Alle Rechte vorbehalten S. Fischer Verlag GmbH, Frankfurt am Main
Whitman, Walt	181	*Geflüster vom himmlischen Tod.* In: Grashalme. S. Fischer Verlag, Berlin 1920
Wilder, Thornton	100	*Die Iden des März.* © 1948 by Thornton Wilder. Bermann-Fischer/Querido, Amsterdam 1949. Alle Rechte vorbehalten S. Fischer Verlag GmbH, Frankfurt am Main
Wolf, Christa	122	*Nachdenken über Christa T.* © Christa Wolf, Nachdenken über Christa T., erschienen 1995 im Luchterhand Literaturverlag, München, einem Unternehmen der Verlagsgruppe Random House GmbH
–,–	363	*Kassandra.* © Christa Wolf, Kassandra. Erzählung und Voraussetzung einer Erzählung: Kassandra, erschienen 1990 im Luchterhand Literaturverlag, München, einem Unternehmen der Verlagsgruppe Random House GmbH
Zuckmayer, Carl	119	*Nachtgebet.* In: Gedichte. © S. Fischer Verlag GmbH, Frankfurt am Main 1976
–,–	336	*Mein Tod.* In: Gedichte. © S. Fischer Verlag GmbH, Frankfurt am Main 1977
Zweig, Arnold	79	*Der Streit um den Sergeanten Grischa.* In: Ausgewählte Werke in Einzelausgaben. Band 4. © Aufbau Verlag GmbH, Berlin 1949

Herausgeberin und Verlag danken allen Rechteinhabern für die Abdruckgenehmigung. Für einige Autoren/Autorinnen waren die Rechtsnachfolger trotz größter Bemühungen nicht mehr festzustellen. Hier ist der Verlag selbstverständlich bereit, nach Anforderung rechtmäßige Ansprüche abzugelten.